麦と兵隊・土と兵隊

火野葦平

角川文庫
22551

目次

麦と兵隊　徐州会戦従軍記　5

土と兵隊　杭州湾敵前上陸記　161

あとがき　「麦と兵隊」「土と兵隊」を書いた頃　279

前書　麦と兵隊　290

前書　土と兵隊　293

注釈　296

解説　五味渕典嗣　298

時代の贄《にえ》　火野葦平の従軍手帖に寄せて　浅田次郎　305

年譜　308

麦と兵隊

徐州会戦従軍記

五月四日

晴れわたったよい天気である。

出発の武装をして馬淵《まぶち》中佐の部屋に行く。班長は、私が入って行くと、高橋少佐宛の書面と、任務に関する訓令書とを書いてくれ、蚌埠《ぼうふ》報道部の状態、前線に出ている報道部の区署など丁寧に指示してくれた上、給仕辻嬢《つじじょう》に命じて麦酒《ビール》を取り寄せ、元気でひとつやって来てくれたまえ、と麦酒を抜いて注いでくれた。私はコップを取り上げ、溢《あふ》れ立つ泡を大事なもののように嚙《か》みながら、先達来《せんだってらい》より馬淵班長から示された限りなき深き理解の心に思いいたり、それだけに一層何かしら軽からぬ荷物が私の肩に載せられたような感懐を持った。私が不動の姿勢を取って敬礼をし、扉《ドア》を排して出ようとすると、君は拳銃《ピストル》を持っていないね、僕のを持って行きたまえ、と、モーゼル十連発の拳銃を貸してくれた。

北四川路《きたしせんろ》を通り、打ち砕かれた惨憺《さんたん》たる閘北《ざほく》*の廃墟《はいきょ》を抜け北停車場に着く。線路のところには陸戦隊の歩哨《ほしよう》が立っている。ガソリン・カーに乗車。満員だ。軍人ばかりで、将校が大半である。午前九時発車。上海《シャンハイ》の街が次第に遠去かって行く。暑い。窓を開けても、むっとするような熱気のある風が一層じっとりした暑さを感じさせる。おまけに、眠いが、寿司詰《すしづ》めなのでどうにも仕様がなく、居眠りをしていると、あちこちに頭を打《ぶ》っつけてばかりいる。蘇州《そしゅう》でサイダーを買う。咽喉《のど》が渇いていたので非常にうまかった。支那《しな》人が寒山寺《かんざんじ》の石刷*を売っていて、何も云《い》わず窓のところに持って来て拡げて見せる。蘇州から先は線路の両側にはずっと深々と繁った楊柳《ようりゅう》の並木が続いて、水田の中で支那人の子供が沢山水を浴びている。ガソリン・カーが近づくと、手をあげて口々に、煙草進上進上、と連呼する。この支那の子供どもは自分で吸うための煙草《たばこ》をくれろというのだ。常州《じょうしゅう》駅に着くと向こうの歩廊《フォーム》に貨物列車が着いているのに、びっしり支那人が乗っている。無蓋《むがい》貨車なので柿色《かきいろ》の傘を差していたり、菅《すげ》笠《がさ》や編笠《あみがさ》を被《かぶ》っていたりする中に断髪の一寸綺《ちょっとき》麗《れい》な姑娘《クーニャン》*も交っている。日本の兵隊が水を配給したり、握飯を分配してやったりしている。上海へ帰る避難民だろう。がやがやと間断なく喋舌《しゃべ》り、難しい表情をしているが、日本の兵隊が近づくと、にやにやと愛想のよい笑顔を作り、通り過ぎると、途端にもとの表情になって何やらしきりに喋舌り、中に、頭の禿《は》げた世話役のようなのが居って、色々と指図をしている。竜潭《りゅうたん》を出ると、右手に汽船の走るのが見え、揚子《ようす》江《こう》だなと思っていると、丘陵の凹地《くぼち》の彼方《かなた》に黄色い濁流が見え、駆逐艦が一隻、白い波頭を切って走るのが見え、左手を見ると、天文台のある紫金山《しきんざん》と、蜿蜒《えんえん》と続いたぎざぎざのある南京《ナンキン》の城壁とが見えて来た。午後四時半、南京駅着。歩哨に道を聞いて城門の方へ行く。飛行機が十台飛んで行く。灼《や》けるような暑さである。両側は荒涼たる廃墟が続いているが、道路は非常に佳《よ》い。曲角《まがりかど》まで来ると、一緒にガソリン・カーで来た海軍の人らしいのが、支那の子供から鵞鳥《がちょう》を買う折衝をしている。土堤《どて》の下に百羽ばかり鵞鳥が首を長くして鳴いている。子供が追っかけて行くと、百羽ばかりいるのが揃って首を長くし妙な声で鳴きながら右に行ったり左に行ったりする。一羽首玉を摑《つか》んでぶら下げて来た。五十銭銀貨を二つ渡すと、好々《ホオホオ》と云いながら、してやったりという顔付をし、逸散に野原の向こうへ駆け去ってしまった。そこから黄包車《ワンポウツ》*を拾って行く。挹江門《ゆうこうもん》の前に戦歿《せんぼつ》勇士を祀《まつ》る白木の塔が建てられてあるので車を降り、敬礼して行く。一丈に余る碑の正面に「皇軍戦死病歿英霊菩提《ぼだい》」とあり、横に「如日月光明能除諸幽冥《じつげつのごときこうみょうよくしょゆうめいをのぞく》」昭和十三年一月二十日村岡部隊建設、身延山雲洞《みのぶさんうんどう》書と署名があって立派な字である。花が手向《たむ》けられ、線香の煙が立ちのぼっている。報道部は何処《どこ》かよくわからないが、挹江門から一本道で、陸戦隊、軍政部、最高法院、鼓楼《ころう》公園などの間を抜け、東和劇場の前まで来ると、右角に、軍報道部と書いた表札が出ていた。

米花《よねはな》少佐に会う。よく来た、まあ、ゆっくり休みたまえ、と云う。嘱託の松田という人に出発の時、対内班の坂田君から託されて来た日本刀を渡す。早速抜いて見て、これなら切れる、と振り廻《まわ》している。話していると松田源一君は小倉《こくら》の出身で、中学校も同じ同窓生だということがわかり、懐しく思った。明日は幸い前線に出る連れがあるという。風呂《ふろ》に入り、部屋を貰《もら》って寝た。蚊が私を食いにやって来た。

五月五日

君は防毒面を持っていないね、今度は敵は死にもの狂いだから、是非持って行かんといかん、と、出発する間際に、米花少佐が防毒面を貸してくれた。嘱託の高谷さん、軍報道部写真班の梅本君、新申報《しんしんぽう》の松森君、と同道、自動車で午前八時出発。これは後でわかったが、松森君も小倉の豊国中学だということで、松田君と云い、松森君と云い、戦地で、然《しか》も報道部に、小倉の土を踏んだ者が三人も出会ったことは嬉《うれ》しいような変なような面白さがあった。下関《シャーカン》の渡船場に着く。渡江券を貰い、桟橋から乗船。油で真黒によごれた汚ない小さい発動機船である。ぼろぼろの埃《ほこり》によごれた便服の支那人苦力《クーリー》が満載されていて妙な臭気を放ち、小さい船は人が動く度に前後左右に動揺している。乗ったと思ったらすぐに出た。初めて間近に見る溷濁《こんだく》した揚子江の黄色い流れである。寧《むし》ろ赤い水の色だ。すさまじい潮流である。碇泊《ていはく》している船の舳《へさき》に波頭を立てて打《ぶ》っつかり流れて行く。水面を見ていると、止まっている船の方が相当の速力で走っているようだ。対岸はすぐそこに見える。一見ほんの泥河に過ぎぬごとく見えるこの揚子江が、三千二百哩《マイル》も滔々《とうとう》として大陸を縫うて流れ、一千五百哩の上流まででも巨船を遡航《そこう》せしめ得るということは、何かしらその図太さに呆《あき》れさせるものがある。たこま丸、菱《ひし》丸などの汽船が十隻近く、江上や岸壁に碇泊している。南京側の岸壁に軍艦旗を翻した軍艦が一隻、江上に駆逐艦が勇姿を浮かべている。近いので間もなく川向こうの桟橋に着く。浦口《ほこう》停車場は無慚《むざん》に破壊されている。到る所に爆弾の穴があり、弾痕《だんこん》がある。歩廊《フォーム》には長い貨物列車が二本着いていて、どちらも前線へ送る糧秣《りょうまつ》　器材を満載し、数十台の貨物自動車《トラック》や乗用車を積んでいる。支那人苦力を大勢使って兵隊が忙しく立ち廻っている。高谷さんが苦力を十人雇って来て、歩廊に置いてあった唐米袋を積み込む。置き場所がないので、報道部用の乗用車が二台積んである無蓋貨車の周囲に積み重ねる。敵陣地へ撒布《さんぷ》する伝単《でんたん》*である。私達は報道部の自動車の中に乗って行くことにした。発車の時刻が近づくと前線へ出るという部隊が次第に駅に集まって来て、それぞれ列車の空いている所へ乗り込んだ。積荷が多いので兵隊の席はあまりないらしく、不自由なところへ折重って窮屈そうである。私達の自動車もぐるりと兵隊に取り囲まれた。炎熱の道を行軍して来たらしく、兵隊は汗にまみれ、軍服がしみて濡《ぬ》れている。午前十時五十分発車。

私の乗ったのは佐伯《さえき》少佐用のだというテラブレンの乗用車で、花咲《はなさき》浮蔵《うきぞう》君という甚だ朗らかな名前の運転手と二人だ。クッションが柔らかくてなかなかよろしい。周囲には照りつける暑い太陽に曝《さら》された兵隊が沢山居て、狭いところに窮屈そうにしているので、気の毒ですまぬ気がするのだが、自動車の中は色々な荷物でいっぱいだし、すまぬと思いながら、堪忍《かんにん》して貰うことにする。兵隊は帽子の上から手拭《てぬぐい》を被ったり、ハンカチを載せたりしている。大陸の五月の太陽は実に強烈なじりじりした熱気を投げ下して来る。吹いて来る風すら、むっとする熱さだ。兵隊が二三人自動車の下に潜りこんで、ここは特等席だ、などと云っている。この軍用列車には色々な兵隊が乗りこんでいるらしいが、聞いていると、私等の貨車に乗っているのは、大てい伊予《いよ》松山《まつやま》の兵隊らしかった。父が伊予だし私も四国には何回も行ったこともあるので何となく懐しい。汽車はのろい速力で進行する。蚌埠まで十二時間かかるという。ちょっとうんざりする。両側は広々とした果てしなき麦畑が続いている。あまり水田は見あたらない。高い山もない。時折丘陵があり、クリークがあるが、だんだん丘陵も減り、水田もなくなり、クリークも減り、坦々《たんたん》と拓《ひら》けた麦畑ばかりになって来る。線路は楊柳とアカシヤの木に依《よ》って挟まれ、よく繁った楊柳のあるところでは両側から迫って隧《トン》道《ネル》のようになっている。これは大いに気持が良い。両側は見渡す限りの青々とした麦畑が、何時までも、何処までも続き、茫漠《ぼうばく》たる原野の所々に棄て去られた壁ばかり残った部落が点々とある。所々に望楼のようなトーチカ*がある。銃眼のところに鳥が群れて何か銜《くわ》えて出たり入ったりしているのは、巣でもかけているらしい。時々麦畑から白鷺《しらさぎ》が飛び立って、汽車と平行して飛んで行く。麦畑には全く人影が見えない。ただ、所々に、警備隊の粗末な家が見え、日本の旗が立ち、日本の兵隊がいる。それは家ではない。あり合わせの板や、丸太や、トタンを継ぎ合わせて急造された掘立小屋である。その小屋の周囲には土嚢《どのう》を以《もっ》て防塁を築き、敵に備えている。炊事場もあり、ドラム缶か何かで作った風呂場もある。あんな所に、と思われる辺鄙《へんぴ》な所に、ひるがえる日の丸の旗が見え、小屋があり、兵隊が居る。その不自由さは想像に余りあると思われる。僕は杭州《こうしゅう》の警備に四か月を過ごし、上海に来り、南京も経て、今、揚子江を渡って前線へ出て行くのだが、杭州や上海南京の兵隊に比べ、鉄道警備の重責を負うて、この困苦と欠乏の中にある兵隊を思い、惻々《そくそく》と胸衝《う》たれるものがあった。歩哨が銃を抱いて立っている。或《あ》るところでは櫓《やぐら》を組んだ望楼の上で監視している。その姿は燦然《さんぜん》と輝いているように見えた。汽車の上から手や帽子を振ると、向こうも手を振る。警備小屋から、大勢髯《ひげ》だらけの顔を出して、喊声《かんせい》をあげ、どちらからともなく、しっかり頼むぞ、と呶《ど》鳴《な》り合う。汽車はのろい速力で進行するので、部隊の名を聞いたり、近況を報じ合ったりしている。煙草やろうか、ありがとうと呶鳴り、汽車の上からバットがいくつも飛んだ。麦畑は青い海のように、またも果てしなく続く。杭州に居る時に、色々な方面で、最近内地の消息が伝えられ、銃後国民の緊張振りは事変勃発《ぼっぱつ》直後に比して甚しく弛緩《しかん》しているというようなことをよく聞いた。それはしかし比較的平穏な杭州に居た間では、別の方面から考えれば大国民としての鷹揚《おうよう》さであるとも解釈され、腹立たしさと倶《とも》に、許容する気持もあった。小さな島国である日本がこれだけの大戦争をしていながら、そんなにのんびりしているのは不思議な位だと云《い》われ、戦争から帰った者は、そののんびりした空気がなんとも云えず嬉しく感じられるということも、ほんとうだろうと思っていた。しかし、今、この荒涼たる戦場の中を走る感懐としては、再び、軽薄な国民に対する憤りが胸の底から湧き上って来るのを禁じ得なかった。私がそういう憤《いきどお》ろしさを感じて、走り去る楊柳《ようりゅう》と麦畑と花の咲いたアカシヤとを眺めるともなく眺めていると、突然、花咲君が、詩的だなあ、牧逸馬《まきいつま》＊の小説のようですね、と云った。私は驚いて花咲君を見た。この詩的運転手君は、恍《こう》惚《こっ》とした表情を湛《たた》え、又も、ああ千古の夢を載せて、と、感嘆するごとく打ち呟《つぶや》き、いいですねえ、僕は長崎県の五島《ごとう》だけれど、こんなところに近所の奴を五十家族も連れて来て、一つの移民村を作ることを考えているのですよ。支那は実に広いな、こんな風景を見ていると、日本に居るのが詰まらなくなりますよ、と繰り返し述べたが、しかし、奴等、魚が食べられないので淋《さび》しがるだろうなと困ったように述懐した。花咲君は非常に快活な話好きである。浦口から乗り込む時から、乗り込んでからも色々と、例えば、佐伯少佐の自動車がどうして緑色に塗ってあるかということや、ガーデン・ブリッジを渡って蘇州河を越えて川向こうの上海の魔の話や、自動車の売買に勢力を持っている上海のギャングのことや、二十円もやればすぐに人殺しをする三ン下のことや、その他色々面白い話を聞かせてくれた。十二時間もの長い汽車がこの詩的運転手君のために非常に短縮された。

東葛鎮《とうかっちん》駅の屋上に監視哨《かんししょう》が望遠鏡で山の方角を見ている。津浦《しんぽ》線沿線には未《いま》だ敗残兵が頻《しき》りに出没するらしい。無論この列車も不時の襲撃に備える準備は充分している。滁《じょ》県駅から、装甲車に連結された四輛《りょう》の無蓋《むがい》貨車に警備兵が乗り込み、先行して行った。滁県で、背の高い熊襲《くまそ》*のように髭《ひげ》の濃い警備隊の兵隊が、支那人の長い煙管《きせる》でしきりに巻煙草を吹かしながら、鼠取り戦術の話をしている。それは姑娘《クーニャン》を囮《おとり》に使って敗残兵を誘《おび》き出すというのだ。敗残兵掃蕩《そうとう》がなかなか巧《うま》く行かなかったが、この鼠取り戦術を編み出してからというものは面白いように引っ掛るよ、と云ってその兵隊は豪快な笑い方をした。嘉《か》山《ざん》県駅で湯茶を接待している。兵隊は水筒を持って皆貰いに行った。汽車の上で兵隊は居眠りを始める。箱もない台車の下にびっしり乗っているので横にはなれない。足は外にはみ出している。それでお互いに身体を靠《もた》せあったりして、みんな居眠りをしている。物騒千万で見ている方がはらはらするが、なかなか落ちない。徐州《じょしゅう》戦線へ爆撃に行くらしい飛行機が四台、いかにも重そうに爆弾を抱えて飛んで行く。落してしまうと、何倍もの速力でどんどん飛んで帰ると兵隊が話してる。

長い裸の鉄橋にさしかかった。急修理したらしく、幾条も大きな針金で吊《つ》ってあって、相当高く、下は濁流が音立てて流れ、五粁《キロ》の速度と立札が立っていて、みしみし、ごとん、めりめり、と、あまりよい気持ではない。石山門《せきざんもん》から平均速力十粁になる。次第に日が暮れ始めるとともに、空模様が怪しくなって来て、臨淮関《りんじゅんかん》を過ぎる頃から、雨が落ちはじめた。降ったり、止んだりしているうちに、日が暮れてしまった。灯火管制をして、煙草も吸うなというので、暗黒の平野を暗黒の汽車が走って行くのである。快速力なら兎《と》も角《かく》、ごっとん、ごっとんと、まさぐりながら歩いているような機械ののろさに何かしら不気味さがある。昼間賑《にぎ》やかにしていた兵隊が少しも声を立てないので、私は眠ってしまったのだろうと思っていた。すると、急に誰かが低い声で、勝って来るぞと勇ましく、と歌いだした。すると、待っていたように、たちまち、皆が和しはじめ、次第に声が高くなり、しまいには膝《ひざ》を打ったり、伝単の袋を叩《たた》いたり、足を鳴らしたりして、合唱が始まった。

ふと、窓の外を見ると、淼々《びょうびょう》たる海原のようである。夜の中に幽《かす》かに水平線のみが見え、時折過ぎた丘陵は波のうねりのように見える。何の光もない。兵隊達の歌は、「露営の歌」から「上海だより」になり、「愛国行進曲」になり、「戦友」の歌になった。私は何時か兵隊達と和している自分に気づいた時に、はっとして歌いやめ、その感傷を嗤《わら》うべきだと考えたが、然《しか》も、これらの切実なる感傷をさえ反省することこそが、嗤うべき感傷なのではないか、と、ふと思った。前方に珍しいもののように電灯のちらつくのが見え、次第にはげしくなる雨の中を、汽車はやっと蚌埠駅に着いた。歩廊《フォーム》に沢山の兵隊の姿が見える。汽車に乗って来た兵隊は歩廊に降り、人員点呼をしていたが、一層ひどくなる雨の中に出て行った。報道部は何処かと、呶鳴っている者がある。岡田さんが来ている。歩廊にトラックも来ている。

皆で数十個の伝単の袋を貨車から降ろし、またトラックに積み換える。すぐに飛行場に運ぶのだと云う。雨は土砂降りになった。一台には積み切れないので取り敢《あ》えず一台だけ運んで行った。枕木を積み重ねて貨車から自動車を歩廊に降ろした。駅の時計を見ると九時四十分である。駅は忙しそうにざわついている。トラックが引っ返して来たので残りの唐米袋を積み、軍報道部に行く。雨はますますひどくなるばかりである。

軍報道部はがらんとした大きな二階建てで、まだ片付けも済んでいないらしく、階下は空家のように乱雑にごみごみしている。事務所は二階である。今夜のうちに伝単を飛行隊と各部隊とに渡すと云う。四五軒先の酒保の跡らしい家を倉庫にして伝単を入れ、種類別に分類して整理した。色々面白いのがある。しばらくすると、木村大佐、佐伯少佐、出淵大尉も来た。御苦労だな、と木村大佐。飯の支度が出来ているから食べに行きたまえ、腹減ったろう、と木村大佐が云ってくれるので、本部の食堂に食事に行った。すさまじい蠅《はえ》の群である。まっ黒である。食事を済ませて又伝単の整理をしていると、木村大佐が、又やって来て、風呂《ふろ》に入りたまえ、特務機関に頼んで、わざわざ沸かして貰《もら》ってある、汗出たろう、と云う。一段落ついていたので、報道部に引き返し、雨の中を駈《か》け抜けて特務機関の事務所に風呂を貰いに行った。いい気持だ。出ると、熱いお茶をよばれたが、非常においしく、がぶがぶと飲んだ。この附近は水があまり良くはなく、鉄分を含んでいるので、永い間ここの水を飲んでいると、胆石病になる者が多い、ここは大して大きな都会でもない癖に胆石病専門の堂々たる病院がありますよ、と特務機関の人が云った。先刻風呂に入った時に石鹼《せっけん》がうまく溶けず、ぎすぎすするので何か鉱石分があると思ったが、そのせいだろう。お礼を述べて帰る。雷鳴を加えたすさまじい豪雨である。続けさまに、稲妻がアセチリン瓦斯《ガス》のように青く光り、すぐ頭の上で凄《すご》い雷鳴が轟《とどろ》きわたる。御苦労だったな、まあ飲みたまえ、と云って、佐伯少佐が麦酒《ビール》を抜く。明朝高橋少佐の所へ、西伊《にしい》勢《せ》吉《きち》という運転手が自動車で行くというので、私も行こうと思うと、木村部長に話すと、明日秩父宮《ちちぶのみや》様も御来《ごらい》蚌《ほう》されるし、君に居って貰うとよいとは思うが、前線はどんどん進んでいるので、あまり離れないうちに行かんと追いつけなくなるし、まあ、それでは高橋少佐の下に行きたまえ、何か外に希望することはないか、などと、非常に理解ある言葉であったので、自分としても考えていることなどを述べ、一時も早く前線へ出たいと思うので、明朝自動車で高橋少佐を追及することにした。

青い稲妻が光り、雷鳴がすさまじく、いつまでも雨は歇《や》まない。

五月六日

明けると、けろりとしたようによい天気になっている。伝単の整理が残っているので五時頃起してくれと、出淵大尉に頼まれて居ったのに、こっちの方が起され、あんまりよく寝ているので起すのが気の毒だったが、と云われた。早速倉庫に行き、伝単を整理する。前線へ持って行く分を高橋少佐の自動車に積み込む。高橋少佐の居る位置を運転手の西君が知っているというので、木村部長や佐伯少佐に挨拶《あいさつ》し、八時頃、出発した。町はずれに出る。凸凹《でこぼこ》のはげしい上に、低いところに泥水がたまっている。赭土《あかつち》の大変な道である。物騒だが行けるところまで行ってみようと西君が云う。青空が見えて居ったのに又忽《たちま》ち曇って来て、やがてぽつりと落ち始めた。淮河《わいが》まで来ると、松井部隊の架けた立派な軍橋がある。鉄舟の上に板を張ったものだ。右手にある津浦線の鉄橋はまん中からぽっくり二つに折れて河中に没している。水は黄色い。軍橋にさしかかると工兵が飛んで来て、徐行してくれ、と云《い》う。軍橋を渡り、どろどろの道を通り、壁ばかり残っている小さな部落を抜けて、麦畑まで出ると、西君が、今日は到底駄目だ、引っ返しましょう、と云う。雨のため道路は泥濘《でいねい》と化しているので、まるきり車輪が空廻《からまわ》りばかりして、自動車は坐《すわ》りこんでしまうのだ。車はエンコするわ、敗残兵でも出て来たという日には恰好《かっこう》がつかん、昨日も敗残兵が二人居った、と云う。引っ返す。雨ははげしくなった。案の定軍橋の手前で、道の傾斜した所へずるずると自動車が辷《すべ》りこみ、動かなくなってしまった。藁《わら》を敷いたり、煉瓦《れんが》を噛《か》ましてみたりするが、いくらやっても車輪は空廻りして進まない。西君は靴をぬぎ、跣《はだし》になって、道路傍《わき》の水たまりに入る。大へんだな、早くえらくならんといかんな、と同情したつもりで云うと、いや、これもなかなか味のあるもんでね、と、別に面倒がりもせず、せっせと石や藁を運んだり、アンペラを拾って来て敷いたり、ジャッキをかけて押し上げたりする。手伝う。道傍の井戸で石油缶を釣瓶《つるべ》にして水を汲《く》んでいる工兵が気の毒がって笑っている。その附近には壁ばかりのあばらやに屋根がこしらえてあって、工兵はその附近に居るらしい。向こうから軍橋を渡って来た自動車が、将校が三人乗っていたが、私達の態《てい》たらくを見て、さっさと引き返して行った。やっと上がった。軍橋を歩いて渡る。機関銃の音がしている。一個中隊ばかりの部隊が向こうから渡って来て、堤防に集結し、隊長が不動の姿勢をして、何か命令を下している。斥候らしい五六人の兵隊が着剣して雨の中を走って行った。淮河の堤防は全部陣地になっていて壕《ごう》が掘ってあり、方々に掩蓋《えんがい》銃座が作ってある。堤防の到るところに我が軍の戦死者の白木の塚が泥の中に立てられ、野の草が供えられてある。淮河は二百米《メートル》から幅があって、相当水量もあり、この渡河戦は一方ならぬ困難であったことがまざまざと想像された。工兵隊の兵隊が、鉄橋の向こう側には戦死者の木標が同じ所に何十本も引っついて立っている所があると教えてくれた。又、北の方角で弾《はじ》けるように続けさまに機関銃の音がしている。軍橋を渡り切ったところで、又もや、自動車が坂下ではまりこんでしまった。いろいろやってみたが、どうしても上がらないので、荷物を下していると工兵の背の高いのが来て、押し上げてやろうかと云う。泥がはねて汚ないですよ、と云うと、なあに、どうせ俺達は仕事で汚れるのだから、待っていなさい、と云って、おういと橋の方に声をかけると、軍橋の鉄舟にたまった水を柄杓《ひしゃく》で汲み出していた兵隊が五六人、すぐに集まって来た。よいしょよいしょと、自動車を坂の上まで押しあげてくれた。ありがとう、と云うと、こんな道に自動車で行くものがあるものか、乾かなきゃ支那の道は絶対に駄目だよ、と笑い、軍橋の方へ駈けだして行った。報道部まで帰って来ると、木村部長も佐伯少佐も笑う。当分居れよ、などと云う。倉庫に行くと、まだ伝単の整理が済んでいないらしいので、手伝う。雨は止んだ。四時に飛行隊と各部隊とが伝単を取りに来ることになっている。昨日からあまり寝ていなかったので、待つ間伝単の上に横になっていたら、ぐっすり眠ってしまった。少しく蠅に安眠を妨害されはしたが、何しろ蠅の多いことは呆《あき》れるばかりで、昨夜食堂でも驚いたが、わんわんと家の中は勿論《もちろん》、路上にも無数に真黒に溢《あふ》れている。伝単は白赤青緑黄等の色紙に印刷されてあって、二十数種類ある。絵は今上海に居る麻生豊《あそうゆたか》＊氏が描いたということだった。汪精衛《おうせいえい》＊の上に眠って居った。四時過ぎに取りに来たので、区署された通り渡す。機上から撒布《さんぷ》する飛行機が一番分担が多く、山ほどあるので、トラックに積みこみながら、紙幣をこれだけくれるとよいがの、と笑う。いくらでもあげるよ、そら、おまけだよ、と投《ほう》りあげてやると、なかなかサービスがよろしな。へい毎度ありがとう。四時半には全部終った。

　雨の故《せい》か、秩父宮殿下は御来蚌にはなられぬらしい。

　風呂に入る。今日は裏にある風呂《ふろ》桶《おけ》で、当番の兵隊が来て沸かしてくれた。麦酒を買い出しに停車場の附近にある酒保に行った。壊れた煉瓦塀の中に、天幕張りの小さな酒保がある。もう売り切れましたよ。三日おきに百箱宛《ずつ》来ますが、一時間で無くなります。酒ならあります、金盃《きんぱい》です、一升一円七十銭と云う。缶詰など少し買って帰った。釣銭には朝鮮紙幣をくれた。

　夕食をすまして部屋に居ると、木村部長が入って来て、私達が麦酒を買い出さなかった話に同情し、買ったのがあるから麦酒を抜こうと云う。肴《さかな》にパイン・アップルの缶を切り、色々話しているうちに、何時の間にか座談会みたようになって、話題百出、あの話この話と尽きるところを知らず、きりがないからと、きりあげて、木村部長が帰ったのは十二時に近かった。

五月七日

支那の子供が何処からか柱時計を掻《か》っぱらって来て、ぼんぼんと振りながら町を歩いている。道路傍で銅銭《ドンペ》で五六人子供が賭博《とばく》をやっている。こましゃくれた手付で、ぽいと骰子《さいころ》を三つ転がす。あれは４５６と出たのが一番よいので、同じ数が揃って来たのがその次、１２３というのが一番いかんのです、と梅本君は説明してくれる。骰子の目がつぶれてはっきりしないので、眼を引っつけて見て、がやがや云い、擦れたブリキのような銅銭をやり取りしている。この十歳前後の子供達が銅銭で賭博をやるのは、方法はいろいろ違っていたが、杭州でも、上海でも、南京でも毎日のように見た。

松森君が次の伝単を取りに行くために十一時の飛行機で南京に帰るというので手紙を託した。時間がないので、父と、小倉の劉寒吉《りゅうかんきち》だけに書いたが、父には——これから最後的決戦である徐州大会戦に従軍するために前線に出発します。久しぶりに弾丸の下を潜って来ます。しかし、支那人の弾丸なんぞ決して僕には当らぬ筈《はず》ですから、

何卒《なにとぞ》御心配なきよう、――と、書き、寒吉には

この命うずむる覚悟出《い》でて行く河童《かっぱ》の道の燦然《さんぜん》として

という歌を書きつけたが、嘗《かつ》て、一兵隊として杭州湾に敵前上陸をすることに決した前夜、それまで禁じられていた手紙を書くことを許され、ただ簡単に、――いよいよ、杭州湾の北沙《ほくさ》に敵前上陸をします。――と書いた。支那人の弾丸なぞ当らない、とどうしても書けなかった、その切実な悲壮さとは、今、戦線へ出て行く私の気持とは非常に違ったものがあった。今度の従軍でも、或《ある》いは戦死するかも知れないが、今書きつける自分の言葉には何かしら修飾があると思われ、寒吉への歌を送ることをやめ、その歌は私の従軍手帳の最初の頁《ページ》に書き改めた。これは私が戦死した後に人から見られるのでなければ、この修飾は意義を持たないと思った。(河童というのは、私が河童が好きで、河童に関するものをいろいろ集めたり、時々河童の絵を描いたりするので親友達が私をそう呼ぶのである)

高谷さんと梅本君と三人で町を散歩に出た。線路の少し手前の壁に「弁理兵役保甲民衆須知」というのが青のペンキで一面に書いてある。

一、凡中華民国之男子均有服兵役之義務《およそちゆうかみんこくのだんしはひとしくへいえきにふくするぎむあり》

二、兵役分国民兵役与常備兵役両種《へいえきはこくみんへいえきとじようびへいえきのりようしゆにわかつ》

三、男子《だんし》年満《としまん》十八歳就要服国民兵役《さいこくみんへいえきにふくすべく》年満《としまん》二十歳経身体検査合格後就要服常備兵役《さいしんたいけんさをへてごうかくののちじようびへいえきにふくすべし》

以下十三条の徴兵に関する厳しい景気のよい佈告《ふこく》である。線路を越えて難民区域に入った。歩哨《ほしよう》が立っていて、本部の許可証を持たないものは入ることは出来ないと云った。あまり大きな家はない支那街で、日本の兵隊の姿は見うけない。沢山支那人が通行し、店を開いている。戦地とは思えぬ長閑《のどか》さがある。門のある家に、蚌埠難民復業指導委員会という看板が出ている。五六軒先に、商団組弁事処《しようだんぐみべんじしよ》というのがあり、商団の腕章をして黄色い海員服みたようなのを着た巡査と覚しいのが、我々を見ると、ひらりと袖《そで》をひるがえすような変な敬礼をする。東亜博愛医院というのに入ってみた。道教の寺らしく、今日は診断日でないのか、森閑として誰も居ず、左手の格子窓のある部屋を覗《のぞ》くと、眼の飛び出した青い色の痩《や》せた女が寝ていて、附添らしい老婆が出て来て、へらへらと笑った。すると寝ていた病女も飛び出た眼に愛嬌《あいきよう》を見せ、力のない唇《くちびる》を曲げてへらへらと笑った。それは何時何処でも支那人が日本の兵隊を見ると示す例の笑いである。しかし、むかつくような薬品の臭気の中であったせいか、嘔吐《おうと》を催すような陰惨ないやらしさを感じた。病室のどれにも、壁に腰位の高さに、銃眼を作りかけた跡があった。色々な食物を売っている露店が沢山あるのだが、一体に穢《きた》ならしく食慾《しよくよく》が起らぬ。参考のため饅頭《まんじゆう》屋で白っぽくふかしたような饅頭を買って噛んでみたがぱすぱすして味もなにもない。四ツ辻《つじ》に立っていた商団の巡査にやったら、旨《うま》そうに食ってしまった。これは、二つに割って、里芋《さといも》を油と塩でいたためたのを中に挿《はさ》んで、お粥《かゆ》といっしょに食べるとおいしいです。日本人はそうでもして食べなきゃ食えませんよ、と、お粥の名所大和《やまと》の産である梅本君が云《い》う。なんにもない空家の中に白っぽい液の入った罎《びん》を一つ置いて、肱杖《ひじづえ》をついてぽかんとして客を待っている男がある。何だと聞くと、酒《チュ》だと云った。なるほど、これは酒屋である。東菜市場《とうさいしじょう》と書いた煉瓦塀《れんがべい》のある広場の門に、日本の旗と五色旗とを立て、赤い紙に「蚌埠附近郷村代表合組弁事処成立大会」と書いて貼り出してある。入ってみる。方々に籠《かご》を置いて、野菜や卵を売っている。見ていると、一人の老婆が麵《めん》、葱《ねぎ》、豆などを一尺直径位の籠にいっぱい入れ、幾ら払うかと思っていると、十銭払って行ってしまった。なるほど、支那人は一日十銭あれば生活出来るな、と高谷さんが感に堪えたように云った。卵を四つ十銭で売っている。少し買った。成立大会の会場に行ってみると、まだ始まっていないらしかったが、机や卓子《テーブル》などがちゃんと設備され、日章旗と五色旗とが飾られ、幼稚園のようである。覗いていると、金縁の眼鏡をかけた三百代言のようなのが、へらへらと笑って、さあさあどうぞ、というように両手を動かした。

　報道部に帰って来ると、木村部長や佐伯少佐が自動車で出かける所で、梅本君を探しているから訊《き》くと、難民大会へ行くのだという。又、東菜市場へ行く。すぐに始まった。日本語のわかるのが三人程居て、通訳をしていたが、その流暢《りゅうちょう》なのに一驚した。南京《ナンキン》あたりから連れて来たものらしい。軍からは高橋参謀が日本軍代表として挨拶《あいさつ》をした。支那側代表が、苛斂誅求《かれんちゅうきゅう》飽くことを知らなかった国民政府の治下を離れ、苛《か》捐酷税《えんこくぜい》の桎梏《しっこく》を逃れて、東洋和平を念願とする大日本皇軍の庇護《ひご》の下に楽業に就くを得たるは譬《たと》えようなき幸福である。今後ともよろしく御指導御援助をお願いする、という意味の挨拶をする。拍手が起り、紙の五色旗を振る。大会が終ったら伝単を配るというので、十枚位宛に数えて分ける。汽車で持って来た伝単である。約百五十箇村の代表が来ているという。伝単は四種類なので、一種類宛四人で持ち、代表を一列に通過させて配ることに手《て》筈《はず》したのだが、この村代表氏等、訓練なく、いくら幹事が説明しても判らず、手数のかかること夥《おびただ》しい。それも当然で、ここに集まった代表はことごとく、純粋の農夫ばかりと思われ、もとより教育などあろう筈はなく、身体つきは頑丈で、色は真黒に焦げ、顔は折り畳んだような深い皺《しわ》で刻まれ、伝単を受け取る手は節だらけで八角金盤《やつで》のように広く大きい。彼等は町の支那人のように日本の兵隊を見てもへらへらと笑わない。黙々と伝単を受け取り、それを読むでもない。彼等は同じものを又貰《もら》いに来たり、あべこべに廻《まわ》って来たり、一枚だけ貰うと退いてしまったりして、子供よりも世話が焼けるが、私はこれらの朴訥《ぼくとつ》にして土のごとき農夫等に限りなき親しみを覚えた。それは、それらの支那人が私の知っている日本の百姓の誰彼によく似ていたせいでもあったかも知れない。これらの歯痒《はがゆ》き愚昧《ぐまい》の民族共は、彼等には如何《いか》にしても理解出来ない一切の政治から、理論から、戦争からさんざんに打ちのめされ叩《たた》き壊されたごとくに見えながら、実際にはそれらの何ものも、彼等を如何《いかん》ともすることの出来ないような、鈍重で執拗《しつよう》なる力に溢《あふ》れている。あちらでもこちらでも競争のように手《て》洟《ばな》をかみすて、洟のついた手を衣服になすりつけて拭《ぬぐ》い、又折角やった伝単をこれ幸いと洟をかんで棄てる眼くされの農夫を眺めて、私は敵《かな》わんなと思い、笑いだしてしまった。

帰ると、夕方、特務機関の人を儀集《ぎしゅう》まで乗せて行くので、一緒に自動車に乗った。儀集はあまり、遠くはなく、着くと、青草の芽生えた広い飛行場に、数十機爆撃機や戦闘機がずらりと並んでいる。爽快《そうかい》な風景である。二三日前敵の飛行機がこの儀集を爆撃に来て、随分爆弾を落して行ったが、飛行機に損害はなく、兵隊も軽傷が二三あっただけだとその人は話した。伝単を撒《ま》く飛行機に便乗させて貰って、敵陣地を上空から見たいと思い、木村部長にも佐伯少佐にもお願いし、何とか便宜を計ってやろうということだったので、乗れるかも知れない。用件を済ませて、又、自動車で特務機関の人と一緒に帰ったが、今日の夕刻近く蒙城《もうじょう》が陥落したそうです。と、その人は云った。

夜は、硝子《ガラス》玉《だま》のような支那の碁石が見つかったというので、紙に目を引いて即製の碁盤を作り、木村大佐、佐伯少佐、岡田さんなどと、リーグ戦をやり、深更に到った。

五月八日

針金の網の張った鉄の寝台に、蒲団《ふとん》はなく毛布だけなので、朝起きると皆身体が痛いと云っている。背中にちゃんと網目の模様がつく。これは寝てる間に身体の鍛錬が出来るわ、と、頭山満《とうやまみつる》*翁を崇敬し、名古屋《なごや》みたいな算盤《そろばん》ばかり弾《はじ》いている町から俺みたような奴が出たのは出色だよ、という岡田さんが、笑いながら云う。風のため、飛行機が出ないので、一日遅れた松森君は南京虫《ナンキンむし》に食われたと云って、あちこち掻《か》きながら捜索を開始している。

天気が続いたので道は大丈夫だろうというので出発することにした。前線は非常に好調に戦果を収めているので、どんどん進出し、我々が配属され、高橋少佐が行動を倶《とも》にしている師団司令部が今何処に居るものやら判らないということである。佐伯少佐が戦闘本部に地図を持って聞きに行ってくれた。今度の徐州大包囲戦は、蔣介石《しょうかいせき》が七か年の日子を費して構築したという堅陣に集結されている約五十万の敵軍を一挙に殲滅《せんめつ》するという大作戦なのだが、北からは北支の日本軍が既に数か月以前より攻略の軍を進め、中支軍は敵の退路を断つために南より北進する訳である。作戦上のことは省略するが、津浦線に沿うて第三師団、蒙城から永城《えいじょう》に左に迂回《うかい》をして第十三師団荻《おぎ》洲《す》部隊、その中央を第九師団吉住《よしずみ》部隊がそれぞれ北進するのだが、その北上軍の中で、最も「面白い戦」が予想され、且つ、真先に徐州に入城するであろうと考えられるのが吉住部隊で、軍報道部の主力や各新聞の従軍記者も全機能を挙げて同部隊と行動を倶にする、ということであった。佐伯少佐が帰って来て、地図を拡げ、昨日まで師団司令部の居た位置は判るが、今日は何処まで出ているか判らん、道もあるかないか、あっても通れるかどうか判らん、懐遠《かいえん》まで行けば兵站《へいたん》部があるから、其処《そこ》に行って道を訊きたまえ。昨日本部の居たのは、この仁和集《じんわしゅう》というところだ、と説明してくれた。挨拶し、写真班の梅本君も行くというので、西君の運転する自動車に乗り込んだ。出発。九時を少し過ぎていた。大阪朝日の青いバスが一緒に連れて行ってくれというので同行する。

一昨日《おととい》行きかけた道でなく、淮河に添って懐遠まで行く。よい道である。青い岩肌の山が前方に見え、懐遠に着いた。トラックで狭い道路は混雑している。北園《きたぞの》兵站部隊に入ると、こちらは藤田《ふじた》部隊兵站だからと云われ、五百米《メートル》計《ばか》り先の織田《おだ》兵站の事務所に行く。聞いてみると、部隊は何処まで行っているか判らない。道もこの先三里位まで、蘇集《そしゅう》までは行けること確実だが、それから先は判らない、何しろ、道を壊しているし、敗残兵は居るし、おまけに地雷を埋めたりしてあるので、昨日もトラックが引っかかってやられた。兵站でも万難を排してトラックで師団に追及するつもりだが、行ってみなければ判らない始末だ、と背の低い少尉が云った。其処を出ると、西君が心細そうな顔をしているので、兎《と》に角行ってみよう、引っ返すわけにはいかん、なに、大丈夫だよと私は云った。はげしい凸凹道《でこぼこみち》を工兵隊が修理している。淮河に灑《そそ》いでいる渦河《かが》に観月橋《かんげつきょう》という工作隊の架橋した粋《いき》な名前の立派な橋がある。懐遠の町外れである。赤い旗を持って橋の袂《たもと》に立っている工兵軍曹に訊いてみると、本部の位置まではどうかわからんが、包家集《ほうかしゅう》までは行けます。先刻工兵のトラックが器材を積んで行ったから追っかけてごらんなさい、と云った。徐行してくれというので静かに観月橋を渡り、破壊された部落を抜けて出ると、豁然《かつぜん》として眼の前に茫漠《ぼうばく》たる麦畑が開けた。地図を按《あん》じながら進む。どろどろにこね返された道が其《そ》の儘《まま》堅まっている道を揺られながら行く。飛び上って何度も頭を打つ。工兵隊のトラックは何処にも見えない。初めは走っている道が、地図ではこの道だと判じられたが、蘇集を出ると、道が縦横にあって一面の麦畑の中に入りこんでしまい、見当がつかなくなってしまった。それは初めからあった道ではなく、麦畑を部隊が通ったために自然に出来た道だ。困ったので暫《しばら》く停止していると、私達の来た方向から二台乗用車がやって来た。将校が四五人乗っていて本部まで行くというので、これ幸いとその自動車の後から従《つ》いて走った。まるで道がない。同じ所を行ったり戻ったり迂回したりしていたが、あまり道が悪いので、その自動車は、これではとても行けないから道の良くなるのを待って出直す、後から従いて来ても知らんぞと云って引っ返して行ってしまった。見渡すかぎりの茫漠たる麦畑のまん中に投《ほう》り出され、地図を調べたり、羅針器を出して方角を按じてみたりしたが、現在、どの地点に居るものやら、目標になるものがないのでまるきり見当が立たない。すると、あれは敗残兵やないか、と西君が声を細めて囁《ささや》く。なるほど、森の中に、支那人らしい姿が二三隠見する。土民だよ、と云《い》っても、こりゃ困ったことになった、引っ返そうかと云うので、今更帰られるもんか、大丈夫だよ、どうせ少し西へ振りながら北進すればよいのだからもう少し行ってみよう、と云うと、地雷火にでも引っかかったら大変だ、と云う。仕方がないので、まあ一休みしようと、麦畑に腰を据えた。朝日の青バスも、困りましたなと云っている。なにしろこの果てしもない麦畑は実に駭《おどろ》くべきものである。もう殆《ほと》んど実りかけているのだが、附近の部落の農民はことごとく何処かへ逃げてしまっているので、刈りとるべき主《あるじ》も居ない。風が吹いて来ると、さあと青いうねりを漂わせて波打つのは見事である。点々と土の家が数軒密集したような、名もあるかないか判らぬ部落があるきり、山も見えず、あとは海のごとき麦畑ばかりである。ところどころに高粱畑《コウリヤンばたけ》がある。これは一尺も伸びていない。来た、来た、と西君が叫ぶので、見ると、蘇集の方角から、遥《はる》かに水平線に浮かんだ艦隊のように、トラック隊がやって来るのが見えた。近づいて来たので、聞いてみると、織田部隊渡辺部隊で、師団に追及するのだというので、後尾から続行することにした。到るところ道が壊されていたり、橋が落されていたりしている。そんなところへ来ると、先頭のトラックに乗っている工兵がばらばらと飛び降りて迅速に修理する。クリークの浅いところに切り倒した樹木や高粱の殻などを横たえて応急の通路を作る。トラックのように強くないので、我々の自動車や、朝日の青バスは何回もへたりこみ、押して貰《もら》ったり、綱を結び附けて引っ張って貰ったりして、やっと渡河する始末だった。これは、単独で行ったら師団に追いつくなどということは全然思いも寄らぬところであった。師団通信隊の架設した電話線を張った柱が麦畑の中にずっと遠くまで立てられてある。それに沿って行けば本部の位置に到達する筈《はず》である。何処まで行っても麦畑である。豚が二三匹連れで逃げ廻《まわ》っている。耳の長い黒い細身の驢馬《ろば》がうろうろしている。ひょいと立ち止まり、耳を左右にびくつかせて怪訝《けげん》そうにトラック隊の通るのを眺めている。主の居なくなった部落の家の蔭《かげ》から呑気《のんき》そうに鶏が餌を拾いながら出て来る。野犬が非常に多く、麦畑の中で何かを引き裂いて食っているのもあった。小休止した或《あ》る部落で、外には人影さえないのに、桑の木の下の円筒形の石の上に見窄《みすぼ》らしい老婆がたった一人腰かけていた。最初老婆は日本の兵隊をおどおどした眼付で見ていたが、やがて立ち上がると、腰をかがめて歩き出し、何やら手を上げ下げし、変な身振りをして泣き始めた。どうしたのだろうと思っていると、梅本君は、あれは、支那の兵隊は部落に来ると、米も銭も衣服も姑娘《クーニャン》も何もかも洗いざらいを持って行ってしまうが、日本の兵隊は何にも盗《と》らないから非常によい、と追従を云っているのだ、と云った。

小さな部落に四五十人兵隊が休憩していた。初めて見た歩兵部隊である。汗に濡《ぬ》れ、赭土《あかつち》に汚れた軍服を着て、思い思いに土の家の蔭や、土堤《どて》の上に腰を下している。荷物を背負った、耳の無暗《むやみ》に長い驢馬が二頭柳の木に繋《つな》がれている。広瀬准尉という人が居って、淮河を渡ってから最初の激戦であったという張八営《ちょうはちえい》の戦闘の話を聞いた。非常に苦戦をしたらしく、六日朝、攻撃した人見《ひとみ》部隊は百名に達する戦死者と数百名の負傷者を出したということである。然《しか》も、夜来の豪雨の為、赭土は泥沼と化し、その中を泳ぐようにして前進し、軽機関銃も小銃も泥に浸《つか》って役に立たなくなるし、泥の中を這《は》って行って顔を挙げて見ると眼の前に敵が居たというような接戦を演じ、泥沼の中に壮烈な白兵戦が行われたと云う。慄然《りつぜん》とするような話であった。兵隊の軍服にこびりついている赭土はその時のものであろうと思い、私は、もう一度、尊いものを見るように眺めなおしていると、広瀬准尉は、尚《なお》も困難であった戦闘の話をつづけ、藤野部隊長のごときは兵十七名と一緒に突撃をやったそうです、占領してからも敵は二回も逆襲して来ました、勿論《もちろん》これを撃退しましたが、残念ながら、とうとう、私の小隊も兵隊を五人殺しました、負傷者も十六名程出しました、と黯然《あんぜん》として云った。

朝日の青バスは途中でラジエーターに故障を起し、工兵隊で修理して貰うと云って引っ返して行った。戦車隊が後方から来て追い越して行った。これはまた野放図なもので、トラックが困っているような所でもどんどん通って行ってしまう。困難しながら前進して行くうちに、次第に兵隊の姿を見、部隊を見かけるようになった。夕陽が麦畑の上に赤い玉になって落ちて行く。その頃になると、右も、左も、後も、前も、前進する部隊の列に依《よ》って囲まれ、前方には轟《とどろ》く大砲の音が聞え始めた。走りながら、だいぶ前線に近づいたな、と思っていると、五十米位右手の部落から、鞭《むち》を振りながら二人の将校が馬を飛ばして来て、トラック隊の前方に立ち塞《ふさ》がった。危ないから止まれと云っているのだ。何時の間にか最前線まで出てしまったらしい。麦畑の中に下りて見ると、右斜《ななめ》のあまり遠くないところですさまじい銃声がしている。前方の森に白い煙が上っている。笛のような音を立てて流弾が飛んで来る。飛行機の爆音が爽快《そうかい》である。聞いてみると乗馬将校の出て来た部落に本部がある筈だ、と云う。やれやれと思った。

通信隊がどんどん走りながら、電話線を架設している。電線架を負った兵隊が息を切らしている。これも大変な仕事だ。麦畑の中を抜けて、部落に入った。本部もまだ到着したばかりとみえて、馬を樹に繋ぎ、荷物を降ろしたり、水を呑《の》ましたりしている。部落とは名ばかりで、土で拵《こしら》えた低い家屋が十軒ばかりあるきりである。後で聞いたのだが泰家《たいか》というところである。高橋少佐を探して、ひょいと汚ない藁家《わらや》の角を曲ったら、出会頭に、粗末な椅子に腰かけている恰幅《かっぷく》のよい相当年配の将校が居たので、はっとしてみると、肩章が眼に付きこの人が部隊長だと思った。慌てて敬礼をした。高橋少佐はいくら探しても見当らない。既に夕闇が迫り、前方の森では戦闘は益々《ますます》はげしくなるらしく、機関銃の音がしきりである。各社の新聞記者が大勢寄って来て、自分とこの自動車は来ないかと聞くので、到底来られる道でない、と云うと、師団の車もまだ来ていないし、報道部のが一番乗りですよ、などと云っている。

部落の出外れた麦畑の中に先に三角の赤い旗のついた三間位の竿《さお》を二本立てて、それに紐《ひも》を渡し、何かの包みが二つ間を置いてその紐に括《くく》りつけてある。飛行機がしきりにその真上で旋回をしている。竿を立ててその廻りに居るのは対空班だ。麦畑の中に隊号を示す布板が拡げられてある。飛行機は二三回旋回して居ったが、次第に低く下って来て、推進機《プロペラ》が急に緩く廻転《かいてん》し始め、ぐうっと下って来た。横に渡した紐とすれすれ位に近づくと、飛行機からも先に分銅《おもり》のついた二間ばかりの紐が垂れていて、さっと引っかけて、紐とともに包みを吊《つ》り上げてしまった。機上からその紐を手繰り取っている。鮮かなものだと思った。此《こ》の飛行機は南京から来たのであるが、戦闘本部と前線部隊との戦線に於《お》ける一切の連絡は、飛行機からの通信筒投下と、この吊り上げとに依って行われるのだろう。

尚も探していると、銃声のしている森の方角の麦畑の中を、馬に乗って此方《こっち》へ来る高橋少佐の姿が見えた。黄昏《たそがれ》の中だったが、軍報道部の腕章と、伸びた髯《ひげ》が一番に眼についた。近づいて行くと、少佐も驚いた様子で、やあ、よく来たな、とだけ云った。随分日に灼《や》けている。馬から降りて、よく来れたね、道があんなだし、師団の車もまだ来ないし、到底駄目だと諦《あきら》めていたよ、と云う。それから××部隊長初め、参謀、副官部等の将校の人達に紹介に連れて廻ってくれた。管理部の小泉少尉が、狭い所だけれども我慢したまえ、と云って家を一軒割り当ててくれ、食糧は彼方《あっち》で貰いたまえ、話してあるから、というので、分配所に貰いに行った。梅本君と西君と三人前四日分の米七升二合と、干物の千切大根や椎茸《しいたけ》や梅干を貰った。汚ないクリークがあるので、飯盒《はんごう》で米を磨《と》いで、炊爨《すいさん》を始める。大勢兵隊がその水で米を洗っている。馬に飲ませる水を汲《く》んでいる。分隊長として杭州湾から上陸してからは、分隊の兵隊が大てい一緒に飯を炊いてくれたので、自分で米を磨いだり、水の加減を計ったりしたことはあまりなかったのだが、さて今になってみると、えらいもので、どうやら恰好《かっこう》だけは判るので、何にも判らぬ梅本君や西君に比べると、こちらがいかにも玄人というわけだ。飯盒の飯炊きは兵隊さんに任せとこうと任され、水加減をいい加減にしたが、うまく出来るかなと、一寸《ちょっと》不安でもあった。敵に火を見せてはいかんというので暮れてしまわないうちに兵隊は各々勝手な場所に土や木を積んで竈《かまど》を築き、棒を渡して飯盒をぶら下げ、高粱の殻を薪《まき》にして燃やしている。私達は蚌埠から持って来た飯が残っていたのを食べたので、炊いた飯は翌朝食べることにした。どうやら飯はあんまり上出来ではなかったが、あんまり不出来でもなかったようだ、出来損うと、兵隊としての名誉を失墜するところであった。

　出発は戦線の都合で判らないから、疲れているだろうから今日はもう寝ていたまえ、と高橋少佐が云《い》った。どの家も牛小屋見たいなむさくるしい家ばかりである。本部も頭の閊《つか》えそうな狭いところに、蠟燭《ろうそく》を立て、地図を拡げて、事務を取っている。兵隊はアンペラや高粱《コウリャン》の殻等を探して来て、小屋を作ったり、地面に敷いたりして、露営である。敵はなかなか頑強らしく、銃声が絶えない。霞《かす》んだ空に暈《かさ》を被《かぶ》った半月が出ている。水たまりで蛙がしきりに鳴いている。戦場で聞く蛙の声は馬鹿馬鹿しく寂しいものだ。しかし、驢馬には弱った。豚と馬と牛と鶏と一緒にしたような声で、恰度《ちょうど》錆《さ》びついて滑りの悪くなった釣瓶《つるべ》を汲み上げるような、これは、どうにも形容に困るような声で、口や咽喉《のど》だけで鳴くのではなく、鼻やら耳やら、身体中を揺り動かして、身も世もあらぬように念入りに喚《わめ》き立てる。聞いていると、笑い出さないではいられない。荷物を積ませた驢馬が沢山居て、交替で鳴き立て、恰度、私達の寝床の耳元に三頭繋がれていた奴が、遠慮もせず、一晩中鳴き立てた。家の中には藁の上にアンペラを敷いて寝たが、家の中には又無数に蚤《のみ》が居って、結局、一晩中、蚤と驢馬のため、まんじりともしなかった。どうにもやりきれんので表に出て見ると、月光で明かるく、兵隊は昼間の疲れで、急造の塒《ねぐら》でぐっすりと眠っている。鼾《いびき》や歯軋《はぎし》りが聞える。例の驢馬が厭《いや》な声で鳴いている。本部はまだ起きているらしく、藁家の窓からぼうと蠟燭の明かりが洩《も》れ、無電機の発電する音が遠くで聞く艪《ろ》の音のようにもの悲しく軋《きし》んでいる。銃声は相変らず絶えない。蛙の声もする。それらの色々な声や音が霞んだ月明りの中に無限の静寂を漂わせている。繋がれている軍馬の蠢《うごめ》く気配に、向こうを透してみると、部落の出外れの一本の樹木の下に立っている一人の歩哨《ほしょう》の黒い影が見えた。銃剣がきらりと光った。ふと、故郷のことが思われた。

五月九日

烏が騒々しく鳴いている。表に出て見ると、まだ薄暗い。兵隊は彼方此方《あっちこっち》で火を焚《た》いて飯盒を掛けている。銃声はしないが、幽《かす》かに砲声が聞える。湯を沸かし、茶漬飯を食う。兵隊がこん畜生、喧《やかま》しくて寝らりゃせん、と棍棒《こんぼう》で驢馬《ろば》の尻《しり》を拍《たた》いている。

麦畑に糞《くそ》をたれに行く、踞《かが》むと、背の高い麦のために何も見えなくなってしまう。誰も居ないのかと思っていると、麦の中から煙草の煙がゆらゆらと立ちのぼる。向こうからも一筋、また右手に一筋、それから、麦畑の中に用の済んだのがにょっきりと姿を現わす。汚ない話だが兵隊のたれた糞を踏まないように注意して歩きながら、私は排泄《はいせつ》されたものが殆《ほと》んど血の混った赤い糞であるのを見て、胸つかれるものがあった。私達が杭州湾から敵前上陸した直後、腹工合《ぐあい》はなんともないのに赤い糞の出るのに驚いたことがあった。小便もまっ赤であった。泥濘《でいねい》の中や、クリークに浸り、雨に打たれ、泥水が腰まで埋める溝の中で夜を明かし、寒気のために顫《ふる》えながら、誰一人風邪《かぜ》を引いた者も身体を壊した者もなかった。しかし、大ていの兵隊が赤い糞をした。私は初めはびっくりしたが、訊《き》いてみると、皆そうだと云うので安心したものだ。無論痔《じ》が悪くなったのではないらしく、間もなく、またもとの懐しい黄色に還元した。徐州会戦の火蓋《ひぶた》が切られて、淮河を越えて進撃を始めた頃は、恰度、私達が蚌埠に着いた頃で、あのすさまじい雷鳴と豪雨と、引き続いて降りしきる雨の中を、赭土《あかつち》の泥沼と化した曠野《こうや》で戦闘が行われたものと思われる。張八営の戦闘では、泥海の中を泳ぐようにして行ったと聞いた。それは無論張八営だけではなかった筈《はず》である。私は医者でないから赤い糞についての生理的な説明は知らない。しかし、私は、今、麦畑の中に残された赤い糞を見た時、土にしみてしまってわからないが、小便もきっと赤く染まっていたと思う。それから、赤い糞を残しながら、煙草を燻《くゆ》らして悠々と帰って行く兵隊の姿を見た時、そこはかとなき感激を禁じ得なかった。私はその労苦を痛ましいとも考えるのだが、兵隊は自分では何も気づかないのだが、その姿には太々《ふてぶて》しい不敵さがあった。

わあという喊声《かんせい》がするので、見ると、褐色の牝牛《めうし》が二頭、猛烈な突き合いを始めている。兵隊が思いがけぬこの戦場の見世物に喜び、取り巻いて囃《はや》し立てる。広場を縦横に牛は駈《か》け廻《まわ》って、土煙を立てる。勝負はなかなかつかない。この辺の牛は大柄で毛の美しい立派な牛が多い。水牛は見かけない。喧嘩《けんか》じゃないよ、朝の挨拶《あいさつ》さ、田舎の牧場では毎朝やってるよと、その方面の青年らしい兵隊が云っている。

出発。果てしもなく続く麦畑の中の進軍である。陽が上って来ると次第に暑くなって来る。雨が降れば泥濘と化する道は天気になると乾いて灰のようになる。黄色い土煙が濛々《もうもう》と立ちのぼり、煙の幕の中に進軍して行く部隊が影絵のようになったり、見えなくなったりする。赤い旗のついた竹竿《たけざお》を担いだ乗馬の対空班が先頭に行く。その後から騎兵に前後を護衛された部隊本部が行く。数十頭の乗馬隊が粛々と進んで行くのは絵のごとく、颯爽《さっそう》としたものである。炎熱を避けさせるため、馬は皆菅笠《すげがさ》や編笠《あみがさ》を被っている。耳だけ笠に穴を開けて出している。手拭《てぬぐい》を被ったのや、葉のついた木の枝を頭に載せているのもある。驢馬隊に荷物を負わせて、各社の新聞記者が従《つ》いて行く。既に連日の行軍で、豆を拵《こしら》え、足取りの香ばしくない者もある。黄塵《こうじん》のため、口の中はざらざらする。歯にあたってがじがじ鳴る。吐くと黄色い唾《つば》が出る。汗が淋《りん》漓《り》と流れ落ちる。軍服に沁《し》みて透《とお》る。流れた汗に黄塵がくっつき、拭《ぬぐ》うと斑《まだら》になってまるで、下手な田舎芝居の役者の白粉《おしろい》の剝《は》げたみたいである。兵隊はものも云わず行軍して行く。話しかけても、怒ったような顔をして碌《ろく》に返事もしない。小休止になると、埃《ほこり》の中だろうが、馬の糞《ふん》の上だろうが、投げるように仰向けに引っくり返ってしまう。背嚢《はいのう》には何日か分の米を入れた靴下を括《くく》りつけてある。背嚢の中にはぎっしり入組品が詰まっているに違いない。弾薬や手榴弾《しゅりゅうだん》も入っているだろう。引っくり返った兵隊は一寸《ちょっと》の間も惜しむように、足を伸ばし、肩を緩め、一口の冷めた湯を水筒から口の中に大事そうに流しこむ。炎熱の行軍の中で一杯の水筒の水ばかりが頼りである。見渡すかぎりの麦畑ばかりで、クリークは非常に少なく、たとえあっても溷濁《こんだく》した水は呑《の》むことが出来ない。朝沸かして水筒に詰めた湯を一日大事にしなければならぬ。前進。又も黄塵の中の行軍が続けられて行く。背嚢の負革が肩に喰《く》い込んで来る。銃は右に担ったり左に肩を換えたりするが、背嚢は下ろすわけに行かない。胸が緊《しま》る。弾《は》ね上げる。一寸楽になる。また肩に喰い込んで来る。兵隊はそれでも何でもないような顔をして、進んで行く。黄塵を被り、土人形のようになり、汗に濡《ぬ》れ、歩いて行く。この麦畑は正に恐るべきものである。大麦、燕麦《えんばく》、小麦、など、ただ茫漠《ぼうばく》たる麦の海で、これから先何処まで続いているものやら想像もつかない。これは単に麦を植えるとか耕作するとか云うような、生やさしい感じではない。この一本一本はことごとく支那農民の手に依《よ》って種蒔《ま》かれ、育てられたに違いないが、見渡していると、盛りあがって来るような土のすさまじさに圧倒されそうになる。私は蚌埠難民大会で見た村代表の百姓達を思い出した。あの鈍重な不屈の表情と八角金盤《やつで》のように広くて大きい掌《て》とがこの麦畑を完成した。それは大地そのものである人間のみが初めて成就し得ることである。小さな部落で昼食をする。桑の木に実が熟《な》っている。その下に二尺位の高さに土の塔があって、笠が被せてあるので、何かと思って覗《のぞ》いてみると、蜜蜂《みつばち》の巣である。飾り玉のようにまん丸に蜜蜂が群れて止まっていた。二三本あるアカシヤの樹には白い花が満開である。鶏が居るので追い廻してようやく一羽を得た。滅多に見ない野菜畑があって、小さい葱《ねぎ》と豌豆《えんどう》があるので収穫しておく。

午後四時頃、馬集《ばしゅう》という部落に宿営。相変らず土の家ばかりである。小泉少尉が割当ててくれた藁家《わらや》に入り、片附ける。参謀部の中山中佐と高橋少佐も一緒だった。こんなこと生まれて初めてだが、と悔みながら梅本君が怖る怖る鶏を締め、毛を挘《むし》って料理を始めた。西君は管理部の人と一緒に糧秣《りょうまつ》トラックを誘導するために自動車で近くの部落まで行った。間もなく、帰って来た。チェッコ機関銃の音がしきりにして、危ないからというので途中から引っ返して来たということである。鍋《なべ》が見つからないので飯盒《はんごう》の一つで鶏汁を作ることにした。そこの家に恰度小さい壺《つぼ》に入れた塩があったので沸騰している飯盒の中に二掴《つか》みほど入れた。黒い汁のしみたような岩塩だ。高橋少佐の当番斉藤一等兵と中山参謀の川原一等兵がやって来て部屋を取り片附けた。どちらも少年のように可愛い兵隊である。やあ、御苦労かけたな、と云って高橋少佐が帰って来た。後から新聞記者が集まって来たので、裏の庭に出て、土の上に地図を拡げ、高橋少佐が戦況の発表をする。だいぶ薄暗くなっていた。家鴨《あひる》が家の竈《かまど》のかげに居たので捕え、足を括って裏の庭の隅に転がしておいた。飯にしようというので家の中にアンペラを敷いて支度をする。どうですか、一杯、野戦料理のかしわ汁は、と云《い》って高橋少佐に茶碗《ちゃわん》に一杯持って行くと、ありがとうと云って口をつけたが、うまいな、と云った。あとで自分達で食べてみると途方もなく鹹《から》くて、おまけに鶏がむやみに堅くうまくもなんともなかった。

　村外れに池があるというので顔を洗いに行った。朧《おぼろ》の月が出ている。眼を細めると、果てしない麦畑が微風《そよかぜ》に波打ち、海浜に立っているようである。歩哨が立っている。遠くで思い出したように銃声が聞え、犬の遠吠《とおぼえ》が聞える。銃声は右でしているかと思うと、左の方角からも聞える。後の方でも機関銃の音がする。敵の中に居るなと思った。家に帰ると、中山参謀が、いくら自動車だと思っても、あんまりうろうろするなよ、君達は戦闘が任務ではなく報道が任務なのだから、と云った。どういう意味だろうと考えたが、昼間、道が無いので、自動車に乗り、部隊と離れて右の方に迂回《うかい》していると、伝騎が飛んで来て、そちらは敵が居るから部隊の左を行けと云われたが、そのことかも知れぬと思った。中山参謀はでっぷり肥《ふと》った恰幅《かっぷく》のよい磊落《らいらく》な人である。私の最も近しい誰かの面影に非常によく似ている。話をしていると、参謀部から高橋少佐にすぐ来てくれるようにと伝令が来たので、伝単のことかな、と高橋少佐は云いながら、中山参謀と一緒に出て行った。アンペラを敷き、寝ることにした。今夜も蚤《のみ》に攻められるらしい。隣の牛小屋を宿にしている兵隊が四五人大きな声で話をしている。老酒《ラオチュウ》でも見つけて飲んでいたのを、次第に呂律《ろれつ》の怪しい語調になり、徐州なんぞこの月がまん丸くなる頃には、落ちるさ、屁《へ》の河童《かっぱ》だよ、敵は逃げて居りゃせん、などと笑い、鴨緑江節《おうりょくこうぶし》を歌ったりしだした。誰かが泣きだしたのか、この野郎、何が悲しいか、嬉《うれ》しいのか、という声が聞え、一層高声になって、げらげらと笑ってばかりいる。壁越しに聞きながら眠った。

五月十日

眼が覚めると外はすっかり明かるくなっている。飯を煖《あたた》め葱の塩汁を作る。大きな瓶《かめ》に割合に綺麗《きれい》な水がある。庭には黄色い土が沈澱《ちんでん》している。裏の庭に出て見ると、昨夜括って転がしておいた家鴨の姿が見えない。その代りその跡に大きな卵が一つ転がっている。昨夜寝てから何度もばたばたして啼《な》いている声を聞いたのだが、夜中に、卵を置土産にして逐電したとみえる。昨夜賑《にぎ》やかだった兵隊達が大きな鍋で炊いた飯を飯盒の蓋《ふた》に注いでふうふう吹きながら食べている。もう一つの鍋には一杯味噌汁《みそしる》が滾《たぎ》り立っている。何処かで支那味噌でも見つけたのだろう。一人背のずんぐりした兵隊が、昨夜は南京虫のために酷い目に会った。これが恨み重なる南京虫だよ、と云えば、どれ、見せろと、一匹南京虫を引っ張り凧《だこ》にして、こんな支那の虫に悩まされるとは残念だと、一人の兵隊が軍靴の下で踏み潰《つぶ》した。表に出てみると、土の盛り上げた上に一尺直径の丸い平石が置いてあるので、石を退けてみると、中からむっと暖気が溢《あふ》れ、深い穴である。中は相当に広いらしく暗くてよくわからない。防空壕《ぼうくうごう》かなと思ったが、何処の家の前にもあって、戦争のために作られたものではなく、何か食糧品でも貯蔵して置くものらしく思われた。持って逃げてしまったのか、どの穴も空であった。家鴨の卵を高橋少佐に進呈する、これは御馳走《ごちそう》だと、生で啜《すす》った。

午前十時出発。今日は隊形を整えるだけだからあまり動かぬ筈《はず》だと高橋少佐が云った。進軍する道は又も茫漠たる麦畑ばかりである。何処まで行っても変化のない同じ風景ばかりである。東北の方角で、遠くではあるが、はげしい銃声がしている。風の加減か、非常に幽《かす》かになったり、すぐ其処《そこ》のように聞えたりする。じりじりと照りつける太陽は麦畑の上にえんえんと陽炎《かげろう》をあげている。正午少し前に王西庄《おうせいしょう》に着いた。低い土の家が二十軒にも足りないような小部落である。此《こ》の附近は海のような麦畑の中に、島のようにこんな風な見窄《みすぼ》らしい部落が点々とあるばかりである。しかし、ただ、部落は豊富な樹木に依って蔽《おお》われ、殆《ほとん》ど楊柳《ようりゅう》だが、新緑滴るごとく、此の点は爽《そう》快《かい》である。割当てて貰《もら》った土の家を掃除する。窖《あなぐら》のようだが、狭い方の部屋をえらい人の室とし、汚ない机や籠《かご》や紡車などの散乱している部屋に高粱《コウリヤン》の殻を集めて来て我等の新居を装飾した。忽《たちま》ち無数の蚤に襲撃された。藁の中や、壁からぴょんぴょん飛び掛って来る。表に出ると屋根から飛び下りて来る。蚤取り粉を大急ぎで撒《ま》いたが、この蚤取り粉の香は蚤が大好物なので、その香に心惹《こころひ》かれて集まって来て、それから往生するものだ、と梅本君が説明する。そのせいか、蚤取り粉を振り撒いたら余計増加した。これは敵《かな》わんと思っていると、本部から帰って来た高橋少佐が、此処《ここ》には蠍《さそり》が沢山居るから注意せんといかんぞ、参謀部で八匹捕えたそうだ、靴を履く時には中に入ってやせんか確かめてみんとやられるぞ、蠍に食われると肉が腐ってしまうからな、と云った。靴の中は既に蚤の巣窟《そうくつ》と化したが、この上は、南京虫の居ないことを以《もっ》て良しとすることにした。

東北方の銃声はますますはげしくなるようである。自動車に積んで来た前線用の伝単を区署された通り整理して各部隊に引き渡した。本部では各部隊の命令受領者を集め、参謀の川久保《かわくぼ》中佐が作戦命令を達している。緊張した空気である。吉住部隊本部に命令伝達の為と、伝単を届けるのと、高橋少佐から吉住師団長への託されたものを持って、自動車で孫庄《そんしょう》に行った。同じような風景の中で顕著な目標が無く、解りにくいこと夥《おびただ》しい。おまけに途中で訊《き》く兵隊がよく知らない癖に、あの森だとか、まだ北の方だとか云うので、麦畑の中の道を、右往左往する始末だ。初めに入り込んだ部落では兵隊が裸になって襯衣《シャツ》を洗濯して居ったが、わあわあと喊声《かんせい》がするので見ると、牛をかけ合わせて手を拍《たた》いて騒いでいる。砲兵隊らしかった。やっと孫庄に着く。自動車を止めると、すぐ眼の前の樹蔭《こかげ》に粗末な椅子を並べ、戸板か何かの上に地図を拡げている将校が四五人居たので、吉住部隊長にお目に掛りたいのですが、と云うと、其処に居られた一番年配の大柄な人が部隊長であった。高橋少佐からの託《ことづか》り物を差し上げると、ありがとう、と落ちついた声で云い、高橋少佐の名刺の裏を読んで、もう一度、ありがとう、と云った。高橋少佐宛の名刺を貰って帰る。しきりに電話で各部隊と連絡を採っていたが、部隊は着いて間もなくらしいのに、攻撃態勢を整えるため、直ちに出発して移動する様子であった。途中に葱畑があったので、葱と韮《にら》とを少し引いて帰った。部隊や同盟通信の自動車がやっと追いついたらしい。兵站《へいたん》自動車が到着したからと云って、同盟の須藤君が高橋少佐の所へ麦酒《ビール》を二本持ってきた。一本くれた。二本しかないのだから、と遠慮したが、そんな気兼ねをするなよ、と高橋少佐が云うので、実は咽喉《のど》がしきりに鳴っていることとて有難く頂戴《ちょうだい》することにした。先《ま》ず、壁の棚に供え、ゆっくり平げることにした。夕飯の折、梅本君、西君、斉藤、川原両一等兵の五人で一杯宛《ずつ》飲んだが、非常においしかった。戦場で麦酒などとは思いも設けぬところであった。表口に竈を拵《こしら》える時気づいたが、我々の新居は、我々が来る迄《まで》は楽しい夫婦の新居ででもあったろうかと思われた。表口の鴨居には赤い紙に横に

「佳寓同心」の四字があり、扉には左右に

良縁由人結《りようえんはひとによってむすび》

佳寓自天成《かぐうはてんよりなる》

の二行がある。この附近の部落にはどの家にも、どんな粗末な部屋にも、必ず門口や入口には鮮かな字で嬉しくなるような美しい文句を書いた赤い紙が貼りつけてある。それは、見窄らしい土の家には一寸《ちょっと》不似合のように見えるが、それは尽《ことごと》く一家の幸福をひたすら希《ねが》う言葉ばかりである。これは無論強烈な土の匂いを発散する麦畑と繋《つな》がりのあるものに相違ない。これらの農民は何処へ逃れて行ったのか、此の附近では更に土民の姿を見かけない。然《しか》も、誰も居ない所に横たわり、房々と実を結んでいる広大な麦畑と、主《あるじ》の居ない土の家に残された幸福の赤紙とは、何か執拗《しつよう》に盛り上る生命の力に満ち溢れている。一家の繁栄と麦の収穫とより外には彼等には、何の思想も政治も、国家すらも無意味なのであろう。戦争すらも彼等には、ただ農作物を荒す蝗《いなご》か、洪水か、旱魃《かんばつ》と同様に一つの災難に過ぎない。戦争は風のごとく通過する。すると、彼等は何事も無かったように、ただ、ぶつぶつと呟《つぶや》きながら、ふたたび、その土の生活を続行するに相違ない。他の部落にもあったが、一尺直径位の円筒形の石が幾つも転がっている。これは麦の収穫したのを地に敷いて、驢馬《ろば》に引かせてその上を転がして穂を落すものらしい。柳の木をそっくり形のままで拵えた二叉《ふたまた》や三叉《みつまた》の刺杈《さすまた》がある。

これはうまいものだと感心した。

兵隊も食事の用意に取り掛る者もある。襯衣一枚になって三々五々柳の樹蔭で休息しているのもある。洗濯しない襯衣は泥と汗に彩色されて赤い色をしている。彼等は、行軍間の膨《ふく》れ面は何処へかやって、さかんに冗談を飛ばし、賑やかに談笑している。それは戦場のひと時のようでなく、平穏な日に故国の職場で昼食後取交す談笑のように、たのしげである。死の戦場から戦場への僅《わず》かな休養の時間に於《お》けるこの快活さは一見不思議のようでもある。しかし、彼等は戦闘に従事している時と、疲れている時との以外には常に快活である。私はそこに逞《たくま》しい不敵さを感じるとともに一種の不気味さも感じるのである。兵隊は例によって凱旋《がいせん》の日のことなど話し合っているのかも知れない。

麦畑の中に弾薬糧秣《りょうまつ》の集結所が設置された。次々に来るトラックから弾薬の箱が降され、麦畑の中に堆高《うずたか》く積み上げられる。いよいよ本格的な戦争が始められるなという感じがする。衛兵所が高粱の殻で組み立てられ、厳重な警戒がされる。支那人に読まれないために、「えいへいじょ」と平仮名で標識がしてある。日が暮れ始めた。ぼうと暈《かさ》を被《かぶ》った月が出ている。遠く東北方の森の上で、雲に反射して、しきりに青い光が閃《ひらめ》き、砲声のような音がする。戦闘をやっているのかと思い眺めていたが、どうも稲妻らしく、音は雷鳴らしい。雨が降っているのかも知れない。

　中山参謀が、入口の低い暗いまっ黒に煤《すす》けた壁を眺めながら、この窖に居るとまるで護良親王《もりながしんのう》*みたいだな、しかし此処には美女もなんにも侍《はべ》って居らんの、と笑った。松沢参謀が来て、今日趙家集《ちょうかしゅう》というところに三千の敵が居った、約一個大隊でもう撃破してしもうた、遺棄屍体《したい》五百だ、とそう云《い》ってすぐ帰ってしまった。馬集を出発してから途中ずっと聞いて来た銃声がそうであったのだろう。管理部で色んな食糧を分配された。しかし、愈々《いよいよ》これからは糧秣が順調に渡らないものと覚悟せよと宣告された。日本米を貰ったのが何より嬉《うれ》しかった。鯛の味噌漬《みそづけ》、千切大根、鰹《かつお》の缶詰、粉味噌等を貰った。粉味噌というのは、小さな袋に入っていて、使用法に「味噌汁ヲ作ルニハ一袋ヲ熱湯約二合（飯盒《はんごう》ノ蓋《ふた》ニ軽ク一杯）ニ溶カシ又ハ同量ノ水ヲ加エテ煮沸スレバ良イ」とある。麩《ふ》や若布《わかめ》なども入っているらしく、こんなのは初めてで、これで兵隊も曲りなりにも日本の味噌汁が食べられるというわけで、なかなかよいと思った。寝たが、蚤《のみ》の夜襲がはげしく、どうしても眠られないので、表に出ると、よい月夜である。樹の蔭に置いてあった自動車に入って寝た。もう先客が居て、西君が鼾《いびき》をかいて眠っている。ひと眠りすると、夜中に寒気を催して眼を醒《さ》まし、あんまり寒いので、又、悲壮な決心をして、蚤の群なす家の中に入りこんだ。どの家からも蚤のため眠れぬとみえて、兵隊が一晩中出たり入ったりしている様子であった。昼は灼《や》けつくように暑い癖に、夜は気温が急に下るので、うかうか外で露営が出来ないのである。しかし、兵隊は家の数が少ないので、方々に工夫した仮家を作り、彼方此方《あっちこっち》に露営をしている。眠れないのか、低い話声が聞え、高粱の壁の隙間から青白い月明の中に煙草の赤い火が光った。

五月十一日

薄暗い窖《あなぐら》に各社の新聞記者が発表を聞きに来た。戦況を話した後で、高橋少佐、

「戦争というものは派手に戦闘をする部隊以外に、その蔭にあって実に顕著な功績を示しながら、割合認められず苦労している部隊がある。君達も何々部隊が何処を占領したとか、何処を奪取したとかいうようなニュースもよいが、そういう花々しいものよりも隠れたる部隊の苦労というものを探して、顕彰してやらねばいかんよ。例えば通信隊の苦労などというものは見ていて涙ぐましい位のものだ。この部隊では平松《ひらまつ》部隊だが、君達も行軍の途中ずっと見て来た筈《はず》だ。あれは、軍の作戦に支障を来さないように、通信網を完成して行く労苦というものは大変なものだ。平松部隊というのは人馬共に数百の部隊なのだが、他部隊が休憩している時でも殆《ほと》んどゆっくり休養を採るという時間さえもありはしない。日のある限りはもとより活動していなければならず、朝は未明から、夜は深更に到るという調子だ。然も主力部隊と行程は同じであっ

て、部落の中などは切断される恐れがあるので避けねばならず、然も短距離を選定し、敵に対する顧慮も忘却されず、結局は第一線に近いところまで出て行かねばならん。あの五六日頃の豪雨の中に電話線を架設して行く兵隊の作業を見て居ったが、頭の下る気がしたよ。九日の夕刻には約三十名位で危険を冒して板橋集《はんきょうしゅう》に突入し、架設を完了したという、もとより通信隊だけではないが、新聞記者諸君は、無論ニュースを棄てることは出来まいけれど、戦線に於けるこういう地味な部隊の苦労を是非書いて欲しいな。兵站の苦労とか、輜重《しちょう》隊、衛生隊、等の辛苦、戦線の連絡を取る飛行機、一日八九時間も乗り詰めで活躍する偵察将校の話など、話題は豊富じゃないか。昔は、輜重輸卒が兵隊ならば、蝶々《ちょうちょう》蜻蛉《とんぼ》も何とか彼《か》とか、言語道断なことを云ったものだが、今はそんな馬鹿なことを云う者も無くなったけれど」そう云いながら、尚《なお》、いったい日本の軍隊に、一番乗りが何処だとか、何部隊だとかそんな事ばかり狙わないで、そんな事よりも、と云いかけると、記者氏は、しかし、先陣争いはイケズキ・スルスミ*の昔から戦争には附きものですからな、などと云う。

午後二時頃から、中山参謀高橋少佐梅本君と同道、警護兵を二名連れ、二台の自動車で昨日激戦のあったという趙家集に行った。二里計《ばか》り東北方だ。道路はひどい埃《ほこり》で、前を行く自動車は黄色い土煙の中に隠れてしまって見えない。一塊の黄煙が疾走して行くようだ。六間位の大きな道路に出て、左側に囲壁のある部落の横で止まった。唯《ただ》土を盛り上げて土堤《どて》にしたような簡単な囲壁だ。周囲はクリークである。道路傍《みちばた》の右の凹地《くぼち》に支那正規兵の屍骸《しがい》が二つあった。杭州湾上陸以後の戦闘で、子供のようなひよひよした細い兵隊ばかり見馴《みな》れた眼に、その体格の頑丈なのが一番に眼についた。いかにもがっしりしている。まだ血がすっかり乾いていない。蠅が一杯集まっている。周囲には手榴弾《しゅりゅうだん》や弾薬が散乱している。一人の兵隊の胸のポケットからはみ出している紙片を引き出してみると洋拾弐《じゅうに》元五角を以《もっ》て時計を買った時の証明書みたようなものであった。中華民国廿《にじゅう》七年四月廿六日の日附があって、つまり、五年以内に故障が出来たり油が切れたりしたような場合には無料にて修理を奉仕《サービス》すると云ったようなものである。襯衣を探ってみると、果たしてクロームの一個の懐中時計があった。時計の硝子《ガラス》に血がついている。見ると、秒針が動いている。耳を近づけると、チチチと正確に時を刻んでいるのだ。異様な感懐に衝《う》たれ、私はその時計を屍骸のポケットに深く押しこんだ。

道路には何か所も附近の楊柳《ようりゅう》を切り倒して防塞《ぼうさい》を拵《こしら》えている。豚がうろうろしている。外には誰も居ないのに、クリークの岸の樹の根元にたった一人の老婆が坐《すわ》りこんでいたが、近づくと団扇《うちわ》で顔を隠してしまった。一間位高さの囲壁にはずらりと急造の散兵壕《さんぺいごう》が掘ってあって、薬莢《やっきょう》が無数に散乱している。ぷんと煙硝《えんしょう》の臭いがする。ところどころに支那兵の服が脱ぎ棄ててあるのは、便衣に着換えて逃げたのだろう。部落に入ると、襯衣一枚になった真黒に焦げた兵隊が居るので中隊本部を聞く。家の中や、表にアンペラを敷いて兵隊は大勢ぐっすりと眠っている。その熟睡の姿には一種の凄惨《せいさん》なものが感ぜられた。それはひとつの死闘を終えたものが次の死闘までに持つ泥のごとき安眠である。何かしら胸が痛かった。警備に残っているのは吉田部隊で、乱雑に取り乱した低い家の部隊本部に入ると、恰度《ちょうど》隊長はお休みですと、兵隊が云う。やはりこの安眠を破ることをすまなく思ったのか、高橋少佐が、それでは後でよいから、と云って出ようとすると、起しに行ったとみえて、背の高い長い髭《ひげ》を生やした少尉が軍服の釦《ボタン》を止めながら奥から出て来た。高橋少佐が、大変でしたね、御苦労でした、と云うと、いや、と謙遜《けんそん》したが、少時《しばらく》の後、ほんとに大変でした、と、感慨無量のような口調で附け加えた。戦闘は昨日の朝の九時半頃から始まりました、占領してしまうまで六時間掛りました、敵は頗《すこぶ》る頑強でして、又は実に駭《おどろ》くほど勇敢でした、なかなか逃げるどころではなく、囲壁の上に身体を乗り出して射撃するのや、手榴弾を投げるのなどもありました、突入後も各所で格闘を演じました、すぐこの表でも大格闘を行ったのです、後で敵の持って居った陣中日誌らしいものを見ましたが、此処《ここ》に居た敵の部隊は約一個連隊位で、八日に、何処か判りませんが、基地を発し、九日に趙家集に着いて死守せよと命令されていたようです、その日誌や二三の書類などに徴しますと、此処に居たのは、宋哲元《そうてつげん》の直系部下、三十七師、大学生軍等の混成部隊であったと想像されます、判然《はっきり》しませんが、兵力は三千に近かったように思われ、遺棄屍体は五百ばかりありましたが、臭気を放ちますので、麦畑に持って行って埋めさせました、まだ敗残兵が附近に居るようです、負傷して逃げられず隠れているのですね、今朝も麦畑に居たのを十人程探し出しました、残念ながら、と、一寸《ちょっと》部隊長は声を落した、此《こ》の方もだいぶ兵隊を殺しました。我々は清水部隊なのですが、清水部隊長も敵兵と格闘され、危機一髪という有様でした、将校も少し痛みました、兵隊は実によく戦ってくれました、敵は占領後も二回に渡って逆襲して来ましたが、これは難なく撃退しました、鹵獲品《ろかくひん》が沢山ありますが、御覧になりますか。チェッコ機関銃、蜂の巣のように穴のあいたベルグマン銃、小銃、弾薬、短剣等が一杯あった。旅長の印の据わった紙片がある。

歩《ほ》榴弾《りゅうだん》　一万粒
軽機栓弾　八千三百三十粒
手 抱 弾　六百三十粒
木 柄 弾　百三十二枚
擲《てき》　弾　二十二枚

手交した弾薬の覚書だろう。戦死傷者の氏名を聞き、表に出た。土の家ばかりだが、囲壁があるだけに少し家が大きい。戸口や扉《ドア》には例の字の書いた赤い紙が軒並に張っ

てある。軒には例の「紫気東来《しきとうらい》」「天地皆春《てんちかいしゅん》」「人生春台《じんせいしゅんだい》」「根深繁茂《こんしんはんも》」などとあり、扉には

春為一歳首《はるはいちねんのはじめなり》

梅花百花魁《ばいかはひゃっかのさきがけ》

などとある。土の壁には白墨《チョーク》で、大きく「打倒日本帝国主義《だとうにっぽんていこくしゅぎ》」「武装起来保衛郷土《ぶそうしてきょうどをまもれ》」「歓迎浴血抗戦将士《かんげいよくけつこうせんしょうし》」「追放日本倭奴《ついほうにっぽんわど》」等の文句が書きつけてある。我々が帰る時にも、兵隊は来た時と同じように昏々《こんこん》と眠っていた。私は傍を通る時には靴音を立てないようにした。

帰りに、一人でとぼとぼ歩いて行く兵隊が居るので聞くと、脚気《かっけ》なのでこれから板橋集の病院まで行くのです、と云《い》うので、自動車に乗せてやった。王西庄に帰ると、恰度連絡に来て居った兵站の自動車が居たので、それに頼んで乗せて貰《もら》った。

衛兵所の柱に捕虜が一人繋《つな》がれている。剽悍《ひょうかん》な顔付をしている。通訳が色々と聞いている。誰やら似てるなと思ったら、ふいとAの顔が浮かんだ。色が少し黒いがそっくりだ。ぎろぎろした鋭い眼光だが、声は低く、おどおどしながら答えている。三十二歳で、姓名は雷国東《らいこくとう》、百二十三師所属で、生まれは湖南《こなん》省、上海戦に参加したるも鉄砲をくれなかった。給与、米一日一斤、副食物はくれない。給料、一か月一元八十仙、多くも二元三十仙位、募集広告には八元三十仙とあったが、食料、服料等を差引

かれ、煙草代もない。板橋集北方の小隆集《しょうりゅうしゅう》の戦闘で、気がついたら味方は皆逃げてしまって、自分一人残って居った。小銃の外拳銃《けんじゅう》も持っていた由。革製の財布には、中に穴のあいた一厘銭と、骰子《さいころ》が二つと、一通の手紙とが入っている。拡げてみると、その手紙は綿々たる思いを述べた恋文であった。「雷国東《らいこくとう》、我《わが》的親愛的哥哥《しんあいなおにいさま》、来手書《おてがみは》十六号接得《じゅうろくにちつきました》、心裏是娯楽的本意《こころはうれしさでいっぱい》」に始まって、「我為爾肝腸想《わたしはあなたをしんからあいします》、我想為爾結為《わたしはあなたとふうふに》夫婦《なりたい》、我為総想百年偕老《わたしはどうしてもひゃくねんのちぎりをしたい》」に到り、「情長紙短《じょうはながくかみはみじかし》、千祈千祈回音《きっときっとおへんじを》、劉玉《りゅうぎょく》珍《ちん》、上言《より》」を以て終っている。この「短い紙に長い情」を託《かこ》つ手紙を読む日本の兵隊を雷国東は極めて無表情な顔付で眺めている。

五月十二日

夜明けとともに出発。相も変らぬ海のごとき麦畑の中の進軍である。左右にも蜿蜒《えんえん》と続いた部隊が黄塵《こうじん》の中を進軍して行く。梅本君と話したのだが、この広漠たる平原は、昔徐州に居城を構えた項羽《こうう》を中心にして三国志の英雄達がその昔大軍を動かして戦い、駆け廻《まわ》ったところだろうが、なにしろ大変だったろうと思い、それにも増して、昔、こんなところまでやって来て支那人を恐れさせた日本の倭寇《わこう》はえらいものだと今更感心した。麦畑の中を避難する支那農民が続いて行く。彼等は前後左右を軍隊に依《よ》って取り囲まれ、右往左往している。豚が駭いたように疾走している。支那の豚は猪のようであり、耳が広くて、鼻さえ長かったら象のようでもある。今迄《まで》通って来た部落では土民の姿を見かけなかったが、何処か此の附近に集合していたに違いない。大変な数である。牛や驢馬《ろば》を引っ張ったり、籠《かご》に色んなものを入れて担いだり、二輪車に山のように家財道具を積んでいるのもある。子供を抱いた女が多い。危害を加えられないということが判ると、立ち止まって兵隊の通り去るのを眺めている。彼等の顔には困惑の表情はない。小休止をすると、部落では支那人が両手にぶら下げられるだけ鶏を捕えて来て、提供しようと云う。兵隊が鶏を追っかけていると、竹棒を持って来て手伝うのだ。殺した豚の皮を剥《は》いでくれる。兵隊も殺される豚を眺めながら、文句があったら蔣介石に云えよ、などと云っている。支那人は日本の兵隊を見るとへらへらと御機嫌を伺う例の笑い方をする。此方《こっち》が馬鹿にされているようだが、彼等は此の危機を切り抜けるために全く一生懸命なのだ。その切実なる努力はもとより笑えないものがある。かくて兵隊の引いて行く驢馬の背中には、ぱちくり眼をしばたたきながら鶏がどっさり振り分けられ、トラックの後にも、足を括《くく》り合わされて逆さになった鶏や、豚の足や、股《もも》たぶが晩餐《ばんさん》のため吊《つ》り下げられる。炎熱下の行軍は汗に濡《ぬ》れ、黙々として行く。

夕刻近く、西方の森に当って熾《さか》んに銃声が起った。本部は李庄《りしょう》の部落に入る。軽機関銃の音が続いて起り、山砲のすさまじい轟音《ごうおん》が森林に谺《こだま》した。続けざまに轟然《ごうぜん》たる砲声。部落の中に弾丸が飛んで来始めた。狭い部落は車輛《しゃりょう》と馬と兵隊とで混雑を極めている。山砲の陣地の所に出て行くと、部落の外れの楊柳《ようりゅう》の下に部隊長を初め参謀の人達が立って望遠鏡で西南方の森の方を眺めていた。砲兵の観測所があって、芹川《せりかわ》部隊長がレンズを覗《のぞ》いている。幾つも土饅頭《どまんじゅう》の墓がある。攻撃部隊は既にずっと先に出て敵と対峙《たいじ》しているらしい。前方の森に煙が上っている。増援部隊が展開して陸続と出て行く。麦畑の中を散開して次第に小さくなる。麦の中に伏せて見えなくなる。続けさまに山砲が鳴りひびく。すぐ傍なので、耳がびいんと劈《さ》けるようだ。レンズを覗いている砲兵伍長《ごちょう》が、友軍は右に迂回《うかい》して居ります、前進しました、友軍は砲弾の利用がなかなか上手であります、敵兵らしいのが左の部落の角に現われました、と一々報告する。よし、その左の敵を打て、と芹川部隊長が云うと、小隊長が、砲手二十左へ、と命じ、打て、という凛然《りんぜん》たる号令とともに、土煙を巻いて轟然と鳴りわたる。前方の森で吹き出るように白煙が立ちのぼり、だあんと炸裂《さくれつ》する音が伝わって来る。敵の線まで千米《メートル》少ししかない。飛行機が一台戦線の上空を旋回している。だだだだあんと突然物凄《ものすご》い音がした。爆弾を続けさまに投下したらしい。濛々《もうもう》と白煙が森の上に高く上った。右側からもはげしい機関銃の音が起った。本部の位置へ、敵弾が次第にはげしく、続けさまに飛んで来始めた。敵が狙撃《そげき》しているようであります、家の中へどうぞ、と参謀が云って、部隊長を初め参謀部は部落に入った。梅本君はなかなか勇敢に写真を撮っている。二人で並んで土饅頭の蔭《かげ》に遮蔽《しやへい》していると、耳元でパシンと音がして、梅本君がぱっと顔を地に伏せて動かなくなった。やられたかな、と思った。一度傍の桑の木に当って曲って来たらしい。木の皮が剝《さ》けて蒼白《あおじろ》い肌が出ている。顔をあげて、びっくりしたよ、と云う。何処も怪我はしなかったらしい。高橋少佐は何処に行ったものか、何処にもいない。部落に入る。参謀部が判らないので、何回も部落の中を廻り、やっと判ると、恰度命令伝達中で、高橋少佐の姿も見えた。既に薄暮であった。流弾が幽《かす》かな音を立てて幾つも頭上を過ぎて行く。部落の中に居て何人か負傷し、一人は戦死したということを聞いた。我々の新居は牛小屋らしかったが、片づけると、どうやら寝られそうだ。高橋少佐は戦線を右に迂回して第一線まで見に行って来たと云う。戦争というものは難しいものだね、思うようには行かないものだ、徐州の敵は退路を遮断されたということを気附いたらしく、五十万の大軍の血路を開くために側方をつき始めたのだ、彼等はだから決死的なのだよ、云わば日本軍も敵中に入り込んで行ってるわけだから、これから先は戦も難しくなって来るな、ただ皇軍の精鋭に俟《ま》つ外はない、と云った。

皎々《こうこう》たる月夜である。満月である。銃声は間断なく聞え、しきりに不《ぶ》気味な音を立てて弾丸が屋根の上を過ぎ、時々、屋根や壁に来てはげしい音を立てて打っつかる。

異常に緊張した空気が感じられ、大きな声も聞えない。ところが、この弾丸の下の静寂を、例の驢馬が例の身体中で喚《わめ》く奇妙なる鳴き声を以《もっ》て破るのである。一匹が鳴くと必ず何処かで又一匹が呼応する。どうやら、此《こ》の頃は驢馬の交尾期であるらしいのだ。このやるせない声は相棒を求める声らしい。又も一晩中鳴き喚いた。

兵は高粱《コウリヤン》を敷いて、月光の中に眠った。

五月十三日

明方もう銃声は聞えない。軽戦車が五六台戦場の方へ疾走して行った。今日もよい天気である。

粉味噌《みそ》袋で味噌汁を作った。少し鹹《から》くはあるが、日本の味噌汁の味がした。飯も日本米だったのでおいしかった。泰家で飯盒炊爨《はんごうすいさん》の要領を会得してから、西君も梅本君も自分でやるのだが、どうも米が変ったり、水が違ったり、竈《かまど》の高低や薪《まき》が色々であったりして、これは上出来だというような飯が滅多に出来ない。おまけに、男というものは無精なもので、食べるまではせっせと働くが、さて食べてしまうと、後片附けをするのが億劫《おっくう》で仕様がない。ほっといても誰もしてくれ手はなし、仕方がないので、片附けたり、飯盒を洗ったりするのだが、さてこそ、戦争に来て女房の有難さがわかったよ、というようなことになるのである。

私達の一夜を明かした牛小屋の壁に、針で色んなものが止めて飾ってある。靴下についている広告紙、姉妹牌《しまいはい》煙草のレッテル、眼薬の広告のような大きな眼が一つ描いてあるもの、スタンプのついた古い中華民国郵政の郵便切手が五枚、小孩子《こども》が二人居る火柴《マッチ》のレッテル。恐らく百姓が何の意味もなしに壁飾りに雑然と貼ったのだろうが、同じく、針で止められた一枚の名刺まであるので、取って見ると、「国民革命軍第二十八軍警衛第一団二営八連々長譚選魁元郷陝西《たんせんかいげんきょうせんせい》」というような恐ろしいものだ。両側には掛軸があって、柿色の紙に対聯《ついれん》が下っている。

興家立業財源主《こうかりつぎょうざいげんのしゅ》
治国安邦福禄神《ちこくあんぽうふくろくのしん》

四角な赤紙の対角線の方向に、福という一字だけ書いた紙が、壁や、戸口に何枚も貼りつけてある。どの家もそうだった。

高橋少佐が新聞記者を集め、昨日の戦況を話している。第一。唐集子《とうしゅうし》西北方地区二粁《キロ》邵庄《しょうしょう》附近の戦闘。部隊は松山、三上、前田、西村、駒井、松田、荒木田等の諸部隊。唐集子を経て澮河《かいが》に添って前進中、西方約一粁の地点に北に向かって退却中の約五百の敵を発見、直ちに左に展開して之《これ》を攻撃。敵は狼狽《ろうばい》して部落に逃げ込んだので包囲したところ、迫撃砲を以て抵抗し始めた。各歩兵部隊に、松田砲兵部隊が協力して遂《つい》に午前十時部落を占拠した。然《しか》るに敵は漸次兵力を増加し、千以上に達したので福田戦車部隊是《これ》に協力し、零時半、大体敵の拠点を奪取したので敵は雪崩を打って北方へ退却した。損害不明、伊佐部隊三上中尉、肩胛骨《けんこうこつ》貫通銃創、中森少尉、迫撃砲弾の破片にて負傷。第二。大寺、谷田、土田、阪、須磨、鎌田、太田、荒木の各歩兵部隊、片山砲兵部隊を以て、呉《ご》家集《かしゅう》東北三杆孫瓦房《そんがぼう》にて最前線衝突、敵は機関銃を以て猛射、我が軍の一部は南へ、主力は東から西へ向いて進み、砲兵の協力を以て攻撃したけれども、敵兵力は漸増し、いよいよ夕刻突撃に移らんとせしもうまく行かず、本隊より兵力を増加するに到った。敵は非常に頑強であって、紅槍隊《こうそうたい》の剽悍《ひょうかん》なる兵も居るもののごとし。第三。昨夕刻よりの本部附近の戦闘は目下継続中にして不明。

負傷者が担架で運ばれて来て、衛生隊の家の前に寝かされている。取り巻いた兵隊が毛布を掛けてやったり、煙草を口に銜《くわ》えさせてやったりしている。軍服を切り裂いて繃帯《ほうたい》がしてある。血が繃帯の上まで滲《にじ》み出している。芹川部隊の野原砲兵伍長は命令を伝達に前線に馬を飛ばして行って任務を果たし、帰りかけた時に馬を打たれ、仕方がないので歩いて帰る途中、左足を射ち貫《ぬ》かれた。歩けないので、そのまま麦畑の中を這《は》って帰り、復命したという。馬で行ったのが目標になったのでしょうが、急を要する場合だったので、そうと知りつつ馬を飛ばしたのです。伝達の任務だけは果たしてからやられたのですから、死んだってよかったのですよ、と髯《ひげ》を撫《ぶ》して笑った。

その横に寝ている負傷兵に一人の兵隊が飯盒を口の所に持って行って飯を食べさせている。すまんの、すまんの、と云《い》いながら髯だらけの負傷兵は子供のように口をあけて食べさせて貰《もら》っている。私は不思議でならんのですよ、と、その須磨隊の藤井伍長はいかにも不思議だというように、私は上海《シャンハイ》以来これで四度目なのです、重傷はしないのですが、やられては後方に下り、又一線に出るとすぐやられる、今度は大腿部《だいたいぶ》貫通です、中隊長殿は実に武運の強い方です、私は指揮班なので何時も須磨部隊長殿と同じ場所に居るのですが、私ばかり弾丸に当って、部隊長殿は微傷もされません、徐州を眼の前に控えて、又、後方へ下らなければならぬかと思うと残念です、と、藤井伍長の眼に光るものがあった。衛生隊本部で訊《き》いてみると、現在まで判っているのは、戦死負傷者三十五名ということであった。戦闘毎に加えられる此等《これら》の犠牲に対して心黯然《あんぜん》たるものがあった。部隊長が一々負傷者を見舞って居られる。御苦労であった、と一口云われるだけであったが、よくやってくれた、という敬虔《けいけん》なる無言の感謝の心が、判然と温容な部隊長の表情の中に見て取れた。

高橋少佐が、どうも少しお腹を壊したようだから、今日は馬を止めて自動車で行こうと云う。出発。午前九時。南風が強くて、濛々《もうもう》たる土煙が上る。幾列にもなって麦畑の中を北進する。午後二時頃、小さな部落で長いこと休憩した。西北方ですさまじい銃声がしている。昨日よりはずっと近い。流弾が飛んで来て、樹に当り、ばらばらと葉が落ちて来た。戦車が麦畑の中を驀進《ばくしん》して行った。石油缶にクリークの水を汲《く》んで湯を沸かした。拾って来た薬缶《やかん》に入れる。暑いけれども、あまり茶らしくもない熱い茶が咽喉《のど》を通るのは良い気持だ。うまいので何杯も飲んでいると、汗が滲んで来て、たらたらと流れる。水筒にも一杯詰めて残り少なになったのは、変な色の泥が底にたまっているので、棄てようとしていると、お茶あるですか、と後で声がした。振り返ると、砲兵の兵隊が二人汗だくになって後に立っている。ありますよ、と云うと、急に蘇《よみがえ》ったような表情をして、上等兵の方が、よんで下さい、と云って地面に腰を下した。今度改正された新しい折襟《おりえり》の軍服を着ている。新しいと云ったが、貰った時は新しかったろうが、既に汗と埃《ほこり》と土と油とに塗《まみ》れて、見るかげもない。埃の化粧の剝《は》げおちた黄黒い顔を拭《ぬぐ》いながら、他の部隊に連絡に行ったところが遅れてしまったのです、ああ、このお茶はうまいな、多分二三時間位前に通過した筈《はず》だけれど、重砲を見かけませんでしたか、ああ、このお茶は実にうまいな、と何杯も飲み、後貰ってもよいですか、と云って残りを水筒に詰めた。ほんとにありがとござした、と、心からのように礼を述べて、又、炎天の下に出、一足毎に立ちのぼる黄塵《こうじん》の道を去ってしまった。その後姿を見送り、飲み残りの湯であったにも拘《かかわ》らず、私達は途方もなくよいことをしたように思い、何か込みあげて来るものがあった。杏《あんず》の実が小さく青い玉をいくつもつけている。齧《かじ》ってみると、堅くて、酸ぱく、まだ食べられそうもない。私は杭州を出る時に宛《あたか》も満開であった杏の花が、赤や白や桃色の花を一つの枝につけて咲き乱れていたのを思い出した。ふと、郷愁のようなものがあった。

出発。日が落ち始めたし、銃声も絶えないので、或《ある》いはこの部落に宿営かと思っていると、五時頃再び前進を開始した。何列にもなり、黄塵上る麦畑の中を又も進軍である。川というものが全然無いのでクリークを作るのだろうが、そのクリークにもあんまり水がない。雨が少ないせいかも知れぬ。折角作ったクリークに水がたまらず、道のようになってしまった所が各所にある。麦畑の間の凹地《くぼち》を通路にして進んで行くのだが、雨が降ったら、この凹地も忽《たちま》ちクリークになってしまうかも知れない。埃に塗れて行くと、前方の部落の上で一台の飛行機が頻《しきり》に旋回している。すさまじい爆撃の音が響いて来る。韓村集《かんそんしゅう》に来ると澮河の橋が壊されているので、車輛《しゃりょう》部隊は渡河出来ないと云う。韓村集部落を囲んでいるクリークの橋の手前の広場に、トラックや乗用車や、輜重《しちょう》や砲兵の車輛等が全部止まっている。歩兵部隊だけが埃を蹴立《けた》てて、韓村集に入り、韓村集を抜けて進んで行く。右手の近いところで銃声が絶え間なく聞え、流弾が間断なく頭上を掠《かす》める。先刻の爆撃は韓村集であったらしい。占領して間もなくらしく、部落外れでは交戦が続いている様子だ。部落の中央に望楼があって、アンテナが張ってある。無電台だろう。土堤《どて》の上にある散兵壕《さんぺいごう》が、どちらをも射てる様に掘ってあるのが、浅くて狭いので、余程慌てて急拵《きゅうごしら》えしたものとみえる。一尺位しか背の高さのない小さい山羊《やぎ》が沢山居て、部隊の通るのを不思議な顔をして眺め右往左往している。部隊本部はずっと先に行ったというので、村端《むらはずれ》に出て見ると、縹渺《ひょうびょう》たる麦畑の上に赤い夕陽が没しようとしている。はっきりと輪郭を見せて真紅の太陽が既に三分の一、一直線の麦畑の中に沈んでいる。蜿蜒《えんえん》と部隊が続いて行く。右手の迴《はる》か先に霞《かすみ》のように上がる土煙の中に乗馬部隊が見えるのが本部らしい。車は行けないと聞いたが行ける所まで行って見ようと高橋少佐が云うので、麦畑の中を飛ばして、自動車で走る。部隊を追い越して凸凹《でこぼこ》の多い厄介な道をしばらく行くと、澮河の縁に出た。減水しているので水は中央の低いところを五米《メートル》幅位しか流れていない。初めて流れる水を見たせいか、夕暮れの空を映して非常に清澄な感じがした。下流の橋が壊れているので、一番狭い浅い所に丸太を組んで取り敢《あ》えず急拵えの通路が作ってある。その前後も泥濘《でいねい》で足場が悪いので自動車から降りて、苦心の果て、やっとのことで向こう岸へ渡った。向こう側の土堤の上を沿って走るうちに、すっかり日が暮れ、皎々《こうこう》たる月明である。森の中に停止している本部の位置に行った。二時間大休止の上、退却した敵を夜行軍で猛追撃をやるのだと云う。その間に敵に火を見せないようにして炊爨《すいさん》をせよということだったので、澮河の滸《ほとり》に降りて、澮河の水で米を磨《と》ぐ。綺麗《きれい》な水である。美しい月が出ている。満月である。よい気持だ。水辺に近く穴を掘って竈《かまど》を作る。土堤の蔭《かげ》に下りて来た大勢の兵隊の影が見え、我々と同じように、水辺で米を磨いだり穴を掘ったりしていたが、しばらくすると、火を焚《た》き始めた。次々にその火が数を増して来て、こちら側の土堤は一面の火の列が出来、ずっと向こうまで続いて、篝火《かがりび》のごとく、月明の中になんとも云えず美しい。しかし、その火はまたたく間に消えてしまって、又、たちまち青い夜になってしまった。兵隊は一寸《ちょっと》でも早く炊爨を切り上げ、出来るだけ早く飯を掻《か》き込み、夜行軍が始められる迄《まで》に、一分でも余計に睡眠をとろうという訳だ。たちまち澮河の土堤は、昼間の疲れで横になるとすぐにぐっすりと眠ってしまう兵隊で満たされてしまった。まもなく、あちらこちらから鼾《いびき》が聞えて来た。蛍が一匹こちらの岸から向こうの岸へ飛んで消えた。月光の中に眠る兵士の姿が私達には限りなく愛《いと》しいものに感じられた。その姿を見て、私と梅本君とは何故ともなく両方から顔見合わせ、ふいと微笑を取り交したのである。

　私達は自動車に帰った。そして数刻前渡河した地点まで引き返した。無理をして澮河を渡ったのは報道部の自動車だけだったし、敵中の進軍であるし、道路の状態も不明であるし、もとより前燈《ヘッド・ライト》も点《つ》けられないし、危険で自動車の夜行軍は出来ないのだ。先刻渡った場所では工兵隊が頻に作業をしている。後続部隊のため、夜を徹して完全な渡河点を作るためである。附近の森から樹を切り出して来たり、杭《くい》を打ちこんだり、釘《くぎ》を打ったり、忙しく立ち働いている。水の流れに月光が砕けている。私達は自動車の中に四人寿司詰《すしづめ》になって這入《はい》りこみ、忙しそうな工兵隊のざわめく声を聞き、杭を打つ音が森に谺《こだま》するのを聞いているうちに、美しい東洋の満月のさしこむ硝子《ガラス》張りの水族館のような箱の中で何時の間にか眠ってしまった。

五月十四日

早朝の月明の中を沢山の車輛部隊がからからと音を立てながら前進して行く。我々も出発。地平線の上に楕円《だえん》形の真赤な太陽が出ている。上下から押しつぶされ、卵のような恰好《かっこう》だ。相も変らぬだだっ広い麦畑である。行手に幽《かす》かに山が見えて来た。初めて見る山の姿である。三時間位後にようやく本部に追い附いた。まだ腹工合《ぐあい》のはっきりしないらしい高橋少佐はそこから又馬に乗り換えて行った。

百善《ひゃくぜん》の少し手前の部落の囲壁の中に入った。これは地方の豪農の家らしい。土壁の中には幾棟もの家がある。この地方は匪賊《ひぞく》が名物らしく、土地の金持は個人で、家の周囲に土壁を拵え、その周りにクリークを掘り、望楼を作り、銃眼を開けて、匪賊の襲来に備えているのだ。昼食に鶏を締めて、見つけた麺《めん》を入れ、すき焼と洒落《しゃれ》たのはよかったが、麺と思ったのが煮てみると、糸蒟蒻《いとこんにゃく》みたようなもので堅くてなかなか煮えず、おまけに例に依《よ》って鶏の料理手が無いという始末で、我々の世帯はさんざんであった。見ていると、兵隊は馴《な》れたもので、手際よく御馳走《ごちそう》を拵えている。兵隊はこれがなかなか楽しみなものだ。苦しい行軍を続けて行く間に、兵隊は何時でも、今夜はどんな所に宿を定めるか、どんな御馳走を作るかということを、頻に考え、お互いの間で相談するのだ。部落に着くと何はおいても兵隊がまっさきに探し出すのは鍋《なべ》と釜《かま》とである。戦闘の次に兵隊の重要な仕事は御馳走を作ることである。今度は何をどんな風にして、どんなものを作るか、それは極めて制限された材料に依らなければならず、尻《しり》の暖まる暇もないほどの急行軍なので、兵站《へいたん》からの糧秣《りょうまつ》支給もなかなか円滑に行かず、途中で徴発する。鶏や豚や羊を、砂糖や醬油《しょうゆ》や塩などの調味料も決して豊富でなく、寧《むし》ろ無い時の方が多い位で、然《しか》も、兵隊は長い間の訓練で、実に要領よくおいしい野戦料理を作る。弾丸の飛んで来る中でも、芋《いも》を掘りに行ったり、大根を引きに行ったり、料理番はなかなか忙しいというわけだ。誰もいっぱしの料理人のごとく手附がよい。大きな鍋で、大てい一個分隊位仲間で共同炊爨をしている、楽しげな光景を見て、私は、自分が杭州湾上陸以来、常に分隊といっしょにしたこのように楽しかった野戦の献立を思い出し、微笑を禁ずることが出来なかった。土煉瓦《れんが》を積んで、私達も不器用ながら楽しい調理をした。土煉瓦を引き起すと、青白い肌をした一匹の蠍《さそり》が蟹《かに》のような鋏《はさみ》を振り立ててへばりついていた。

　捕虜が入口の門の木に四人坐《すわ》っている。いずれも正規兵で、どれも剽悍《ひょうかん》で頑丈な体格である。日本の兵隊が周囲に集まって、中に少し支那語を操るのがいて、色々と話しかけ、大声で笑ったり、又、煙草に火をつけて捕虜に銜《くわ》えさせてやったりしている。何時でもそう感じるのだが、私が、支那の兵隊や、土民を見て、変な気の起るのは彼等があまりにも日本人に似ているということだ。然も彼等の中に、我々の友人の顔を見出《みいだ》すことは決して稀《まれ》ではないのだ。それは実際、あまり似過ぎているので困るほどである。これは、詰まらない感傷に過ぎぬかも知れぬが、これは、大きな意味で、我々と彼等とは同文同種であるとか、同じ血を受けた亜細亜《アジア》民族であるとかいうような、高遠な思想とは全く離れて、眼前に仇敵《きゅうてき》として殺戮《さつりく》し合っている敵の兵隊が、どうも我々とよく似ていて、隣人のような感がある、ということは、一寸厭《いや》な気持である。それは勿論《もちろん》充分憎むべき理由があると思いながら、この困ったような厭な気持を私は常に味わって来たのである。私は先日王西庄で綿々たる恋文を懐中して居ったＡによく似た雷国東を思い出し、既に観念しているこの四人の捕虜を長く見ている気がしなかった。

高橋少佐と中山参謀とが新聞記者を集めて戦況の話をしている。先頭部隊は相当敵と衝突しているらしい。百善でも激戦をしたと云《い》う。それから話は、松沢参謀の事になり、常に松沢参謀が沈着豪胆で、積極的に任務を遂行する人であり、先般も、伝騎三名を連れて韓村集に先行したことや、尖兵《せんぺい》の先に出て行って自ら敵状の捜索に当り、少し前から連絡の切れていた松山部隊を発見したことや、その他の話が出て、上海事変の時もそう思ったし、あれは実に名参謀だよ、と、常日頃私が名参謀と観じている中山参謀が云った。韓村集に先行した時、前方に敵兵が一人居たのが、此方《こっち》から近づいて行くと雑嚢《ざつのう》から一個の手榴弾《しゅりゅうだん》を出して発火させた。此方に投げるものと思っていると、それを胸に抱いて彼は地面に伏せ、轟然《ごうぜん》たる音響とともに自ら爆死してしまった。駄目だと観念すると倶《とも》に、捕虜になることを潔しとしなかったからであった。そういう話があった。これはいい話だと思った。

夕刻から空模様が怪しくなって来て、雨を呼ぶような風が吹き始め、枝も乱して楊《よう》柳《りゅう》がざわめき始めた。敗残兵と地雷と雨とを何より恐れる西君が情なさそうな顔をし始めた。ぽつりと落ちて来た。いよいよ駄目や、と、西君が身も世もあらぬような表情をする。

午後七時出発。夜行軍である。悪天候のため、自動車隊は百善に集結して、明朝追及ということになったので、西君を残して出発した。雨になると、自動車が全然来ないし、何日遅れるかも判らないというので、三日分の米と缶詰とを風呂敷《ふろしき》に包んで下げて行く。梅本君はリュック・サックが重そうである。進軍が始まる。右の方も左の方も蜿蜒と埃《ほこり》を蹴立《けた》てて進んで行く部隊の列である。少し行くと、麦畑のまん中に小さい丘がある。その丘の上に本部がある。地形を按《あん》じているのかも知れない。出発してしばらくすると、西の空の方は晴れて来て、沈んでしまった太陽が横に長く流れている雲にまっ赤な余光を投げて、美しい夕焼である。夜になった。降りそうになったり、晴れそうになったりする。歩いていると暑くて汗が流れるが、小休止になって、麦の中に腰を下ろすと、すうっとして、冷々とする。夜で埃は見えないが、立ちのぼっている証拠には口の中が埃でざらざらする。ぼくぼくと灰の中を歩いているようだ。部隊は長蛇の列をなして、広茫《こうぼう》たる夜の麦畑の中を頭を少し西に振りながら北進するのだが、私は歩きながら、嘗《かつ》て、四日間、嘉興《かこう》から湖州《こしゅう》まで二十四里の水路を舟艇で行ったことを思い出し、あの時も、あの広漠たる所々桑畑のある原野を縦横に縫うて流れているクリークを、よく目的地を誤らず進航出来ることだとつくづく感心したのだが、今も、この何処まで行っても果てしない、何の目標とてない同じ風景の中を、よく道を誤らないことだと思い、えらいものだと思った。前進して行くうちに、曇っていた空は次第に晴れて来て、朧月《おぼろづき》がぼんやりした顔を見せ、尚《なお》も、進んで行くと、次第に月ははっきりした面貌《めんぼう》を表わして、皎々たる月明となった。満月である。月光の中を何処までも続いた部隊が、何処までも続いて進軍して行く。勿体《もったい》ない話だが、私達は風呂敷が重くて仕方がないので、途中で半分にしてしまった。午前二時過ぎ、堅固な城壁に囲まれた濉渓口《しょけいこう》に到着。夜目でよく判らないが、鱗葺《こけらぶき》の瓦《かわら》屋根の家もある一寸した町である。城壁も二重になっている。最初の城門を入ると、狭い家並の左側にトラックや自動車が並んでいる。軍報道部の旗らしいのがあるので、寄ってみると、ちゃんと先に自動車は来ていて、覗《のぞ》くと、運転手台に西君が毛布を被《かぶ》って、ぐうぐう寝ている。起すと、やあ、今来たかと、得意そうに、ええもんあるで、と云うので、後を見ると、石油缶の中に山盛りに卵が入っていた。

濉渓口を奪取した前衛部隊の兵隊が、附近の家の中に火を焚《た》いて飯盒炊爨《はんごうすいさん》をしている。急いで食事をして三時にはもう出発しなくてはならぬと云う。濉渓口には前日迄《まで》中央軍の大部隊が居たらしいのに、先遣部隊が到着した頃には殆《ほと》んど敵兵の若干名を認めたに過ぎなかったそうである。狭い家の中に、暑いので裸になった兵隊が大勢入りこみ、火の赤い明かりの中に、まっ黒に焼けた身体や顔をてらてらと汗で光らせ、それが赤い火に照らされているのは、一種凄愴《せいそう》な眺めである。疲れているので折り重なるようにして、腰を下ろし、或《ある》者は棒杭《ぼうぐい》のように身体を投げ出し、ふつふつと滾《たぎ》る飯盒を眺めながら、それでも、徐州へ徐州へと草木もなびく、徐州は居よいか住みよいか、などと冗談口を叩《たた》いている。後から来た部隊は前衛部隊が出発した後、家の中に入るように命令された。御苦労だな、しっかりやってくれよ、と、管理部長の蓮花《はすはな》大佐が、慌しい進発を準備している兵隊達に云っている。日頃は非常に口喧《くちやかま》しい人のように思われた蓮花大佐のこの暖かい言葉に私は妙にほろりとさせられ、私も心の中でそう云った。

狭い夜の町の中で、間もなく、前衛部隊は隊伍《たいご》を整え、月光の城外へ進軍して行った。

五月十五日

兵隊が火事を起したので眼を醒《さ》ました。我々が寝たのは油屋か何かの製造場らしく、大きな丸太を組み合せた下に幾つも瓶《かめ》が池の中に埋《い》けてある。厚い煉瓦壁で囲まれたがらんとした倉庫みたような建物で、炊爨の火か何かで兵隊が火事を起したが、窓を塞《ふさ》いだ高粱殻《コウリャンがら》だけが大仰に燃えたばかりで消えてしまった。何処の部落の家も壁だけは実に頑丈に拵《こしら》えてある。火事が起っても隣には燃え移らないように出来ていて、火災のあった跡には堅固な壁ばかりが残っている。編笠《あみがさ》を被せたような藁屋根《わらやね》をすっぽりと又乗せて、何んべん火事で焼けても忽《たちま》ち簡単に修復が出来るという仕掛だ。

参謀部に行って見ると、川久保参謀が命令受領者を集めて命令を達している。各部隊の命令受領者の顔色も緊張している。必要の戦闘の命令を達したる後、参謀は、最後に、いよいよ徐州も間近になった。徐州戦線の敵は神速果敢なる日本軍の包囲に遭って動揺甚だしく、全面的に退却中であるが、しかし、既に魚は網を洩《も》れて逃げてしまったのではないかと懸念《けねん》して居ったが、まだまだ魚はたくさん居る、これを捕捉殲《せん》滅《めつ》するのが我々の任務であるから、一層、元気を出して邁進《まいしん》してくれるように、と附け加えた。

出発まで少し時間があるので、梅本君と町をぶらつく。住民は数人しか居ない。兵隊のために水を汲《く》んだり、荷物を運んだりしている。内側の城壁や城門は此《こ》の附近では見られない立派さである。城門の正面に薫和門《くんわもん》と彫ってある。城壁にはずらりと銃眼が列《なら》んでいる。城壁の両側には白のペンキで大きく、右に「粛清漢奸鞏固後方《しゅくせいかんかんきょうここうほう》」左に「大家《たいか》合力保衛祖国《ごうりょくほえいそこく》」とあるが、その外には、何処にも抗日的な文句を書いたところはない。「天地皆春」「根深繁茂」「紫気東来」「人生春台」「人生盛盛」「春雨江南」等の例の赤紙が入口に貼ってある。珍しく瓦屋根の家も何十軒かある。この町は酒の産地らしく、灘渓銘酒《しょけいめいしゅ》と看板の出た店が何軒もある。何時も感心するが、何《いず》れも字が小生より上手で立派である。薫和門の上に登って見渡すと、見渡す限りの麦畑の中を道路が通じているのに、楊柳の並木が続いている。滄河を渡ってから、土が肥沃《ひよく》なのか、麦もよく延びているし、立木も、殆んど楊柳だが、すくすくと背高く繁茂している。のびやかな風景である。命令を受けて前線へ出て行く部隊が続々と薫和門を潜って、町を抜け、裏門から出て行く。出発の時間を待つ部隊は町の両側に叉銃《さじゅう》して、兵隊は軒の下に腰を下ろしている。兵隊の胴には、誰も、汗で色のしみた千人針が巻いてある。お守を肩からかけている。照りつける真夏のような太陽を避けて、戦帽の下に手拭《てぬぐい》やハンカチを入れ、どこかで手に入れた支那の扇で懐に風を入れたり、とめどなく溢《あふ》れ流れる汗を汚ないタオルで拭《ふ》いたりしている。そのタオルはまことに汚ない。泥にまみれ、汗に滲《し》み、変な臭いがしているにも拘《かかわ》らず、代りがないので棄てることが出来ない。恐らく顔も洗わず、もとより風呂《ふろ》にも入らず、襯衣《シャツ》も着換えず、髯蓬々《ひげぼうぼう》と生やし、黄塵《こうじん》に白粉《おしろい》を刷《は》いたような顔を曝《さら》し、一分でも余計腰を下ろして休息を取ることを考え、又、沢山の兵隊は靴を脱いで、豆でふくれ、むくんだ足を空気に当てている。足は続けさまの長路の行軍に豆に依《よ》って取り巻かれ、沃度《ヨード》丁幾《チンキ》で荒療治をし、また出来たいくつもの豆を踏み潰《つぶ》し、自分の足を虐待しつつ進軍を続けているのだ。足は踏み立てられぬほど痛い。もう駄目だと思う。歯を喰《く》いしばって歩いて行く。歩いて行けばどこまでも歩ける。爪はつぶれて抜けてしまう。自分の足のようでは無くなる。それでも歩けるのだ。時にはあまり苦しいと、敵が出てくればよいと、そんなことも思うことがある。なにしろものは使えばどんなに無茶苦茶にでも使えるものだと感心するほどである。この困苦を我慢して克服して行く気力には我ながら驚《おどろ》くことがあるのである。私は投げ出されている、いかにも汚ないよごれくさった兵隊の足を眺めて、尊いものを感じるのだ。ところが、ここでは兵隊はちょいと洒落《しゃれ》た贅沢《ぜいたく》をしている。それは、ここは酒の産地で、酒壺《さかつぼ》が沢山あったらしく、焼酎《チャンチュ》で足を洗っている。これは冷々して大変気持のよいものだ。やがて出発の時刻が来ると、兵隊は靴を履き、前進の命令とともに、歩き出す。最初は一寸《ちょっと》見っともない恰好《かっこう》で足を引きずり跛を引きながら二三歩を踏み出す。それから間もなく確固とした歩調を恢復《かいふく》しながら、果てしなき進軍を続け始める。

お茶屋のような家に、同盟通信の記者達が藁の上に坐《すわ》り込んで話している。新聞の従軍記者の苦労も亦《また》兵隊に劣らないものだろう。疲れ切ったように身体を長くしながらも、小鳥好きという誰かが鳥籠《とりかご》を何処へやら忘れて来たというような話をしながら、惜しいことした、いい鳥だったものを、と残念がれば、なんの鳥だ、と一人が云《い》い、名前は判らん、ものを云うように躾《しつ》けようと思ったに惜しいことしたよ、馬鹿を云え、あんな鳥がもの云うか、あれは大きい奴は日本の太宰府《だざいふ》辺に居る鷽《うそ》という鳥だ、あんなのがものを云えば人間は飛行機のように飛び出すよ、いや、それでも五六年もみっちり教育すればもの云うかも知れん、冗談云うな、君は小鳥通と称する癖に何にも知らんな、などと話をして居る。皆で七人居る。

城壁に添い、埃《ほこり》で埋まったような狭い路《みち》を抜けて、裏門から出発。午後一時。濛々《もうもう》たる埃である。先が見えない。澮河を越えてからクリークが多くなって、到るところに赭土《あかつち》の土堤《どて》がある。茫洋《ぼうよう》たる麦畑の中を埃の行軍、飛行機が前方を飛び、爆撃をしている。銃声も聞える。城壁のある孫圩《そんう》という部落の裏手で休憩した。井戸があるので汲んでみると、珍しく澄んでいる。冷たい水というのを飲んだことがないし、あまり咽喉《のど》が乾いていたので、生水は絶対飲むなと云われていたが、ごくごくと飲んだ。

咽喉にしみわたった。おいしかったので、つづけさまに飲んだ。城門を入って見ると、相当の富豪の家らしく、幾棟も立派な家がある。調度なども立派である。例の赤紙がうるさいほど張ってある。福神像や福神の軸が壁掛にどの家にも掛っている。四角の紙に福の字を書いたのが一面に張ってある。支那人が普段の生活に於《お》て、只管《ひたすら》自家の幸福と一家の繁栄をのみ冀《こいねが》い、金銭に執著《しゅうちゃく》すること甚だしいその執拗《しつよう》なる生活の状態が、やにっこいほど、うるさく感じられる。家には何処にも人の気配は無かった。鶏が二三羽鳴きながらうろついている。一棟の一つの部屋の入口には水色の絹布のカアテンが垂れてあって、何気なく入ると、ぷうんと香水のようなよい匂いが鼻を衝《つ》いた。胸のどきんとするような匂いであった。その部屋は三畳位の広さで、若い夫婦でも居たらしく、調度も田舎には珍しく絢爛《けんらん》とし、洒落た鏡台や朱塗の小筥《こばこ》や、青と赤とで刺繍《ししゅう》した靴や、櫛《くし》や、錫《すず》の器具や、銀の飾りのついた大きな洋燈《ランプ》などが、赤い机の上にきちんと片附けられて置いてあり、奥の半分には三方に鏡を嵌《は》めこんだ立派な二人寝の寝台があった。狭い部屋の中は、我々が茫漠《ぼうばく》たる麦畑と埃と土の家との戦場の中では一度も感じたことのなかったような、あやしい匂いにむっとむせるほど満たされている。机の上に四五冊積まれている薄っぺらな書物はいずれも艶本《えんぽん》である。私は寝台の上に引っくり返ってみた。絹の蒲団《ふとん》が私の兵隊靴の下でよごれた。私は眼を瞑《と》じた。次第に私は今まで全く忘却していた一つの感覚に捕われ始めた。私は刎《は》ね起きた。

私は鏡に顔を映してみた。埃に塗《まみ》れた髯《ひげ》だらけの異様な顔が私を睨《にら》んだ。鏡台の上にあった花露水の壜《びん》を摑《つか》んで私はその部屋を飛び出した。掠奪者《りゃくだつしゃ》のごとく悠々とその部屋に侵入した私は、敗北者のごとく倉皇《そうこう》として逃げ出したのである。表に出ると私は花露水の栓を抜いて身体中に振りまいた。それは香水だったが、埃の中では妙にむかつくような嫌な臭いだった。この臭い奴を梅本君にも西君にも振りかけてやった。

もっと前進するのだというのでどんどん先に行ったところが、後から一向部隊本部が来る様子がない。聞いてみると少尉が居て、自分達が先遣部隊だから、ここが最前線でこれより前には歩兵は居ない、本部はもっと後方の部落に宿営する筈《はず》だ、と云った。夕闇の中を引っ返して来ると、本部の止まっていたのは、先刻自分達が入り込んでいた孫圩の城壁の中であった。表門の方に廻《まわ》り、望楼のある城門を入って行くと、右側に参謀部があって歩哨《ほしょう》が立っている。報道部は隣だと云うので、門を潜って入った。やあ、何処に迷子になっていたか、と高橋少佐が笑った。中山参謀も居た。夕食を済した後、午前二時半出発だと云う。ありがたいことに西君が濉渓口で徴発した卵が山ほどあるので、卵を山ほど煮て副食物を作ることにした。すっかり日が暮れた。当番の川原一等兵と斎藤一等兵とが何処か遠い所にあるとかいう井戸から石油缶に水を汲んで来た。濁った水だ。庭にアンペラを敷いて、斎藤一等兵と差し向かいで葱《ねぎ》の毛を毟《むし》る。蠟燭《ろうそく》の明かりが微《かす》かな風に揺いでいる。金歯をちらちらさせる斎藤一等兵が、問わず語りに、私は兄弟二人一緒に出征しましたが、兄貴は上海で戦死しました、と云った。私は胸を衝《う》たれ、柔和な斎藤一等兵の顔を眺めて、兄弟は沢山あるのか、と訊いた。いえ、二人きりでしたのに二人とも出征しましたのです、もとより国に捧《ささ》げた身体ですから、決して惜しいとは思いませんが、年老いた両親がまだ二人とも居るのですから、と、声を落したので、どうせ我々は国の為なら命を捨てなくてはならないけれども、詰まらぬ無理をして、捨てなくてもよい命を捨てたりしないがよいよ、進まねばならぬ時には死ぬと判って居っても進まねばならぬが、まあ、生命は大事にした方がよいな、と私は云った。少し風が出たらしく、楊柳《ようりゅう》の枝がさらさらと鳴って、蠟燭の火が消えそうに揺らいだ。見上げると、立派な月が出ている。雲もない。美しい満月である。何処から出て来たか、卵よりも小さい鶏の雛《ひな》が二十羽ばかり家の蔭《かげ》から出て来て、チチチチと鳴きながら、埃のように彼方此方《あっちこっち》している。森閑として妙に静かであった。部隊が午前二時半に出発した後に、夜明けを待って自動車隊は出発するということであった。昨夜、百善から濉渓口迄《まで》、自動車隊が夜行軍して非常な困難を極め、数台の故障車が出来たりして、辛うじて到達した有様だったので、夜は駄目だということになったらしかった。軍報道部の自動車には重要な書類を積んであるので、我々は明早朝自動車で追及することにした。城内で、久し振りに私達は寝台で寝ようと思い、棕櫚《しゅろ》縄《なわ》を張った粗末な寝台を集めて来た。しかし、話しているうちに、どうも此処《ここ》で寝ていては寝過ごしそうだということになった。寝過ごして自動車隊出発時間にでも遅れては困るので、そこで思い返し、城外の広場に置いてある自動車の中で夜を明かすことにした。一旦《いったん》下ろした荷物を抱え、梅本君と西君と、三人で城門を出た。城壁外の広場は部隊のトラック隊を初め、衛生隊や、工兵などのトラックや乗用車等で満員の盛況である。トラックにも矢張り兵隊達が我が家で泊る準備をしている。柳の木には例の奇妙な声で喚《わめ》く驢馬《ろば》が幾匹も繋《つな》がれている。時々思い出したように鳴いている。自動車の中に入りこむ。私達は、運転手台に私と西君、後に荷物と梅本君が寝ることにし、月はよいしのんびりしたような気持になって、色々と無駄話に花を咲かせているうちに、美しい東洋の満月のさしこむ硝子《ガラス》張りの水族館のような箱の中で何時の間にか眠ってしまった。

五月十六日

同じような恰好の曲った松の並木が片側だけ続いている。自動車で青い煙を立てながら疾走している。松の幹と幹との間にずらりと一つずつ大きな銃口が見えて、パチパチと自動車を射撃している。なかなか当らないけれども、間断なく射つので、何処か曲り道があったら入り込もうと思いながら走っている。何処まで行っても片側ばかり続いた松並木の一本道である。困ったもんだなと思っていると、不意に声を掛けられて眼を醒《さ》ました。眼を開けた時は青い月明の硝子の外には何にも見えなかった。パチパチと、夢の中で聞いた音だけが連続して聞える。当番の斎藤一等兵と川原一等兵とが周章《あわ》てふためいたような顔をして、これお願いします、早よ行かんと部隊から遅れてしもた、とそう早口で云いながら、大急ぎでぐるぐる巻きにした、高橋少佐と中山参謀の毛布を突込み、ただならぬ様子で駆け去ってしまった。敵襲だと気づいた。銃声がしてトラックが何かに当ったはげしい音がした。

　私は軍靴を履き、巻脚絆《まききゃはん》をつけ、出来るだけ頭を低くしているように、西君と梅本君に云い置き、運転手がやられては困るので私の鉄兜《てつかぶと》を西君に被《かぶ》せ、拳銃《けんじゅう》だけ持って自動車の外に出た。外は暗く、何時頃か判らない。ぎざぎざの城壁とすれすれに少し霞《かす》んだ月がある。暗い中で兵隊が影のように飛び廻っている。城壁の上でぱっと赤い火が光る。城壁の中のところでも火が光る。敵は孫圩城内に居て、城壁の上や、銃眼から此方《こちら》を射っているのだ。私は城壁に近い所に居た自動車の蔭に入った。軽機関銃が一挺《いっちょう》据えてあって、兵隊が四人許《ばか》りかたまっている。城壁まで三十米《メートル》位しかない。すぐ耳元で弾《はじ》けるような音を立てて、弾丸が飛んで来る。遮蔽《しゃへい》している自動車にパシンと穴を開けた。広場に置いてある沢山の自動車に頻《しき》に当る音がする。

突然、私のすぐ傍に居た一人の兵隊がばたりと倒れて、自動車の外にはみ出した。

外の兵隊はきょろりとしている。こら、そんな所に寝てては駄目やないか、ともう一人の兵隊が云《い》った。私はやられたのだと思い、揺すぶると動かないので、引っ抱えて自動車の蔭に引きずり込んだ。外の兵隊も駭《おどろ》いた。私は軍服も手も血だらけになった。看護兵は居ないか、と叫ぶと、すぐ後方から走って来た。鉄兜に二つ並んで穴が開いている。薄明の中に顔色がまっ青に見えた。動かないので即死したのだと思っていると、急に眼を瞠《みひら》いて、頭だとゆっくりした語調ではっきり云った。しっかりしろ、大したことないぞ、と私は云い、看護兵が繃帯《ほうたい》するのを待って、そこにいた兵隊三人と負傷者を抱えて、十米ばかり後方にある一軒家の蔭に運んで行った。一軒家の蔭には二十人程兵隊が居た。銃声はしきりなくひびき、弾丸が足下に落ちて土煙を立てる。

　私は報道部の自動車の所に走って行って、西君に自動車を家の蔭に廻すようにと云った。外のトラックも大急ぎで、運転を始め、夜の中に機関《エンジン》の音が慌しく錯綜《さくそう》し、自動車隊が動き始めると、銃声は一しきりはげしくなった。既にタイヤか機関を射抜かれて、動かない自動車も何台かあった。私も一軒家の蔭に来た。先刻頭に負傷した兵隊は、トラックの上に横にされていたが、死んではいなかった。トラックの上で寝ていたが、少し身体を起し、天皇陛下万歳と二度はっきり云った。二三名手と足とを怪我したのが看護兵から繃帯をして貰《もら》っている。夜はなかなか明けない。自動車隊の外に歩兵部隊は居ないのだ。特務兵や、衛生兵や工兵が少しばかりと、運転手等ばかりである。弾丸は頻に来るが敵兵の姿はまるで見えない。応戦の仕様がない。しかし、夜さえ明ければ大丈夫だと私は思った。同盟の自動車が家の三米位先でタイヤを打ち抜かれてへたばってしまった。家は廟《びょう》か何からしく、幸い煉瓦《れんが》造りの壁に囲われた堅固な建物である。附近には此《こ》の家以外、何にも遮蔽物がない。タイヤのパンクする音がし、ガソリンが噴水のように噴き出すのもある。城壁からは花火のように赤い曳光《えいこう》弾《だん》が音もなく飛んで来る。機関銃が物凄《ものすご》い音を立てて家の壁に打《ぶ》っつかる。瓦《かわら》が砕かれて飛び、落下して来る。しかし、家の蔭は先《ま》ず安全であった。

少し辺りが明るくなったと思われる頃、救援の歩兵部隊が到着した。それは松山大隊で、我々は安心した。次第に夜は明けて来た。我々の機関銃は廟の右側に赤い土のついた石を積み重ねて陣地を作った。夜明けとともに城壁がはっきりと見えて来て、銃眼にちらちらする敵も見えて来た。廟から城壁まで四十米位である。城壁の両角に望楼があって、そこの幾つもある銃眼から敵は機関銃を猛射して来る。右側の陣地に居る我々の射手は肩の張った落ちついた上等兵である。ゆっくりと照準を定めて引鉄《ひきがね》を引く。爽快《そうかい》な音がし、城壁の銃眼のところが真白い煙を立てて砕ける。城門は左角の望楼の方に片寄っていて、廟がその略《ほぼ》正面の位置だ。中隊は廟の左側に、城門の正面に向かって展開した。私は間もなく孫圩城は奪取出来ると思ったが、事態はそんなに簡単に行かなかった。時間とともに、攻撃の困難なことが明瞭《めいりょう》となり、次第に切迫した状態になって来始めた。城門は内側から閉ざされている。城門の正面に出た西村部隊は、幾つもある深い壕《ごう》の中に入って、猛射を受け、出られなくなった。廟の右側に散開した部隊は何の遮蔽物もないために、忽《たちま》ち二名射たれ、廟の蔭に集結した。伏せて散開している散兵線の前を見廻《みまわ》るように悠々と歩いている軍刀を吊《つ》った一人の下士官があった。弾丸の中である。その下士官は散兵線の端から端へ二回ゆっくりと往復した。豪胆さを誇示する様子であったが、詰まらない兵隊だと思った。そんなのは勇敢なのでもなんでもない。私は幾多の戦場でよくこういう英雄を見かけた。なるほどその男に弾丸は当らない。しかしその兵隊を狙って弾丸が集中するので近くの兵隊は危険で仕方がない。適当に地形を利用して遮蔽するのは卑怯《ひきょう》なのでは決してない。私は指揮官ですら不必要に大きな姿勢をしているのは立派な統御者ではないと信じている。今は城門を破って突入するより外に方法はない。敵の射撃は時間とともにはげしくなった。此方からの射撃は銃眼を狙うけれども全く効果が知られなかった。すると、誰云うとなく、城内には友軍の兵隊が残っている筈《はず》だと云いだした。私も、居るかも知れぬと思った。我々はもう少しの所で城内に寝るところであったのである。誰が残っているのか何人位居るのか誰にも解らなかった。しかし、何人かは居るに違いないという確信のようなものが皆に持たれ、皆を不安と焦躁《しょうそう》に駆り立てた。右側の機関銃の石の防塁の蔭から、黄金色の牝鶏《めんどり》が一羽出て来て、地面を啄《つつ》いて餌を探しながら、麦畑の方へ去ってしまった。

広場の楊柳《ようりゅう》に繋《つな》がれていた驢馬が、二頭は綱が附いているが、二頭は何時切れたのか、弾丸雨飛の中をのろくさと歩き廻っている。その四頭が交替で、例の、錆《さび》ついた釣瓶《つるべ》を汲《く》むような、奇妙な、身体中で鳴く声で、時々鳴く。白い驢馬が不意によろけたと思うと、後脚を地に突いた。尻《しり》たぶのところから、真赤な血が簓《ささら》のように噴き出し、其処《そこ》ら一面を真赤にした。止まったと思うと又噴き出し、何回も血を噴いた。殪《たお》れるかなと思って見ていると、何度も後脚を折って苦しんでいたが、やっと立ち上って、何でもないような顔をして其《そ》の辺を歩き廻った。すると又、木に繋がれていた鼻の頭と鼻筋の白い栗毛の驢馬が急に飛び上った。横面を射ち抜かれたらしく、両方の鼻孔から盥《たらい》の水でもあけるように、血が迸《ほとばし》り出た。しかし、この驢馬も見ていて嫌になるほど血を出したが、殪れないで、樹の周囲を歩き廻った。割合頑健なものである。廟の蔭《かげ》で兵隊は敵弾の為に次々に射たれる驢馬の群を眺めていた。我々の居たところから二十米位の所だ。最初に尻を打たれた白い驢馬は地面に坐《すわ》ってしまった。すると、もう一頭の白い驢馬が、地面に坐って射たれた箇所の血を舐《な》めている白い驢馬の所に寄って行って、話でもするように鼻と鼻とを突き合わせたり、首筋を擦りつけ合ったりしている。射たれた白い驢馬は立ち上った。それから、例の奇妙な声で鳴いた。その声はしかし非常に弱々しく聞えた。後から寄って行った白い驢馬は射たれた白い驢馬の後に廻ると、いきなり前脚を挙げて、後から射たれた驢馬の背中に乗りかかった。誰か兵隊が石を拾って投げた。二匹の白い驢馬は別れ別れになったが、飛び来った敵弾は又最初射たれた白い驢馬に命中し、音を立てて横に殪れた。脚で地面を掻《か》いていたが、しばらくすると動かなくなった。私は口の粘くなるような不快さを感じながら、厭《いや》なものを見たと思った。残っていた驢馬も次々に射たれた。

残っていた自動車も次々に射たれた。四五台トラックが陳蔣山《ちんしょうざん》の方に走って行った。報道部の自動車もその後尾を走って行って、見えなくなってしまった。同盟の自動車が煙を出して燃え始めた。須藤君や高崎君等が飛び出して行って、中の荷物を少し引き出し、煙だけは揉《も》み消したが、弾丸がはげしく、荷物を皆運び出すことは出来なかった。私は近くを探して見たが、同盟だけで、他社の記者は誰も居ないようであった。攻撃のため展開した部隊は、最初の隊勢の儘《まま》、壕の中から動かなかった。動けなかったのだ。砲が無いので歩兵だけでは方法が無いのだ。敵はよく草臥《くたび》れずに、射つものだと思うほど、間断なく射撃を連続する。時間ばかりが経って行く。

すっかり朝になった。ようやく苦心して追いついた大阪朝日の青バスが一番城壁近くに居て、穴だらけにされている。朝日の記者は見えない。その此方に一台のトラック、一番手前に黒塗の乗用車が一台、何《いず》れも蜂の巣のようになっている。すると、七時頃、そのトラックの蔭から、シャツ一枚で、跣《はだし》になった一人の兵隊が、右手に拳銃を振り翳《かざ》しながら飛び出して来た。すぐその後から、又、一人、日本刀を握った年配の将校が駆けて来て、廟の蔭に走りこんだ。最初の兵隊は、一番手前の乗用車の蔭に来て、叫びだした。何をしているんだ。城内には日本の兵隊が居るんだぞ、三人残っているんだ、ああ、池田伍長《ごちょう》は殺《や》られた。敵を三人斬って殺られた。出るなと云ったのに、日本刀を振って飛び出したんだ。俺達は今出て来たんだ、早く助けに行ってくれ、何を愚図愚図してるんだ、城門に殺到しろ突撃だ、突撃しろ。

非常に興奮している様子だ。尚《なお》も頻《しき》りに絶叫を続けた。その兵隊の云う事や、もう一人の将校の話によって事情を綜合《そうごう》してみると、憲兵が五人昨夜から城内に居た。眼が醒《さ》めてみると、誰も居なくて、銃声が聞え支那兵が右往左往している。城内は内側から閉められ、後から支え棒をし色んなものを積み上げて、開かないようにしてしまった。待っていれば必ず友軍が救援に来ると思い、しばらく家の中に潜んでいた、時間は経つ、待ち切れなくなった池田伍長が日本刀を揮《ふる》って飛び出した。若林准尉と吉沢上等兵も続いて出た。敵兵が射撃しながら抵抗して来るのを斬り払いながら城門の処まで来た。池田伍長は門のすぐ傍で遂《つい》に戦死した。若林准尉と吉沢上等兵はようやく門の障碍《しょうがい》を押しのけ、やっと身体の通れるだけ城門をこじ開けて脱出した、と、云うのである。予備兵として廟の蔭に居た一個小隊も、部隊長が、突撃するんだと云って廟の左端から飛び出したので、着剣して兵隊も続いた。敵の機関銃は恰度《ちょうど》この壁の左端を狙っている。弾丸の間断を狙って、一人ずつ、姿勢を低くして躍り出た。眼を光らせ、決死の表情があった。左に廻って吉沢上等兵の居る乗用車の方に飛び出した兵隊が、自動車に着いたと思うと、俯伏《うつぶ》せに音を立てて倒れた。看護兵が廟の蔭からすぐ走って行った。足を射たれたらしい。大急ぎで繃帯《ほうたい》をし、吉沢上等兵と二人で引抱えて廟の蔭に連れて来た。看護兵は居ないか、と前方で呶鳴《どな》る声がした。看護兵はすぐに声のした方に駆け出して行った。右の方で又、看護兵、と叫ぶ声がする。左角の望楼から射つ敵の機関銃がすさまじい音を立てて廟の左端の壁の一角を打ち砕いた。

其処に居た衛生隊の少尉が大隊副官と協議の上、一人の歩兵伍長を衛生隊のトラックに乗せて、後衛として後方から前進している筈の寺垣部隊に急遽《きゅうきょ》応援を頼むため、出発させた。寺垣部隊は、或《ある》いは前方に見える陳蔣山の向こう側の道路を前進するやも知れず、その方角でも銃声がしているし、これは甚だ危《あやぶ》まれることではあったが、成功不成功の如何《いかん》に拘《かかわ》らず、今の事態としては採るべき唯一の手段と思われた。使者は決心の色を眉宇《びう》の間に漂わせ、死してもこの任務を果たします、と低い声ではあったが、たのもしい力の籠《こも》った声で云《い》った。トラックがここから七百米《メートル》位ある陳蔣山の麓《ふもと》の道に出るまで、敵の射撃を封じるため、機関銃で城壁の銃眼を猛射した。トラックは麦畑の中に入り、次第に小さくなり、道路に出たらしく、陳蔣山の根を右に沿って疾走して行くのが見えた。

　急にぼうんというような鈍い音がして、谺《こだま》のように緩く響いた。続いて、陳蒋山の絶頂の線を蜿《うね》って流れて行くように、砲声のようなものが谺した。陳蒋山の向こうで戦闘が始まっているのかと最初は思ったが、そうではなかった。間もなく、山の麓の麦畑の中にすさまじい音を立てて砲弾が炸裂《さくれつ》した。続いて同じような所に何発か落ちた。敵が迫撃砲を撃ち始めたのだ。迫撃砲弾は最初は遠い所に落ちて黄色い煙を捲《ま》き上げていたが、次第に廟《びょう》に近く落下し始めた。轟然《ごうぜん》たる音響がして、足下が振動する。突然、すぐ傍で耳元が裂けるような音がした。振り返ると、廟のまん中に濛々《もうもう》と土煙が上っている。廟は四棟から成っていて、左側が門で中は庭になっている。中央の庭に落下したのだ。煙の中から、副官殿がやられたと云う声が聞え、何人も兵隊が駆け過ぎた。四人程一度に負傷したらしかった。私はいやなことになって来たと思い、次第に不安になって来た。小銃弾である間は私は少しも恐怖を感じなかったし、不安でも無かった。支那兵は決して城内から出て来て逆襲をするというようなことのない事は、今まで経験した度々の戦闘でよく知っていたし、小銃弾は、例え機関銃を以《もっ》ていかに猛烈に射撃して来ようとも、適当に地形を利用していれば決して当らない確信を持っていたし、この場合は煉瓦造《れんがづくり》の堅固な遮蔽物《しゃへいぶつ》があるので、絶対に当らないと思っていた。ただ、城壁に拠《よ》る敵に思う存分の自由を与え、こちらからこれを制圧出来ないうちに、徒《いたず》らに時間のみ経過して行くことが非常にもどかしく、忌々《いまいま》しく歯痒《はがゆ》く思って居ったのだ。

しかし、今や、頭上から所嫌わず炸裂する迫撃砲弾が落下し始めた。しかも最初は遠方に落ちていたのが、次第に距離を縮め、廟を狙って近づいて来た。敵は悠々と弾着を観測し、発射距離の修正をしているのだ。砲弾は繻子《しゅす》の帯でもしごくような、しゅるしゅるという音を立て、黄塵《こうじん》を捲き、廟を取り巻いて落下する。兵隊は廟の蔭に壕《ごう》を掘り始めた。皆ものを云わない。

一旦《いったん》消えたと思われた同盟の自動車が、しばらくすると、真黒い煙を噴き始め、たちまち赤い焔《ほのお》が燃え上った。どういう加減か、警笛《クラクソン》がジジーと嗄《しわが》れたような音を立てて鳴り始めた。同盟の須藤君が三米位先の眼前で、炎々と燃えていた自分の自動車をなんとも云えない悲壮な顔をして凝視《みつ》めている。今までの難路を、自動車を此処《ここ》まで持って来るだけでも随分苦労している。車の中に無線電信機を初め、写真機や、映画のフィルムや、其の他大切なものが皆積んである。しかし、如何ともする術《すべ》が無かった。クラクソンはものさびた音を立てて、車が焼けて骨ばかりの残骸《ざんがい》になってしまうまで鳴り続けた。ようやく不安の濃くなって来た我々の耳に、悲鳴のように何時までも鳴り続ける嗄れたようなクラクソンの音は、沁《し》みわたるような、いやな淋《さび》しい響きがあった。

時間の経つのがいかにも長かった。飛行機の爆音が聞えて来た。両翼に日の丸のついた陸軍機が次第に近づいて来たので、下で旗を拡げたり、手を振ったりしたが、地上の事態の解る筈《はず》もない、飛行機は爽快《そうかい》な爆音を立てて頭上を過ぎ、飛び去ってしまった。来た来たと誰かが云った。見ると、陳蔣山の麓の麦畑の中を散開した黒い影が幾つも近づいて来た。敵じゃないか、と、誰かが云った。友軍だよと誰かが云った。近づいて来た兵隊は麦畑の線の凹地《くぼち》で止まった儘判らなくなってしまった。左の森の中からも幽《かす》かに兵隊が近づいて来るのが見えた。弾丸を避けつつ、一人ずつ、散開して走って来る。梯子《はしご》を担いでいるのが見える。何人も梯子を担いで、城壁の左の方に迂回《うかい》している。後でわかったが輜重《しちょう》隊だった。我々の面しているのは孫圩城の東門である。南壁側には前田部隊が攻撃している筈であったが、何処に居るのか見えなかった。

　銃声ばかりしている。北壁の方向でもはげしい銃声がし始めた。孫圩城は包囲されているのだが、城内の敵兵は少なからぬ数らしく、銃声や砲声から判断すると、孫圩の西方高地附近にも相当の敵が居るらしく思われた。敵は昨夜城内の何処かに潜んでいたのか、或いは部隊が出発した直後、西門から侵入したものと思われる。西門は私達が昨日の夕刻休憩した時入って見て、艶《なま》めかしい香に満ちた閨房《けいぼう》を見つけた方の門である。あの部屋は今頃は弾薬の倉庫になっているかも知れない。迫撃砲は近くなったりする。衛生隊のトラックを後方に連絡にやったのは十時頃であった。驢馬《ろば》の居た広場の方を見ると、三頭は殪《たお》れて死んでいた。木に繋《つな》がれた、栗毛の驢馬が一頭だけ、首を垂れ、じっと動かずに立っている。

戦車だ、戦車だ、と誰かが叫んだ。南の森の中を抜けて、麦畑を通り、軽装甲車が頭を振りながら近づいて来るのが見えた。一台では無く、後方から何台も続いているのが、立ちのぼる埃《ほこり》の中に見えた。戦車が来たら大丈夫だという安堵《あんど》の気持が皆にあった。午後一時過ぎである。戦車は五台であった。戦車は直接城壁の方に向かって前進した。後からははっきり距離は判らなかったが、廟の蔭《かげ》から見ると城壁に向かって、城壁のすぐ手前の線にずらりと横に勢揃いし、一斉に機関銃の火蓋《ひぶた》を切った。すさまじい銃声である。すると、続けさまに砲弾の落ちるような音がし始めた。敵が城壁から手榴弾《しゅりゅうだん》を投げ始めたのだ。しばらくすると、右から二番目の城門の正面に居た戦車が後退《あとずさ》りを始め、くるりと方向変換をして、我々の居る廟の蔭にやって来た。中からは汗と埃に塗《まみ》れた曹長が鉄蓋《てつがい》を開いて出て来た。戦車の円塔には白く雄物と書いてある。廟の中から、副官が来た。副官は先刻の迫撃砲弾で数か所負傷したらしく、繃帯した右手を首から吊《つ》っている。御苦労さんです、と、云った。戦車の曹長は、大きな眼をした柔和そうな男であった。東北訛《なま》りのある語調で、先刻、衛生隊のトラックに遭ったのです、歩兵伍長が乗っていました、私達は福田戦車隊です、先般来からの各所の戦闘で出来た故障車を修理して居ったのですが、孫圩で友軍が非常に苦戦しているからと聞いたので、早速駆けつけて来たのです、どんな様子ですか、と、マッチをすって煙草の火を点《つ》けながら云った。副官は礼を述べ、実は何回も突撃を試みようとしましたが、城壁は非常に堅固であるし、城門を破壊しようにも方法が無く、突撃路が無いために困って居った次第です。如何《いかが》でしょうか、戦車を以て城門に突き当てれば訳無く開くと思いますが、そうすれば歩兵は同時に突撃して城門に突入しようと思います。そうですね、それより方法が無いとすれば、やってみましょうが、御存知の通り戦車の眼は例の細く穿《ほが》した穴だけで、先刻城壁の近くに行って見たのでははっきり地形が判らないのです、あの細い穴から覗《のぞ》くのですから非常に錯覚も多い訳で、凸《でこ》凹《ぼこ》が深く、嵌《はま》りこんだりすると困るのですが、その点は大丈夫でしょうか。それは大丈夫です、と、城内から日本刀を振りかざしながら脱出して来た憲兵の若林准尉が横から云った。昨夜も中に何台も出入しましたし、極めて平坦《へいたん》ではありませんが危険は絶対にないです、それに城門の後にある障碍《しょうがい》も丸太や椅子や家具等を間に合わせに積み重ねてあるだけですから、戦車を持って行けば造作ないと思います。そうですか、それではやってみましょう。戦車の曹長は一寸《ちょつと》考えた後はっきりと答えた。話をしている間にも迫撃砲弾は近くに何発も轟然たる音を立てて落下した。曹長が戦車の中に這入《はい》りこむと、戦車は廻《まわ》れ右をして城門の方へ行った。飛んで来た小銃弾が何発も戦車に当って疳高《かんだか》い響を立てた。雄物は城壁に並んでいる戦車の列に入ると、息をつくように、一寸止まったが一台だけ城門に向かって進んで行った。すさまじい機関銃声が起った。それは此方《こっち》からの掩護《えんご》射撃と、敵からのと、錯綜《さくそう》し、雹《ひょう》の降るように、叩《たた》き合うように、入り乱れた。

凸凹の道を雄物がゆさゆさと身体を前後に揺りながら城門に近づいて行くと、濛々と立ちのぼる黄塵が湧くように車輪の下から捲き起ってこれを包んだ。たちまち雷鳴のように城門の附近が鳴り始めた。手榴弾が雄物の周囲に続けさまに炸裂した。捲き起った黄塵の中に雄物の姿は見えなくなった。しばらくすると黄塵の中に後退って来た戦車の姿が現われ、また、城門に向かって突進して埃の中に消えてしまった。すさまじい機関銃声と手榴弾の炸裂《さくれつ》する音とが交錯した。再び黄塵の中に姿を見せた雄物はそのままずっと後退って来て、くるりと廻ると、廟《びょう》の蔭にやって来た。全身汗と埃で濡《ぬ》れて黄色くなった曹長が鉄蓋を開いて出て来た。その柔和な表情に何か血走った光があった。曹長はポケットからバットを取り出し、マッチを磨《す》って火を点けたが、手が少し顫《ふる》えていた。副官が廟の中から出て来た。曹長は、おいしそうに煙草を一口深く吸った後で、二度打《ぶ》つけてみました。大分手榴弾を喰《く》いましたが、どうやら三尺程開いたようでした。しかし、城門の内部の障碍が多くて、うまく歩兵の突入が出来なかったようです、と云《い》った。もう一ぺんやって下さい、と副官はしばらく考えた後、決心の色を見せて云った。戦車も随分機関銃を射ちましたし、狭い車の内部は薬莢《やっきょう》で一杯なので一度安全な場所に行って整備しなければ充分な協力が出来ません。しかし、そう仰言《おっしゃ》ればもう一回やりましょう、しかし今度はすぐに呼応して突入して頂かなければ何にもなりませんから、それにどうした訳か、城門のすぐ左手の家屋が火災を起した様子で、大抵の所は無理して行きますが、いくら戦車でも火の中だけは、と云って、曹長は微笑した。城門のすぐ左側から黄黒い煙が立ちのぼっている。曹長が戦車に乗り込むと、副官は前方に出て行って、最前線の部隊に戦車と協力して突撃すべき命令を下した。雄物が再び戦車の列に帰りかけた時である。前方の壕に出ていたらしい憲兵の吉沢上等兵が息を切らして引っ返して来た。さあ、手榴弾を出してくれ、いよいよ突撃だ、決死隊が七八名出ることになっているんだ、戦車と一緒に城門に飛び込むんだ、有るだけの手榴弾を皆出してくれ、と彼は云った。其処《そこ》に居た兵隊が各々手榴弾を彼に渡した。それは殆《ほと》んど鹵獲《ろかく》した黄色い木の柄のついた手榴弾だった。吉沢上等兵は木の柄を指の間に挟み、左手に四個、右手に三個、七個の手榴弾を持った。よし、と強く点頭《うなず》くと、一寸廟の蔭に身を低くして弾丸の間隙を狙っていたが、躍るごとく前方に飛び出した。雄物が城門に向かって体当りをすべく、動きだした。私は、背中に日の丸の国旗を背負った吉沢上等兵の後姿を見て、何かしらぐっと熱いものが胸に突き上げて来るのを感じた。吉沢上等兵は逸散に前方に走り出て戦車の線に行ったが、濛々と捲《ま》き起り立ちのぼる黄塵の中に、雄物の姿とともに見えなくなってしまった。又も、機関銃と手榴弾のすさまじい音響が起った。喊声《かんせい》のようなものも聞えた。私は眼を据えて城門の方角を凝視していた。私は身体中が熱くなるような興奮を感じていた。城門の前はただ黄色い煙が渦巻いているのが見えるばかりである。しばらくするとその煙の中に雄物の姿が現われた。戦車はくるりと廻り、我々の方へ引き返して来た。鉄蓋を開いて出て来た曹長は、煙草を吸い、残念でした、と一口云い、整備した上又やって来ます、と云い残して、戦車に乗った。雄物が先頭に立って、五台の戦車は麦畑の中を抜け、もと来た森の方へ見えなくなってしまった。たちまち皆の上に名状し難い心細さが蘇《よみがえ》った。迫撃砲弾は廟の屋根に落下し、瓦《かわら》が飛んで来た。続いて廟の庭に落ちた。何人も戦死し、負傷した様子である。迫撃砲は離れたところに落ちる時には、しゅるしゅるという音を立てるが、我々の近くに落ちる時には、何の警告もなしに破裂する。三時頃、飛行機が本部の方角からやって来た。飛行機は低空して我々の頭上に来た。機上から手を振る飛行士が見えたので、下から兵隊が旗を振ると、赤と白の尾のついた通信筒を投下した。皆は部隊と連絡がついたと思って愁眉《しゅうび》を開いたのである。通信筒は三十米《メートル》位先の麦畑の中に落ちた。一人の若い兵隊が命令を受けて取りに行った。それと知ったか、城壁からは通信筒の落ちた位置に機関銃弾が集中し始めた。兵隊は逸散に駈《か》けて行って麦畑の中に見えなくなった。しばらく出て来ないので、やられたかと思っていると、又麦畑の中に姿を現わし、匍《は》うようにして帰って来た。その一生懸命の表情に心衝《う》たれるものがあった。その通信文は、しかし、孫圩東北方四粁《キロ》の地点に於《お》て、重砲部隊が敵に包囲されているから救援に赴け、という本部から松山部隊長宛の命令であったのである。我々の攻撃は戦車の勇敢なる体当りにも拘《かかわ》らず、うまく突撃路が出来ず、何回も突撃は試みられたが、犠牲者を出すのみで、不成功に終ったのである。私は廟の中に入った。廟の中には負傷者が収容されている。特務兵や色々な兵隊が沢山居る。迫撃砲弾が私が今迄《まで》居た廟の蔭に落下して、轟然《ごうぜん》たる音響とともに、土煙が上がり、その煙の中から多くの兵隊が廟の庭に飛び込んで来た。その中に顔面に血を流した同盟の荒木君が居た。高崎君も居た。又、迫撃砲弾が右側の廟の屋根に落ちた。次第に廟に這《は》い寄って来た敵の迫撃砲弾はいよいよ正確な照準が定まったようである。廟を繞《めぐ》って、続けさまに落下する。私は何回となく土煙を被《かぶ》った。私の周囲では一発の砲弾の落ちる度に何人も死傷者が出来た。私は南側の廟の表門から飛び出した。十米ばかり先にあった穴の中に入った。先に兵隊が四五人入っていた。私の後からも四五人飛び込んで来た。廟には居られなくなったのだ。私は拳銃《けんじゅう》を握った。

　この穴には下士官は居なくて兵隊ばかりだ。然《しか》も数人は特務兵のようである。それらの兵隊は戦死した戦友の銃剣を持ち、鉄兜《てつかぶと》を被っているのだ。私は鉄兜がない。私は突撃が始まったら私に続いて突撃するのだ、と兵隊に云った。私は分隊長のような気持になって来た。私は頭を挙げてみた。前の方はじっとしているばかりで突撃する様子は無かった。すさまじい音を立てて機関銃が廟の門の煉瓦《れんが》壁を射ち穿《ほが》している。穴の前に落ちた弾丸が私達の上に埃《ほこり》を被せた。私達はしばらく穴の中にへたばっていた。

（私は、今、廟の前の穴から出て来て、再び廟の中に入り、この日記を書きつけている。私は昨日まで一日終って、その一日の日記を書きつける習慣であったけれども、今、私は、既に、一日終る迄私の生命があるかどうか判らなくなった。今は午後六時二十分である）

生死の境に完全に投げ出されてしまった。死ぬ覚悟をしている。今迄変に大胆であったように思えたことが根拠のないもののように動揺している。弾丸なんか当らぬと変な自信のようなものを持っていた。そんなことは気安めに過ぎない。迫撃砲弾はいくつも身辺に落下し炸裂する。その度に何人も犠牲者が出て、血の色を見せられる。ただ、その砲弾が、私の頭上に直下して来ないという一つの偶然のみが、私に生命を与えている。貴重な生命がこんなにも無造作に傷つけられたということに対してはげしい憤怒《ふんぬ》の感情に捕われた。一つの生命をここまで育てるには筆紙に尽されぬ尊い努力が惜しみなく払われている。ここまで育てられたこの生命は、又為すべき貴重な将来を持たせられている。然も、ここに居るすべての兵隊は、人の子であるとともに、故国に妻を有する夫であり、幾人かの子を残して来ている父ばかりである。我々の国の最も大切な人間ばかりである。兵隊は又郷愁をたのしみ、凱旋《がいせん》の日の夢想を大切なもののように皆胸の中にたたんでいる。然も、一発の偶然がこれを一瞬にして葬り去ってしまうことだ。今更考えることではない。これは戦場に於《お》ける最も凡庸な感想である。それは国のために棄てる命を惜しむという意味ではない。しかし私は、どうしても溢《あふ》れ上って来る憤怒の感情を押えることが出来ないのだ。穴の中に居た時、私は兵隊とともに突撃しようと思った。我々の同胞をかくまで苦しめ、且つ私の生命を脅している支那兵に対し、はげしい憎悪《ぞうお》に駆られた。私は兵隊とともに突入し、敵兵を私の手で撃ち、斬ってやりたいと思った。私は祖国という言葉が熱いもののように胸一ぱいに拡がって来るのを感じた。突撃は決行せられず、時間ばかりが流れた。私は死にたくないと思った。死にたくない。今此処《ここ》で死にたくない。私は兵隊として戦闘して来た時には、死の中に何回も飛び込んで行った。私は軍人として決して卑怯《ひきょう》であったとは思わない。むしろ、私は勇敢であったと信じている。しかし、私は、今此処では死にたくない。しかし、死ぬかも知れない。穴の中にいた兵隊は一夜を過ごす穴を掘るのだと云って、円匙《えんぴ》で穴の中に穴を掘り始めた。柔らかい砂のような赤土なので私も手で少し掘ってみた。後で円匙を貸しますよ、と兵隊が云ったので、手で掘ることを止めた。頭の中がじいんと鳴るようだ。私は掘りかけた穴の土に、父、母、と指で書いた。何度も消しては書いた。妻の名や子供の名を書いた。眼を瞑《つむ》って、何かしら、何やかやを引っくるめたようなものに向かって、どうぞお助け下さるように、と念じた。私は母のつくってくれたお守袋を握ってみた。私は日本に居る肉親の人達のまごころが自分を救ってくれるかも知れぬと思った。私は、今ここにいる全部の兵隊も私と同じまごころに護《まも》られているに違いないと思った。しかも、それらの兵隊はどんどんやられて行く。私は、ふと上海《シャンハイ》で、小林秀雄《こばやしひでお》君が来た時、戦争と宗教と戦争心理学とまごころとの話をしたことを思い出した。それは、ただ、そういう話をしたことを思い出しただけだ。解決の方法など考える気もしなかった。思いがけなく、何か音を立てたように、走馬灯のように、あらゆる思い出が脳裡《のうり》を去来した。それは順序もなく、整理も出来ず、一緒くたに脳裡に閃《ひらめ》いた。自分には弾丸は当らない、というような確信など、そんなものは何処にもありはしない。兵隊が、円匙貸しましょう、穴掘らんとやられますよ、と云《い》ったけれど、私は何処に居てもやられるのだと思い、穴を掘るのが面倒くさくなって、又廟《びょう》の中に入った。砲弾が落ち、頭の上から土が落ちて来た。少し胸がどきどきする。私は観念はしている。死にたくはないけれども、死んでも仕方がないと思った。死んでも構わんと思う。私は胸に手を当ててしっかりと心臓を押えた。恐怖でないと自弁してみるが、恐怖に違いない。しかし私は努めて平静を装っている。周囲には負傷した兵隊や、多くの兵隊がものも云わず、眼をぎょろぎょろさせている。誰かが何か云うと詰まらぬことを云っているのに、縋《すが》るように凝視して聴耳を立てる。援軍の到着が唯《ただ》一つの望みだが、連絡がとれたものやらどうやら何も判らない。同盟の荒木君は頭と鼻とを怪我して繃帯《ほうたい》をし、鼻には絆創膏《ばんそうこう》を張っている。高崎君も諦《あきら》めたような顔をして膝《ひざ》を抱えている。戦死の覚悟を定めるのだね、と云ったが、歪《ゆが》んだような笑い方をして返事をしなかった。私も笑ってみようとしたが、それはほんとうの笑いではなかった。皆悲壮な顔をしている。夕暮れが近づいて来た。敵の弾薬の尽きるのを待っている者もある。妙な死に方をするなら拳銃で顳顬《こめかみ》を打って死のう。私は拳銃を顳顬に当ててみた。冷たく、ひやりとした。私は死ぬ時には、敵にも味方にも聞えるような声で、大日本帝国万歳と叫ぼうと思った。しかし、生きたい。生きられるだけは生きたい、とそう思うと、又も故国のことが思われて、胸が一ぱいになり、涙が出そうになった。眼を瞑って祈る。砲弾は間断なく落下する。負傷者の唸《うな》り声がする。朝から何んにも食べないが、腹が減ったとは思わない。少し眠ってみようと思い、自分の心を試験するつもりで、強いて何にも考えないように努め、横になったら少し眠れた。砲弾の音ですぐに眼が醒《さ》め、後はどうしても眠れない。火野葦平伍長《ごちょう》ついに徐州戦線の花と散る、かな。そんなことが不意と頭に浮かび、少しも可笑《おか》しくなく、慄然《りつぜん》とした。早朝負傷した兵隊を抱き起した時に軍服についた血が、眼に刺さるように、へんにきつく濃い色に映じる。一瞬の後には死ぬのかも知れない。——七時。

空模様が悪くなって来た。庭に出《い》で廟の後の方を見ると一頭の軍馬が殪《たお》れている。トラックも沢山壊れたことだろう。戦死者が奥の方に寝かせられている。負傷者が続出し、看護兵が足りない。廟の中に入って負傷者の手当を手伝った。同盟の連絡員という若い小僧さんが、何処から持って来たか、鉄兜を被ってぐうぐう寝ている。これは自分よりえらいなと思っていると、近くに砲弾が落ち、いきなり、わあっと声を立てて私に武者振りついて顫《ふる》え出した。どんな大きな音がしても、びくっとすることなく、割合に落ちついて来た。——七時二十分。

寺垣部隊に連絡に行った衛生隊とトラックが帰って来たということを聞いた。寺垣部隊は直ちに救援に駆けつけるということであった。整備に一旦《いったん》引き返した戦車が山砲を曳《ひ》いて来たと話していた。何処に居るのか判らなかった。連絡に行った歩兵伍長は途中で会った戦車を此方《こっち》にさし向け、その上地理不案内の所をよく任務を果たした。沈着豪胆だと思い、会いたいと思ったが何処に居るかも判らず、名前も判らなかった。続けさまに迫撃砲弾が轟然《ごうぜん》たる音響を立てて廟の屋根に落ちた。がらがらと瓦《かわら》の砕け落ちる音がし、土煙が舞い落ちて来た。兵隊は喊声《かんせい》を挙げて家の中から飛び出した。此処に一人の伍長が着剣して廟の門の下に躍り上がり、息を切らして絶叫しだした。

居たら皆やられるぞ、俺達はむざむざと坐《ざ》して敵弾の為にやられるばかりだ。突撃だ、日本帝国の軍人なら川田伍長の後から続いて来い、出たら城門の処まで匍匐《ほふく》して行って、手榴弾《しゅりゅうだん》を持って城内に躍り込むのだ。よし続け。川田伍長は表に飛び出した。五六人続いて飛び出した。幽《かす》かに喊声が聞えて来たが、すぐ、機関銃の音に消されて判らなくなった。——七時五十分。

（この後は滅茶滅茶《めちゃめちゃ》になったし、日も暮れたので、何も書けず、命あったことを不思議に思いながら、部隊野戦繃帯所で、十七日午前七時書き足す）

救援隊が到着すると聞いて一同は一寸《ちょっと》愁眉《しゅうび》を開いたが、実際はそうではなかったのである。寺垣部隊は現場に駆けつけるために急行軍を行っているが、相当の距離があるので、明朝でなければ到着しないというのである。

眼前の事態はますます逼迫《ひっぱく》して来た。迫撃砲弾はいよいよ廟に向かって集中し、次から次に落下した。当れば仕方がないと既に諦めながら、私は廟の中に居った。急に、すさまじい音響が耳元でしたと思うと、ぱらぱらと石ころが頭の上に落ちて来た。刎《は》ね起きると、濛々《もうもう》として何も見えない。私は今のは何処に落ちたのだ、誰かやられたかと、誰にともなく呶鳴《どな》った。云い終らないうちに、又、轟然たる音とともに眼の前にぱっと火の柱が立ち、礫《つぶて》のように顔に小石が飛んで来たので、表に飛び出した。何人も一緒に飛び出した。後から私に落ちかかるように縋ったものがある。振り返ると、負傷しているらしいので抱いてやり、入口の右側に壕《ごう》が掘ってあったのでその中に担ぎ下ろした。左腕らしい。私はその兵隊の巻脚絆《まききゃはん》を解いて、取り敢《あ》えず血を止めるため、腕の着根のところをぐるぐる巻にしっかりと縛ってやった。繃帯をしてくれ、とその兵隊は云った。私は看護兵を呼んだが居ないので、ハンカチを出して結んでやった。タオルは昼間繃帯の代りに使ってしまった。既に暗くしてお互いの顔は見わけ難《にく》くなっていた。私は負傷している箇所と思われる所に手をやると、ぐじゃりとした柔らかいものの中に指が入り、ひやりとした。見ると、その兵隊の左手は肱《ひじ》から先が半分削《そ》がれたように無くなって骨が出ているのである。私は本人に傷口を見せたらいかんと思い、ハンカチではどう括《くく》りようもなかったけれども、さもちゃんと繃帯したという工《ぐ》合《あい》に結んで見せ、傷は少々だ、我慢しろ、と云った。痺《しび》れて感覚が無くなっているらしく、その兵隊はありがとう、と云い、足もやられているのだ、と云った。膝のところの軍服が裂けているので拡げてみると、これは擦り傷で大したことは無かった。私が膝の傷口に挟まっている泥を軍服の裂けた布で拭《ぬぐ》ってやると、痛いぞ、と云った。その兵隊は全身血に濡《ぬ》れていたが、私は抱いたり起したり手当したりしてやっているうちに自分の身体も血に塗《まみ》れたと思った。私の手はぬるぬるとべたつき、翳《かざ》してみると、夜目に両手とも真黒であった。迫撃砲弾は壁の根元に落ちたらしく、大きな穴が開いている。恰度《ちょうど》その内側に寝かされている負傷兵が何人か即死したらしかった。主計少尉が首筋と背中とに裂傷を負って、同じ壕の中で手当を受けている。腕を削がれた兵隊は時間とともに麻痺《まひ》していた感覚を取り戻して来たらしく、次第に苦痛を訴え始めた。俺の腕は捥《も》げてしまった、と彼は云い、国の為なら腕の一本や二本位惜しくはないが、こう痛くてはやりきれん、気の遠くなる薬をくれ、気絶させてくれ、と云った。彼が身体を悶《もだ》え、立ち上ろうとするのを私は押え、我慢しろ、男ではないかと云った。彼が身体を動かす度に、もう一人私の横に居た兵隊が、じっとしないか弱虫、と云った。その声は怒っているようでもあったが、気がつくとその兵隊も足を負傷して壕の中に収容されていたのだ。この狭い壕の中にも負傷兵が五六名居る。看護兵が廻《まわ》って来たので報告すると、もう繃帯も無くなったので、しばらくお願いします、と云って暗闇に忙しそうに判らなくなってしまった。私は血に塗れた手で血に塗れた兵隊をしっかりと抱いていた。兵隊は頻《しき》りに咽喉《のど》の渇きを訴える。見ると壕の縁に水筒があるのが見えたので、私は、その水筒には水がありますか、と暗闇に向かって声を掛けた。すると、壕の隅の暗闇の中から、水を飲ましては駄目だ、馬鹿野郎、と誰かが呶鳴った。雨がやがて落ちて来だした。闇の中で頻に兵隊の黒い影が往来するのが見える。負傷者はこちらの家に収容するんだ、と誰かの云うのが聞えた。軍医が来たと先刻聞いたように思ったので、その軍医が指図しているのだろうと思った。私は負傷者を抱き起して、壕の上に居た兵隊に手伝って貰《もら》い、壕から出して家の中に抱えこんだ。家の中は真暗で何も見えない。真暗の中に沢山負傷者が寝かされているらしい。入口を入ると、むっと暖かく、むせるような生あたたかい血の匂いが鼻をついた。何にも見えないので、誰かがマッチをする。瞬間、ぱっと部屋の中が浮かび上る。血の滲《にじ》んだ繃帯が白く眼を射る。負傷者は部屋にいっぱいだ。誰だ、火を点《つ》けるのは、と誰かが叫んだ。同時に、明かりを狙って機関銃がすさまじい音を立てて家の壁に弾丸を叩《たた》きつけ始めた。寸刻の光に見当をつけて、闇の中で負傷者を整理して寝かせる。この部屋も既に何人かの屍《し》体《たい》があった。幽かな唸り声も聞える。声を出して、怒るように何か呶鳴っている者もある。私は表の庭に出た。同盟はどうしたかと思い、あと二つの部屋を覗《のぞ》いて呼んでみたが、誰も返事をしなかった。その二つの部屋にも負傷者が収容され、兵隊が壕を作って蟠《わだかま》っている。屋根に当る弾丸が瓦を打ち砕いて落ちて来る。私は最初入っていた壕に入った。雨が次第にはげしくなって来て軍服を濡らす。外套《がいとう》が無いので濡れ放題である。雨が身体にしみとおり寒くなって来た。隣に蹲《うずくま》っていた兵隊が、被《かぶ》りませんか、と云《い》って天幕を拡げた。私は礼を云ってそれを被った。破れた太鼓を敲《たた》くような侘《わび》しい音を立てて、雨が天幕の上に落ちて来る。どれ位時間が経ったか判らない。銃声が相変らず絶えないが、気がつくと、日が暮れてしまってから、迫撃砲弾の落下が間遠くなったようである。私は眠ってみようと思い眼を瞑《と》じたが、寒くてとても眠れそうもない。軽傷者に繃帯所《ほうたいじょ》まで歩いて行け、と云っている声がする。雨が壕の中に溜《たま》って来たので私は壕から出た。毒瓦斯《どくガス》かも知れんから防毒面を被れ、この曇り方はどうもおかしい、と誰かが云った。空はぼうと明るい。雨雲の上には月があるのだろう。毒瓦斯ではないのだ。赤い花火のような曳光弾《えいこうだん》がすうと屋根を越して頭上を過ぎる。遠くの方で迫撃砲弾の落ちる音がした、山砲が協力するので一応五百米《メートル》後方に下るのだ、と暗い中で将校らしいのが云っている。突撃路を作るために、到着した山砲が砲撃を開始する、城門の前に友軍が居ては射撃が出来ないから、夜のうちに全部一応陳蒋山の麓《ふもと》まで後退して、改めて猛攻撃を始めるのだ、ということであった。聞いて見ると、機関銃隊は、部隊長初め隊長三名とも負傷し、其《そ》の他も将校に負傷者が多いということであった。しかしながら、兵隊の戦死傷者は数も判らない位である。私は黯然《あんぜん》とするとともに、憤怒の感情が何時までも去らなかった。

先《ま》ず戦死者と負傷者とを後方に開設された繃帯所に下げることになった。急造の担架が幾つも用意された。闇の中で、戦死者重傷者を担架に乗せ、廟《びょう》を楯《たて》にして、まっすぐに陳蒋山の麓へ向かって、幾つも粛々と担架が運び出された。軽傷者は棒切れを探して杖《つえ》をついたり跛を引いたりして下って行った。担架の数が少なくて、運ばれる者は非常に多かった。暗闇の中に下って行く兵隊の姿を認めたのか、敵は又もすさまじく射撃し始めた。実に歯痒《はがゆ》い気持である。私は思わず歯を噛《か》んだ。足を負傷した一人の兵隊が担架が無くて下れず、戦友らしい兵隊が、負《おぶ》って行ってやろうか、一人では困ったな、と云っているので、私もその二人の兵隊と一緒に廟を後にした。雨は小降りになっている。トラックが何台も広場に黒く残っているが、恐らく全部残骸《ざんがい》ばかりに相違ない。報道部の自動車はうまく本部に追いついたか知らんと、私は気になった。廟を出ると、沢山下る兵隊が居ると思ったのに、どこにも誰も見えなかった。まっすぐに下って来ると麦畑の中に入った、後から赤い曳光弾が来て、弾丸が飛んで来る。ばさと麦畑の中に音を立てる。私は代って負傷者を負って行った。確か右斜の部落と聞きました、と負って来た兵隊が云うので、山の麓に見える右斜の森に部落があるのかも知れぬと思い、歩いて行った。夜の中に誰も居ない。銃声が遠くでもしている。四方八方で戦闘があって居るように思える。負っている兵隊は右足をやられていて、重いのでずり落ちそうになる。反動をつけて抱え上げると、痛い所に触るらしく、何にも云わないけれど顔を顰《しか》める気配がする。それでも重くて、ずり上げずにはいられないのだ。私は初めて一日何にも食っていないために力が抜けていることを感じた。すぐに息がはずんで来て、口の中が乾いて来る。口の中に唾《つば》が全く無くなって咽喉が塞《ふさ》がるように痛かった。汗がたらたら流れる。私は歯を食いしばって歩いた。追っかけるように弾丸が耳元を掠《かす》める。しばらく行くと、麦畑のまん中に壕が掘ってあった。

まだ掘って間もないように土が湿って柔らかかった。広い所に出て来ると、雲の上にある月のせいか、妙にあたりはぼうと明るかった。その壕の中に入ると、すうと何処からともなく一陣の冷たい風が吹いて来て頬を撫《な》でた。私はおやと思い、同時に、ああ、自分は生きていた、と、ふと思った。壕の中で、負って来た兵隊の水筒の水を貰ったが、一口の水がしみるように味があった。壕を出て右斜に尚《なお》歩いて行ったけれども、何時まで行っても誰にも出会わないのだ。すると、右の方の森でも銃声のしているのが聞え、おかしいなと思っていると、すぐ前の森の中から、つづけさまに赤い曳光弾が私達の方に飛んで来て、敵が居ると思うと同時に、三発の弾丸が頭上を過ぎて行った。これは道が違うよ、と私が云うと、確かに右斜と聞いたのですが、と初め負って来た兵隊が云い、浜弍《はまに》君、君は繃帯所の位置をよく訊《き》かなかったかと、私の背中の兵隊に訊いた。浜弍と云われた負傷者が知らないと云うので、どうも違うらしいから一応部隊の下った方角に行って確かめたがよいと、私は背を変えて貰って、先に立って、廟からまっすぐだと思われる方角に大きな樹が見えたのでそれを目標に行った。しばらく行くと、樹の根の所に黒い影が見えるので、友軍かと声を掛けると、何部隊かと向こうから云って、兵隊がやって来た。繃帯所を訊くと、それは向こうだ、と全然反対の左斜を指さし、陳蔣山の左端を目標に行けば判る、と教えてくれた。その方角に行く。麦畑の中に道があって、湿った土の上に歩いて行った軍靴の後が幾つもあるので、それを目印にして行った。しかしいくら行っても、それらしいものは無かった。右手には陳蔣山があって、麓はずっと森が続いている。よく延びた麦畑の中にも点々と林がある。銃声は我々の行く方角にも聞え、時々、我々の身辺を掠める。心細いこと夥《おびただ》しい。交替で負傷者を負って行く。これは危険だから引き返した方がよいかも知れない、と兵隊が云うのを、足跡があるから大丈夫だ、と私は云い、口の渇くのに閉口しながら水を少しずつ貰って陳蔣山の山端を目標にして進んで行った。しばらく行くと、山の麓の辺に黒い人影が、二つ三つ見えた。

こちらの兵隊が、トヤマと大きな声で呼びかけた。向こうから、イシカワ、と答えた。合言葉らしい。寄って来ると、二人居て、矢張り繃帯所が判らず閉口していた様子である。一緒に行く。時々麦畑の中で休憩する。火を見えないように手で隠して二人の兵隊は煙草を吸う。私にも喫《の》みませんかと出してくれたが、私が自分は吸わないのだと云うと、ほんとにおかげで助かりました、と云う。なに、兵隊はお互いだから、と私は答え、何となく胸の迫る思いがあった。負傷者を浜弐と云い、もう一人の兵隊は西山と云う一等兵であった。歩き出す。しばらく行くのにそれらしいものがない。振り返ってみると、孫圩の城壁はもう見えない。すると向こうから又一人の兵隊がすたすたとやって来て、自分も繃帯所に行きたいのだが、ここから一粁《キロ》位も行ったが無いので引き返して来た、と云った。しかし、私は、この道についているこの白っぽい靴の跡は、先刻の雨で湿ったばかりの土の上にたった少し以前に踏まれてついた跡に相違ない。確かに此《こ》の方面と思うからもう少し行ってみよう、と云った。行く。同じような麦畑の間の道をしばらく歩いて行くと、左手に二三本樹が見え、その下で蠢《うごめ》く影があった、私は拳銃《けんじゅう》を握って麦畑の中に入り、誰だ、と呶鳴《どな》った。すると、その黒い影は何事か絶叫し、脱兎《だっと》のごとく、此方《こっち》に駆け出して来た。工兵隊の吉村清《よしむらきよし》だ、と息を切らして早口に叫び、助かった、助かった、と躍り上がるように何度も云った。俺は匪賊《ひぞく》に追い廻《まわ》されていたんだ、たった一人なんだ、連絡に行ったら道が判らなくなったんだ、右も左も敵ばかりだ、俺は右からも左からも射たれた、敵は赤紫青の点滅をやってやがった、ここは敵のまんなかだ、と興奮して喋舌《しゃべ》った。非常に背が低く、帽子を取ると、頭は綺麗《きれい》に禿《は》げている。長い髯《ひげ》を生やしている。相当の年配である。この人も人の親だと、突然思った。軍曹の肩章をつけている。喜びに堪えぬもののように、助かった、助かった、と何度も繰り返し、水はないかと云ったが、誰も水を持っていなかった。急に嘔吐《おうと》を感じたらしく、道の上に蹲《かが》みこみ、べえ、べえ、と何度も声を出した。苦しそうであったが、何にも咽喉《のど》からは出なかった。何も食べずに逃げ廻っていたのかも知れない。それは滑稽《こっけい》とも見える動作に違いなかったが、もとより、私には笑えなかった。周囲は皆敵というのは、貴方《あなた》が恐い恐いと思っているからそう見えたので、何処も皆友軍だったのですよ、貴方があまりちょろちょろするから、支那の敗残兵だと思われて味方から射たれたのかも知れない、と私が云《い》うと、そうでしょうか、そうでしょうな、とけろりと承認したので、そこで、私達は初めて声を立てて笑った。銃声は豆を煎《い》るように聞える位離れた。流弾が時折蚊《か》のような音を立てて頭上を通り過ぎる。背負っていると、足に触って痛いらしいので、浜武一等兵を中にし、西山一等兵と両方から肩を入れて行った。負傷者もこの方が楽だと云った。尚もしばらく行くと、まばらに先を歩いていたのと一緒になって、十四五名になった。森に近づくと、森の中に何人も黒い影が動くのが見え、繋《つな》がれている馬の姿も見えた。其処《そこ》であった。殆《ほと》んど三粁も歩いたようである。部落に入ると、土の家を全部収容所に当ててある。道路には沢山トラックが並んでいる。示された家に浜武一等兵を入れて、表に出た。一軒一軒聞いて廻ったが、先に下っている筈《はず》の同盟通信員は何処に居るか判らなかった。自動車隊の所に来て、若《も》しや報道部の自動車は居ないかと思ったが居なかった。部隊本部の自動車が居たので、運転手に、この自動車は何時本部に追及するか、帰るときには便乗させて欲しいと云った。すると、その運転手は私の顔を見ていたが、報道部の高橋少佐殿が此処《ここ》に居られますよ、と云った。私は駭《おどろ》いて、どうしたのだと訊くと、孫圩が逆襲を受けて危険だというので、脇坂《わきざか》部隊の一部がこのトラックで救援隊として午後三時頃出発したのだが、それと一緒に来られたのだと云った。何処に居られるかと訊いたけれども、非常に心配されて彼方此方《あっちこっち》していたから何処に居られるか判らないと云う。是非会いたいと思い、私は其処ら中を探してみたけれども、どうしても見当らなかった。疲れていたし、夜が明ければ会えると思ったので、私は寝ることにした。時間は何時頃なのか全く判らなかった。右のポケットに入れてあった懐中時計は、何処で打《ぶ》つかったのか、硝子《ガラス》が滅茶滅茶《めちゃめちゃ》に壊れて、短針が飛び、五時十四分で止まっていた。これは小林秀雄君が杭州まで持って来てくれた時*計である。一緒に下って来た兵隊の居る先刻の家に来てみると、部屋は満員で、鼾《いびき》が聞え、もう皆眠っていた。幽《かす》かな血の臭いがあった。土の壁に棕櫚縄《しゅろなわ》で張った寝台が立てかけてあったので、私はそれを担ぎ出した。それを近くに幾つもあった箱の上に倒して、私はその上に寝ころんだ、久し振りで横になったような気がした。冷たい風がすうっと来て頬を流れた。お父さんお母さん、生きていました、生きました、ありがとうございました、と云ってみた。一面に曇っていた空は何時の間にか雲が切れて来て北方に向かって走り、月が出そうでありながら、どうしても顔を出さなかった。そうかと思うと暗くなって来て雨がぱらぱらと落ちて来たりした。色々の思いが去来し、なかなか眠れないで寝返りを打っていると、寝台の下でことことと音がしだした。鼠でも居るのかと思い、覗《のぞ》いてみたが暗くて何んにも見えない。すると、笛を吹くような声が頻《しきり》にする。私は手を伸ばして箱の中にさしこんだ。柔らかい綿のようなものが手に触り、ぴよぴよと鳴き声がはげしくなった。鶏の雛《ひな》だ。たくさん入っている。

ふわふわと柔らかく手に触っていたが、じっと手を入れていると名状し難い暖《ぬく》もりが私の手を伝って来た。私は妙に胸が痛くなって来て、急に、たらたらと涙が流れた。しばらく其処に居たけれど、寒くなって来たので、牛小屋に入ろうと思って覗くと、もう先客の兵隊が二人陣取っていてよく寝ている。私は、小屋の壁に高粱殻《コウリヤンがら》を立てかけて屋根を作り、高粱殻を敷いて入りこんだ。遠くで銃声がしているのを聞いているうちに、まもなく、眠った。

五月十七日

いくらも眠らなかったように思ったが、眼が醒《さ》めるとすっかり明るくなっている。清々《すがすが》しい空気である。起きて表に出ると池があるので水際に下りた。白く濁った水である。私は血で黒くなった手を洗った。顔にもついていると思って何度も擦《こす》った。顔がひりひりして痛い。手の掌《ひら》にちかちかと髭《ひげ》がささった。怪我しているかも知れないと思って、池に顔を映してみたが、ぼやっと髭面が映っただけで判らなかった。私は池の中に居る私に話しかけてみたい衝動を感じた。手拭《てぬぐい》やハンカチは繃帯《ほうたい》がわりに使ってしまったので、何にも拭《ふ》くものがないので、帽子で顔を拭いた。帽子は血によごれ、血の臭いがした。服は血だらけだが、どうも仕方がない。池の横に井戸があって、兵隊が汲《く》んでいるので、近寄ってみると割合に綺麗な水だ。此の附近で見る井戸は二尺四方位石で囲ってあるが縁もなにもない。どこでもそうだ。釣瓶《つるべ》がないので飯盒《はんごう》を釣瓶にして汲んでいる。貰《もら》って飲んだ。ひやりとしみるように咽喉を通り、たまらなくおいしかった。兵隊達は朝飯の支度をしている。彼方《あっち》にも此方にも負傷者が腰を下している。彼方でも此処でも、大変だったな、よかったな、と話し合っている。部隊の自動車の所に来て運転手に聞くと、高橋少佐に遭わぬと云う。孫圩城の方角ですさまじい銃声がしている。方々探して見たが判らないので、これは孫圩城の方に行ったに違いないと思い、私はもう一度引き返すことにした。森の外れまで出て、ふと振り返ると彼方《かなた》の部落の中から背の高い高橋少佐が出て来るのが見えた。私は後返った。高橋少佐も私に気づいた。私は近づいて行って挙手の敬礼をした。おう居ったか、と高橋少佐は云った。ようやく無事に帰りました、御心配かけました、と私は云うと、胸が迫って来て、涙が溢《あふ》れそうになった。一緒に高橋少佐の小屋に行く。君のことが心配なので脇坂部隊の救援隊と一緒にやって来た。梅本や西に聞くと血達磨《ちだるま》になっていたというので、てっきりやられたと思い、諦《あきら》めて来た、よかった、と云った。兵隊が炊いていた飯を飯盒から半分わけて貰った。非常にうまかった。突然近くで、轟然《ごうぜん》と砲弾の炸裂《さくれつ》する音がした。榴散弾《りゅうさんだん》のようです、と表から兵隊が云った。高橋少佐が門口に出て、あまり煙を立てるな、砲弾が来るぞ、と呶鳴った。又一発何処かに落ち、山と森とに谺《こだま》した。同盟通信の記者を探してみたが居なかった。

脇坂部隊の兵隊が通信隊の護衛部隊となってトラックで部隊に追及するというので、一緒に本部の位置に行くことにする。途中敵が居て昨日救援隊が来る時には山の上から機関銃で猛烈に射撃したと云う。こういう状態だから、高橋少佐は仮令《たとい》孫圩で私に会ったとしても、到底共に部隊の位置に帰るということは不可能だと思ったということである。道路偵察に行ったトラックが二台全速力で引き返して来て、瓦子口《がしこう》の方の道は絶対駄目です、山の上から無茶苦茶に射たれました、自動車に二発喰《くら》いました、と報告した。少し廻り道になるけれども、右の道を出る外はない、と高橋少佐は定め、自動車の区署間隔等を指図した。直接自動車隊の指揮には多河《たがわ》中尉が当った。トラックの上に機関銃を据えつけ、兵隊は武装をして何時でも応戦出来る準備をする。九時出発。部落を出外れるとクリークがある。石橋を渡る。左手の山を見ると、樹木のない山の稜線《りょうせん》の上に二三人敵兵らしい人影が立っていたが、十数台のトラック隊が道路に姿を現わすと、次第に数を増して来て、林のようにずらりと立ち並んだ。ほうら、出て来たぞ、奴等下の道を来るものと思っていたから、がっかりしてやがるな、いい気味だ、と高橋少佐が笑った。兵隊も笑った。百米《メートル》程先の麦畑の中に迫撃砲弾が落ちて土煙を挙げた。遠いので機関銃射撃は諦めたのか、弾丸は飛んで来なかった。トラックは濛々《もうもう》と土煙を捲《ま》きあげ、凸凹道《でこぼこみち》を恐ろしい速力で疾走した。私達は何回もトラックの上で飛び上がりいやというほど尻《しり》を打ち続けた。徒歩で来る通信隊を小さな部落で待つ。兵隊がトラックから飛び下り、すぐに部落の警戒をする。赤い石榴《ざくろ》の花が際立って目につく。蒼々《あおあお》した葦《あし》が水々しい。麦畑の中に点々と居る支那人を兵隊が捕えて縛る。此奴等《こいつら》はすぐに支那軍に連絡を取りやがるので兵隊より余程癪《しゃく》に触る、と云う。円い桶《おけ》があるので蓋《ふた》を取ってみると、二十羽程雛が居て、中に入れてある皿には餌も水もなく、私が開けると、皆ぴよぴよと鳴きながら揃って黄色い嘴《くちばし》を突き出して来た。私は拳銃《けんじゅう》を擬して、傍の家の戸を開いた。返事もなく扉が内側から開いて、深い皺《しわ》に刻まれた二人の百姓の老婆がおどおどと顔を覗かせた。私は鶏籠《とりかご》を指し、雛に餌をやれということを身振りで色々苦心して話したが、通じたのか通じないのか、にやにや笑い、意味もなく、点頭《うなず》いてばかりいる。附近には青いこんもりした森や並木が美しい。麦畑の周囲は、山というには低い丘陵に依《よ》って囲いされている。天気は曇り勝ではっきりしない。通信隊の到着を待ち、出発。時々先頭のトラックで機関銃を射っている。昨日部隊本部が居たという王庄《おうしょう》という小部落に到着。昼食、兵隊が拵《こしら》えてくれた味噌汁《みそしる》を飯盒に貰って食べたが、顎《あご》が痛いほどおいしかった。今朝はあまり食えなかったが、昼はうんと食べた。腹工《ぐ》合《あい》が順調になったようだ。高橋少佐は、四五日前から腹の工合が悪かったが、孫圩でいっぺんで癒《なお》ったよ、と云って笑った。どの家にも例の赤紙と、四角に福の書いた紙とが戸口毎に貼ってある。蕗《ふき》で拵えた玩《おも》具《ちゃ》があった。非常に素朴で面白いと思ったが、支那玩具というよりも寧《むし》ろ日本の東北地方にでもありそうなものだ。福岡の玩具気違い原田《はらだ》種夫《たねお》を思い出した。寝台の上に折り畳になった絵巻物があった。数千の昔の兵隊を一人一人細く描いてあって、一々丁寧に彩色が施してある。儀式の整列次第のようなものらしく、甚だ原始的で間が抜けていて面白いので持って帰ることにした。出発。眠いので、トラックの上で少し眠った。高橋少佐も兵隊も皆居眠りばかりしている。この附近各所に、土壁に囲われて個人の家らしいのが幾つもある。匪《ひ》賊《ぞく》が多いのだと思われる。柳の並木のある大きな道路に出ると、前方から重戦車がやって来た。六台続いている。先頭に、8529と白く書いたのが居たが、巨体が近づいて来て止まると、砲塔の蓋が開いて、中から小柄な小西参謀の顔が現われた。私達から状況を訊いた後、孫圩に応援に行くのだ、支那兵の奴、癪に触るから鏖《みなごろ》しにしてやるぞ、と小西参謀は云《い》った。戦車はトラックに積んであったガソリンを補充し満量にした。巨体を揺って前進しだした。私達のトラック隊は尚《なお》も黄塵《こうじん》に捲かれながら前進した。黄塵のためまるきり眼も口も開かず土人形である。銃声が前方で頻にしている。後尾から三番目のトラックが、おうい、待ってくれ、機関《エンジン》がヒートした、と叫びだした。白い煙を噴いている。麦畑のまん中で何処にも水がない。指揮者の多河中尉が、各自皆水筒の水を出せ、と命じた。これは名案だった。バケツを持って廻《まわ》るのに兵隊は皆水筒の水を開けた。前進。前方の樹のある部落に多くの軍馬が繋《つな》いであるのが見えて来た。本部らしかった。六時に近い時刻である。自動車隊が近づいて行くと、その部落から沢山の兵隊が走り出して来た。トラックに駆け寄って来て、方々で、やあ、無事だったか、よかったな、心配したよ、よかったな、と頻《しきり》に話し合っている。道傍《みちばた》に梅本君と西君とが出て立っていた。おうい、と声を掛けると、私を見つけて二人は手をあげ、やあ、帰った、帰った、と云って、走るトラックの後に摑《つか》まってぶら下った。よかったな、今日は心配で飯が咽喉《のど》を通らなんだよ、と二人は云った。私も鼻がつうんとして来た。トラックを降りると皆が寄って来て、よかった、と云う。中山参謀も私の手を握って、よかった、と云った。本部に行き師団長に挨拶《あいさつ》する。よかった、よかった。情況を報告して、報道部の宿舎と定められた家に行った。幾つも木の門を潜った一番奥である。斎藤一等兵と川原一等兵が走り出して来て、よかったですね、と云う。ああ、よかったよ、と答える。小泉少尉や新聞記者も来て、よかった、よかった、と云う。同盟はどうでしたと訊くので、はっきりしないけれど生命に別条はない筈《はず》だ、と云うと、それはよかったと云った。憲兵上等兵が来て、孫圩に居た憲兵の事を訊くので知っているだけの情況を話した。熱心に耳を傾けていた上等兵は、それでは中に残っているのは絶望ですね、と云い、首を垂れたが、実に残念だ、と云って唇を嚙《か》んだ。

ここは徐井《じょせい》というところである。衛生隊から石鹼水《せっけんすい》を貰って来て服を洗った。飯を食べる。自分で炊いた飯を食べたのはひどく久し振りのような気がした。梅本君と西君とが昨日のことを代る代る話する。大きな声で呼んだけれども、弾丸の音で聞えないし、何処に居るかも判らないので、トラックの走り出した後に従《つ》いて走り出した、トラックが二十八台脱出したのだが、途中麦畑のまん中に来て立往生してしまった。四方八方銃声がして敵ばかりなのでトラックを円く取り巻いて歩哨《ほしょう》を立てた、弾丸が飛んで来る。敵中を遮二無二突破して瓦子口に辿《たど》りついたのが正午少し前だった。左の高地に敵の居るのが見える、瓦子口を抜けている道路に一列になると、恰度《ちょうど》部落の端から端までいっぱいだ、十台ずつ一団となって突破することになった。自分達の自動車は二団目の二番目だった、走りだした、全速力だ、まるきり暴れだした象の群のようだ。敵の奴、高地から機関銃で猛射して来た、頭を下げてへたばっていた、西君はへたばる訳には行かず、鉄兜《てつかぶと》を頼みにして勇敢に運転した、その時怪我人が二人出来た、一時半頃、やっと本部の居た王庄に辿りついてほっとした、高橋少佐が駆けつけて来て、よく帰って来たと云われたのはよかったが、火野伍長《ごちょう》はと訊かれ、残して来ましたと云った時に、急に黙ってしまわれた時には情ない感じがした、敵は三千も居て迫撃砲十門も持っているというようなデマが飛んだりして、今日の昼を過ぎても帰らないので、ほんとうに心配した、でもよかった、これは瓦子口で拾った紅槍隊匪《ひ》の槍《やり》だ、この穂先の根についている赤い毛の房は女の血で染めるのだそうだよ、この辺の支那軍には精悍《せいかん》な紅槍隊匪がだいぶ入っているらしい、と梅本君は私に一本の古めかしい槍を示しながら云った。あの時君達は逃げて居ってよかった、あれから一時間も居たら、自動車は勿論《もちろん》、君達もどうなっていたか判らんよ、なにしろ、お互いによかった、と私は云った。

糞《くそ》をたれに行こうと梅本君が誘うので表に出た。この家にも例の赤紙が貼ってあって、軒には「五福来臨」両方の扉《ドア》には

福満門春満乾坤《ふくはもんにみちはるはけんこんにみつ》
天増歳月人増寿《てんはさいげつをましひとはじゅをます》

と素敵な文句が書かれてある。幾つもある門にも、「竜門春色」「是又一春《これまた》」「春雨江南」等とある。出口にある石榴《ざくろ》の花が埃《ほこり》を被《かぶ》って黄茶けている。風が強くなり始め、もの凄《すご》い埃で、濛々と捲き上がる黄塵のため、百米位から先は見透しがつかない。南風である。到るところの土壁に貼紙がしてある。

注目

一、生水ハ断ジテ飲ムナ
二、手ヲ消毒スル事ヲ忘レルナ
三、排便シタラ必ズ土ヲカブセオケ
四、下痢シタラ直チニ診断ヲ受ケヨ

樹に軍馬や驢馬《ろば》が沢山繋がれている。何匹も土の上に横になって、身体を投げ出したように馬が寝ている。柔らかい灰のような土に身体がめりこんでいる。こんな寝方をした馬を見たことがない。余程疲れていると見えるのだ。しかし、私はこの戦線ではあまり殪《たお》れた馬を見かけなかった。私達の江南《こうなん》戦線では殪れた軍馬は無数であった。縞《しま》のついた肋骨《ろっこつ》を見せ路傍に倒れて死んでいた馬や、半分泥濘《でいねい》の中に軀《からだ》を埋《うず》め、部隊の通り去るのをじっと見送っていた馬や、役に立たなくなり放馬された傷だらけの軍馬がしょんぼりと黄昏《たそがれ》の中で草を食《は》んでいた姿などを、私は忘れることが出来ない。私はそれらの痛ましい軍馬を見るたびに、敬礼しないでは通れなかった。兵隊の戦死者の墓と共に軍馬の碑も到るところに作られた。杭州を出る時に病馬廠《びょうばしょう》の中に慰弔の歌を刻みつけた立派な碑が建てられた事を聞き、非常に喜ばしいことであると思った。この戦線では殪れた軍馬はそう沢山は居ないようであった。しかし毎日の埃の中の進軍に軍馬は未曾有《みぞう》の恰好《かっこう》をして寝転ぶほど草臥《くたび》れているのである。驢馬が例の声を立てて鳴きながら、二頭で縺《もつ》れ合っている奴がある。此《こ》の頃は交尾期なのである。私は昨日弾丸雨飛の中で死んだ白い驢馬を思い出した。

兵隊は麦畑の中に柳の枝を切って来て柱にしたり、軒にしたりして、天幕村を拵えている。戦車にアンペラを張って洋館建にしているのもある。家の上には柳の枝を被せ、暑さ除《よ》けと偽装を兼ねている。夕食に忙しい。孫圩から帰った兵隊を迎えて話が弾《はず》んでいる様子である。

東北方ですさまじい銃声が絶えない。トラックが到着する頃から聞えていたその銃声はひどくはげしくもならず、絶えもせず、鳴り続けている。時折流弾が飛んで来る。間断を置いて迫撃砲弾が落下する轟音《ごうおん》が聞え、何処か近くに落ちた音もした。既に判り切ったことであるが、我々は敵のまん中に居るのである。麦畑に入って踞《かが》むと、笛のような音を立てて頭上を流弾が過ぎた。私は、天を仰ぎ、腹に力をこめて、しみじみと脱糞《だっぷん》をした。私はその上に丁寧に土を被せた。

八時半新聞記者が来たので、孫圩の情況を詳細に説明した。八時半にやっと外は暗くなり始める位である。大朝の岡田君が、青バスのことを心配していたので、城壁の一番近くにあったから、駄目だと諦《あきら》めた方がよろしいと云った。青バスには無電機を積んでいたそうである。大毎の西瀬君も無電が何処かに判らなくなったと云って心配している。新聞記者は帰った。蠟燭《ろうそく》の光を外に洩《も》れないようにして高橋少佐と中山参謀と三人で、何時になくしんみりと色々な話をした。蠟燭の光に照らし出された中山参謀の顔がふと父の顔に見えた。私は何度も中山参謀の顔を見た。どうしてそんなに俺の顔を見るのだ、と中山参謀が云った。私は少年のように一寸《ちょっと》顔を赤らめた。私は何時も軍服のポケットに入れてある五六枚の写真を出して見せた。それは杭州湾以来の汗のため赤茶けて千断《ちぎ》れそうになっている。なるほどこれは俺に似ている、と父の写真を見て中山参謀が云《い》った。うん、よく似ている、そっくりだよ、と高橋少佐も云った。こちらがお母さんだな。そうです。両親とも日本一の親父とお袋です。これが奥さんか。そうです、恋女房です、絶世の美人です。これ皆君の子供かな。そうです、みんな、天才と神童ばかりです。なんだ、葦平伍長、孫圩城の落武者が急に威張りだしたな。私達は大声を立てて笑った。私は浮き浮きしていたのかも知れない。この一夜は私には珍しい又となき得難き団欒《だんらん》のように、心暖まるものがあった。暗闇の中で銃声がしている。私はアンペラを敷いた寝床に横たわり、ほんとうによかった、と、心から思った。蚤《のみ》が私を食いにやって来た。

五月十八日

払暁に到るも銃声が絶えない。風は一層激しくなって来て、天に捲《ま》き上った埃が天を黄色く染めている。正に黄塵万丈《こうじんばんじょう》である。少し寒い。滄河を渡ってから少し涼しくなったようだ。明け暮れは非常に冷える。

孫圩はまだ落ちず、敵は益々《ますます》兵力を増加する一方であると云う。昨日の夕刻我々が帰りに出会った戦車隊は今朝の十一時頃でないと孫圩に到着しないらしい。途中瓦子口の附近で相当の敵と遭遇して一夜過ごした様子だということであった。北方の前線では昨日来蕭県《しゅくけん》と張二庄《ちょうにしょう》で激戦が展開されている。銃声が聞えるのはその方角である。流弾が時々来るのは張二庄かららしい。

以前から警告されていたが、兵站《へいたん》との連絡が円滑で無くなった為いよいよ糧秣《りょうまつ》が充分でなくなって来た。此の附近には芋畑《いもばたけ》はない。あってもすっかり芽が出てしまっているので駄目である。豚も鶏も居ない。野菜もない。米を倹約しなければならんなと云えば、お粥《かゆ》の方がいいよ、と、お粥が名物である大和の産梅本君が平気な顔をして威張っている。大朝の岡田君に会うと、食べるものが無いので今日雛《ひな》を十羽殺して食べた。雛が居る時には親鶏《おやどり》を殺すなと云われていたので、雛の方を殺した、塩もないし、砂糖もないし、味の附けようがない、ちっともうまくなかった。今日はよいが明日は何を食おうかな、私の方は十人の大世帯なので、こうなると一番困ります、なにしろ可哀そうなことになって来ましたよ、と云った。輜重《しちょう》兵大尉の人が、僕のところは困ったことが出来たよ、兵隊が昨夜へんな天麩羅《てんぷら》を作って食べて皆腹痛を起して全滅だ、これからわしが一人で飯を炊かにゃならん、歩哨にも立たねばならん、と云って笑った。私達の宿舎の前でも、兵隊が大きな鍋《なべ》をちりちり云わせ、白い油で小麦粉を練った団子を揚げている。大丈夫かと訊《き》いたら、大丈夫です、戦争じゃもの、何でも食わなきゃ、この頃は豚とひとつことです、なんでも食えるようになりましたよ、と答えて、蓬々《ぼうぼう》と髯《ひげ》を蓄えた熊襲《くまそ》のような兵隊が笑った。出来たら御馳走《ごちそう》になるかな、と云って私も笑った。食べものの心配がいるもんか、こんなにもすばらしい食糧が我々の行くところに食い終《おお》せんほどあるでないか、と兵隊は暢気《のんき》そうに笑っている。兵隊は我々の戦場を埋めている麦畑のことを云っているのだ。

新聞記者が原稿を持って検閲を受けに来た。孫圩に関する記事がある。

「十六日早暁吉住部隊出発後、附近高地に潜伏しいたる敵兵数百は小癪《こしゃく》にも夜陰に乗じて裏門より孫圩城壁内に潜入し、城外広場に整列して出発準備を整えいたる我が自動車隊を逆襲して来た。我は直ちにこれに応戦、急援隊として馳《は》せ参じた松山部隊の中、城門正面より西村部隊、左側より前田部隊を以《もっ》て包囲し猛攻を開始した。然《しか》るに生意気にも敵は堅固なる城壁を頼みとして銃眼より機関銃を猛射し剰《あまつさ》え夜明けと共に迫撃砲を我が部隊の上に雨下し始めた。我はこれに屈せず猛攻を続けたるも城壁高く城内堅く閉ざされ為に再三の突撃も不成功に終った。午前九時頃城門をこじ開けて死線を突破し若林憲兵准尉と吉沢上等兵とが城門より脱出して来た。任務のため前夜倶《とも》に城内に残留したる戦友数名は尚《なお》城内に在り池田伍長は日本刀を振って敵兵三名を斃《たお》し遂に壮烈なる戦死を遂げたというのだ。午後一時頃我が戦車隊が姿を現わした。戦車は城壁の正面に巨姿を並べ敵に猛射を浴せた。一台の戦車は突撃路を開くべく猛然城門に向かって体当りを敢行した。敵は手榴弾《しゅりゅうだん》を雨霰《あめあられ》と投下する、噫《ああ》鬼神をも駭《おどろ》かしむる壮烈さだ。この時背に日章旗を負い両手に手榴弾を鷲《わし》摑《づか》みにしたる一兵士が又も城門に向かって三度目の体当りを決行せんとする戦車と倶にあれよと見る間に城門に向かって驀進《ばくしん》して行った。前記吉沢上等兵だった。これを見た我が部隊の将兵は、戦友を殺すな、突撃だとばかり喊声《かんせい》を挙げて城門に殺到した。敵も必死となって突撃だと機関銃手榴弾を雨と降らせる、しかし残念にも矢張り突撃路が不完全な為我が決死的突撃も不成功に終った。敵は続々と兵力を増す一方だ。数門の迫撃砲は雨霰と我が軍を襲った。我が軍はものともせずにこれを攻撃した。日没に到って我が増援部隊たる寺垣部隊が到着、前攻撃部隊と協力、山砲を以て城内に砲撃を加え、突撃路を開いた、孫圩陥落敵の殲滅《せんめつ》は早や時間の問題となった、（下略）」

私はこの新聞記事を読み、なるほどと思って苦笑した。

夜、新聞記者に戦況の発表をする。張二庄では随分苦戦した様子である。戦況第一、先《ま》ず地形を云うとね、と高橋少佐が話す。張二庄は小高い丘陵で人家が約百、南方を開けて三方は壕《ごう》になっている、門は南北二門、中央に三階作りの堅固な例の望楼がある、人家の土礎は三尺位の石にて築き、家と家とは二尺位の間隔を置いて稠密《ちゅうみつ》に建てられている、南北二百米《メートル》位の集団部落で、その東方にも十数軒の部落がある、各戸の南側扉は悉《ことごと》く閉塞《へいそく》し、どの家にも土壁に銃眼を作っているのだが、全部斜射するように設備されてあるのだ、支那兵はこういうところは実に巧妙だよ、東方の部落には更に二線に陣地を作り、敵は約五六百だ、百八十師の兵隊で、土民等も加わって手榴弾を投げたりしたそうだ、蕭県城の敵が退却する掩護《えんご》のためか、この拠点たる張二庄に敵は頑張って居ったのだ、張二庄前方の部落は山本准尉の指揮する部隊で奪取して、張二庄の攻撃に掛かったのだが、敵はなかなか頑強なのだ、高野部隊、歩兵砲等も参加、更に青木部隊も呉庄《ごしょう》の方角より協力、十日午後三時、山本准尉は突撃を敢行せしも不成功、ところが、一角の一家屋に准尉以下十一名の兵隊が突入したところが、今度は出られなくなってしまった、これは戦死したものと皆思っていたのだが、生存していた事が後になって判ったのだ、敵はどうして仲々頑強で退くどころではない、煙幕を構成して突撃を敢行したがうまく行かなかった。止《や》むを得ず、黎明《れいめい》攻撃をする事にして工兵達は爆破の準備をした、十八日、今朝だね、午前六時に工兵の爆破が成功して突撃路が出来たので、南角から、安達部隊が突入した、ところが最初に地形を述べたように、一軒を奪っても隣の一軒は簡単に取れないのだ、敵は家の中から手榴弾を五六発もいっぺんに投げて来る、仕方がないので、奪った家には一軒一軒日の丸の旗を立てて行って、これを目標にして、その近くの家を砲撃した、危ない芸当だ、精鋭なる日本軍でなければ出来ないね、安達部隊長は負傷したので脇本少尉が代理指揮を取ることとなった、更に清水部隊を増加、突入した兵隊は煙幕を利用して望楼を襲ったけれども工兵の爆力不足の為不成功に終った。脇坂部隊長は部落に点火して殲滅しようと決意した、工兵は即製火焔《かえん》放射器を持って来た、ところが七時頃、福岡部隊の勇敢な兵隊が数名、どうして入りこんで行ったものか、決死的に潜行して望楼に近づき、その隣家に点火することに成功した、炎々と煙が挙がるのを機として福岡部隊は突入し、部落を東より一周して其《そ》の北角に到って日章旗を掲げたのだ、脇本部隊も突入、村端に出て東北角を占拠した、しかし、一軒一軒に頑張って手榴弾を投擲《とうてき》する敵を攻撃するのは容易なことではない、城内を掃蕩《そうとう》しても東方部落の敵は何時までも頑強で、機関銃を例の斜射銃眼から猛射して来る、それを勇敢に突撃して漸《ようや》く先刻奪取したばかりだ、敵の遺棄屍体《したい》は百を越えていたが、我が軍も安達部隊長を初め、遍《へん》上《じょう》少尉、山本准尉、負傷し、下士官以下六十四名の戦傷者、兵二十名の戦死者を出した、大変な苦労だよ、止むを得ないとは云いながら大きな犠牲だ、僕は何時もそう思うのだよ、何も新聞を皮肉るわけではないし、新聞は新聞の立場があって当然だろうが、どうしても一つの拠点となるものを新聞は狙っているので例えば、今度では最後のゴール徐州で、新聞記者諸君はひたすら徐州を目指して意気込んでいる、此《こ》の部隊が徐州一番乗りをすればよいと考えている、我々から云えば徐州など問題でなく、徐州を中心とする敵の殲滅ということが最大の目的なのだけれど、新聞の方はそうではない、次には大きな地点がニュース価値となる、こちらの戦線で云えば宿県《しゅくけん》とか、蒙城《もうじょう》とか、永城《えいじょう》とか、固鎮《こちん》とか、蕭県とか云《い》うような所だ、遂に永城を占領、遂に宿県を奪取、というようなことが大きく扱われる、ところが、我々の戦線には普通の人が地名を知っているような著名な地点がない、五万分の一の地図でなければ現われていないような、五万分の一の地図にも無いような、小部落の戦闘ばかりだ、張八営にしても、孫圩にしても、瓦子口にしても、張二庄にしても、その他の殆《ほと》んどがそうだ、然もニュース的には価値がないと云われるかも知れない戦闘に、将兵は惨澹《さんたん》たる苦労をし、言語に絶する犠牲を払っているのだ、僕は戦争に来てから、新聞を拡げる度に、小さく出ている有名でない地点の戦闘記事を敬虔《けいけん》な気持でしみじみと読む気持になった、新聞のひとつの慣用句とも思われる、頑敵をものともせず、とか、一挙に駆逐して、とか、追撃を続行、とか、これを蹴散らして、とかいうような言葉が実に我々には意味深長に読めるようになったよ、僕は新聞を批判しているのではないから、誤解されると困るが、新聞記者諸君はその事をよく諒解《りょうかい》して欲しいと云った迄《まで》だ。よく判りました、と記者氏が云った。それから色々話しているうちに、従軍記者というものも惨澹たるものだ、ということになった。所要の荷物を携行して、兵隊と同じように炎熱の中を行軍し、食べることから皆自分達でやらなければならず、然もいかに疲労していても、記事を集めたり、原稿を書いたりしなければならない、こういう進軍の急な部隊についていると、後方との連絡はまるでつかないし、幸い、今度は好意に依《よ》って原稿や写真を飛行機で吊《つ》り取りして送って貰《もら》うので大いに助かるが、それで無かったら何しに来たのか判らないところであった、ところが此方《こっち》から送る原稿よりも、後方に居って軍の発表でも聞いて書いた原稿の方が早いので、最前線のほんとうに苦労している記者の原稿は大てい役に立たんという始末だ、おまけに、今度は無電が皆駄目になった、同盟は孫圩で焼かれるし、大朝も孫圩の青バスと運命を倶にし、大毎は何処に行ってしまったか判らない、まことに惨澹たるものだ、と云うのである。大へん気の毒である、と我々も同情した。戦況第二、孫圩は本日午後二時半に西南の一角を奪取したが、後は不明。第三、蕭県は佐分利《さぶり》、大寺《おおでら》、比土平《ひどひら》、等の諸部隊に依って陥落、敵の遺棄屍体三千、火砲小銃弾薬等の鹵獲《ろかく》無数、現在城内は炎々として燃えていると云う。第四、魯山《ろざん》は清水、米良《めら》、等の部隊によって奪取、その東麓《とうろく》に向かって戦火拡大中。

八時頃、出発ということで準備したが中止になり、小泉少尉以下設営のため蕭県に向かって出発した。前方でも後方でも戦闘が行われているため、本部の位置には全く歩兵というものが居ない。本部に附属した兵隊だけで夜間の警戒をすることになった。四囲敵ばかりで何時敵襲を受けるか判らない状態である。経理部、衛生隊、兵器部、管理部、通信隊、歩兵衛兵、騎兵隊等の僅《わず》かな兵隊で、四方に抵抗線を作り、警戒の部署についた。真黒い夜である。時折り、砲声と銃声が鳴った。

五月十九日

眼が醒《さ》めると、扉の隙間から明かりがさしこむので夜が明けたと思い表に出ると月光であった。石榴《ざくろ》の木に繋《つな》いだ驢馬《ろば》が念入りに鳴いている。表に出ると、麦畑が海のようである。誰も居なく、静かなので、故郷の夜のようである。突然、背後で、誰か、と大きな声で呶鳴《どな》った。クリークの土《ど》堤《て》の楊柳《ようりゅう》の下に着剣歩哨《ほしょう》が立っている。御苦労さん、と云い、其の辺を歩く。石塔の立った墓が麦畑の中にある。一角に葡萄畑《ぶどうばたけ》があって、小さい玉が幾つも生《な》っている。無論まだ食べられない。よく少年時代に山の葡萄畑へ葡萄を千《ち》切《ぎ》りに行ったことを思い出した。麦畑の中に支那兵の屍体が三つ転がっている。臭かった。鉄砲が棄ててあるのを拾い上げてみると、銃把に黄色い紙が貼ってあって、大将軍使、と四字は判るが後は破れている。誰か、と、突然、又後から呶鳴られた、早々退却した。

十時半出発。濛々《もうもう》たる土埃《つちぼこり》でまるで前方が見えない。灰のような土である。ぼくぼくと踏み、黄塵《こうじん》を被《かぶ》りながら行軍して行く。前方に燃え上っている蕭県の煙が見えて来た。やがて一連の城壁が見え始め、我々は蕭県城へ入るものと思っていると、左手に城壁を見ながら、右に迂《う》回《かい》している道を進み、山の方へ出て、黄山頭《おうざんとう》に着いた。

膃肭獣《オットセイ》が無数にうずくまったように岩が並んでいる。この辺から岩山である。あまり高くない。山岳地帯ですね、と岡田君が云うと、山岳じゃないさ、高原だよ、と高橋少佐が云っている。何処まで移動しますか、と云うと、今度は中山参謀が、移動じゃないさ、常に前進だよ、と云っている。丘陵の上に石榴畑があって、無数の赤い石榴の実が枝もたわわに生っている。鮮かな赤い色が眼に痛いようである。所々に青い杏《あんず》がある。いずれも食べるには早い。この所謂《いわゆる》高原地帯は麦畑を挟んで幾つも丘陵が聳《そび》え、相当高い山もある。凹地《くぼち》に並んだ自動車隊は楊柳の枝ですっかり偽装している。その横で一頭の牛が料理されている。兵隊はも早牛肉屋のように手際がよい。上手に皮を剝《は》ぎ、それぞれ分配をしている。梅本君が今日はすき焼にありつけるぞと云い、我々の御馳走《ごちそう》を貰いに下りて行った。

　蕭県に於《お》ける数千の敵殲滅《せんめつ》の素因を作ったという清水部隊長が居るというので、高橋少佐と話を訊《き》きに行った。頭の閊《つか》えそうな狭い藁家《わらや》である。清水部隊長は丸顔の温和な表情の人で、にも拘《かかわ》らず明らかに歴戦に鍛錬された剛毅《ごうき》な光を私はその眸《ひとみ》に感じたのだが、心持口を尖《とが》らせるような風格ある話し振りで、国訛《くになま》りを交え、山崎機関銃隊長とともに交《かわ》る交る話すのである。今度の戦ほど気持のよい事はありませんでしたよ、蕭県は十八日の午前八時三十分に城壁の北門を工兵に依って爆破、伊佐部隊が其の突撃路から突入したのですが、敵は手榴弾《しゅりゅうだん》を以《もっ》て応戦、壮烈な近接戦闘が演ぜられたということです、小隊長がまっ先に飛び込もうとするのを、白潟《しらかた》という兵隊が小隊長殿危ないと云っておどり込み、手榴弾のためにやられ、まっ先に蕭県の城壁を越えたのだから死んでも本望だと云ったそうです、木腰《きごし》部隊が占領したので現在警備に残っています。最初敵は南門へ逃げるだろうと思っていたのですが、うまいことに東北の方へ退却して来たので、その敵を我々がやっつける機会に恵まれたわけです。恰度《ちょうど》、蕭県から黄山頭まで出て来る路《みち》は、この尨山《ぼうざん》と前方の鳳凰山《ほうおうざん》とに挟まれた谷間のような隘路《あいろ》なのです。これは実にお誂《あつら》え向きです、我々は前夜来此の附近の高地に居た敵を駆逐しまして、尨山の前方の鳳凰山と、この黄山頭の高地に配備して居ったのです、案の定、九時を二十分位過ぎた頃、退却して来る敵の先頭が見えて来ました、先頭に長靴を履いた将校が居ましてね、その後から馬が五六頭、その後に部隊が続き、どんどん駆足でやって来るのです、こちらは待ち構えていたのですから、もういい時分だと思う時に、機関銃で射ち出した訳です、黄山頭に来るまでに小祖庄《しょうそしょう》という所がありますが、その附近で最も猛烈に射撃を浴せました、兵力は千五六百も居たと思いますが、全く支離滅裂で、狭い所で右往左往するのを高い所から狙い撃ですから面白いように命中するのです、ばたばたと次々に殪《たお》れる、たちまち屍骸《しがい》の山が出来上った訳です、それは文字通り屍骸の山です、極僅かの兵が運のよい奴で魯山の方へ逃げました、すると、十時過ぎた頃、又、二回目の退却軍がやって来ました、兵力は最初よりも多い位だと思いました、最初の敵はこの尨山の麓《ふもと》に沿うて来ましたが、今度のは道路を通らず、向こう側の鳳凰山脚に沿うて、うねうねと曲り、少しばかりの樹木を利用して遮蔽《しゃへい》しながらやって来たのです、矢張り先頭に将校が居まして、すぐ後に三十名位の部隊、少し間隔を置いて護衛附きらしい将校が居ましたが、綺麗《きれい》な赤いオーバーを着て居ましたので団長であったように思いました、その後を陸続と部隊が来る、皆駆足です、これは驚きましたね、最初のもそうだったのですが、蕭県から此処《ここ》までは殆んど三千米《メートル》もあるでしょうが、全く休みなしの駆け通しなのです、その代りへとへとになって抵抗どころの騒ぎでは無かったようですが、小祖庄附近に来るまで待って居って、又も、我々は砲兵と機関銃とで一斉に射撃を浴びせたのです。無論小銃でも射撃しました、面白いように当るのです、これも殆んど殲滅しました。しかし、敵にも感心な奴が居ましてね、負傷した戦友を引っ担いで逃げて行く兵隊を何人も見ました、どうも日本人はいけませんね、情にもろいというか、涙脆《もろ》いというか、そんなのを見ると、もうそいつを撃つのがどうもいやな思いなのですよ、どんどん走って逃げて行く奴が、どういう訳か、戦死している味方の兵隊の数を人さし指を出して数えている奴がありました、部隊としての退却はその後にはありませんでした、しかし、敗残兵がまだぱらぱらと居るようです、今朝も三十人ほど、四回位にわたって殺しましたが、小祖庄を中心にして此《こ》の向こうの谷は屍体《したい》で埋まって居ります、赤オーバーを着た師団長らしいのは逃がしたようです、敵のえら所で今判っているのでは、連隊長が二名、旅団副官が一名、戦死しています、その他大隊長とか中隊長とかの将校が大分死んでいるようです、敵兵は服装など実に身軽ですね、退却が早い訳です、日本の兵隊では三千米分駆け通しなどという芸当は到底出来ませんよ、食糧は皆炒米《いりごめ》を持っていたようです、尤《もっと》も我々とて最近は炒豆《いりまめ》ばかり食べていましたが、何しろ食糧が無くて種芋《たねいも》なども掘りつくし食べ尽してしまうし、この豆ばかりです、どうです、お上りになりませんか、おいしいですよ。清水部隊長はそう云《い》って飯盒《はんごう》の蓋《ふた》に入れた炒豆を我々の前に出した。私達はその豆を噛《か》んだ。

郝店《かくてん》を攻撃して占領した時にはそこにミシン工場がありましたが、軍服などを作って居ったようです、壮丁らしい若者が沢山いましたが、この附近は徐州も近いし、蕭県の傍であるし、抗日思想なども普及している様子です、軍隊の中に土民の姿を見かけたのも度々ですし、戦闘中にも、敵兵の中に土民が加わっていて、弾薬を運んだり、壕《ごう》を掘るのを手伝ったり、中には兵隊と一緒になって手榴弾を投げたりしていたのを屡々《しばしば》見ました、手《て》籠《かご》を下げているよぼよぼの老人を調べてみると、その手籠の中に手榴弾を入れていたなどということもありました、敵が手榴弾を沢山持っているには閉口しますね、何処に置いてあるのか、どんどん後方から手榴弾匣《こう》を担いでは持ち出して来るのです、この附近の部落の入口には所々、「軍人家族優待」の貼紙が出ていました、蕭県には一個師位が駐屯していたのでしょうが、師長以下家族連れであったようです、望楼などに上ってみますと、狼煙《のろし》をあげるに使った玉蜀黍殻《とうもろこしがら》があります、色々な合図をやっていたんですね、家の中にはなかなか巧に弾薬を隠匿しています、そうでなければあんなに豊富に弾薬を持ち廻《まわ》ることは出来ませんよ、だから、家が燃え始めると、ぽんぽん弾薬が爆竹のように何時までもなり出すのです、黄山頭を夜襲した時にはよい馬を得ましたよ、敵の騎兵が十騎ばかり居たのですが、何しろ夜だし、八騎は逃しましたが、二騎を取り、今でも持っていますが、支那馬ですから丈は低いけれども、仲々良種で訓練は出来ているし、いいものですよ、これはどうです、支那兵のほまれです。清水少佐は我々の前に十個ばかりの煙草を差し出した。包装紙はあり合わせのぼろ紙を使ったらしく、青い罫《けい》の引いたノートの片《きれ》や、英字新聞紙やを使ったのもある。和蘭《オランダ》の風景の中で見る風車の色彩絵のあるレッテルが両面に張ってあって、風車牌香烟《ふうしゃはいこうえん》 WINDMILL と仲々風雅な字で書いてある。快心の戦であったと語る清水部隊長に私は進まない気持で訊《たず》ねた。此方《こっち》の損害は？　機関銃部隊長吉田少尉腹部貫通で戦死、松井部隊長郝店で頭部貫通で戦死、機関銃岡本部隊長負傷、蕭県攻撃では佐分利部隊長戦死、兵隊は二十四名戦死、四十八名の戦傷者でした。私達はそこを出た。

広場で恰度、川久保参謀が命令受領者を集めて命令を達しているところであった。

徐州は本日九時三十分荻洲師団に依《よ》って占領された、敵は居ない、当隊は敵の退路を断つべく、徐州へ向かって取って居った進路を少しく変更して東南進する、と前提し、各隊に必要の命令条項を伝えた。終ると吉住中将はその巨軀《きょく》を命令受領者達の前に進め、落ちついた音調で、当隊はこれから野戦によって敵を殲滅せんとするのである。一層奮闘してくれるよう、帰ったらば各隊長に伝えよ、と簡単に云った。家の壁の横に戦利品が置かれてあった。数挺《ちょう》の英国製及独逸《ドイツ》製の重機関銃、チェッコ機銃、ベルグマン銃、数百挺の小銃、弾薬、手榴弾、無電器、喇叭《らっぱ》、肩章等が山のように積まれてある。肩章は二寸と一寸《ちょっと》位の布片《ぬのきれ》で二十一師の兵隊は大きく青で21Dと書いてある。敵は、三師、二十一師、百三十九師、等の軍隊であったようである。陸軍第一百三十九師第二旅副官印という平べたく押し潰《つぶ》した字で彫ったゴム印や、秘密と朱註《しゅちゅう》のある「蔣委員長訓詞・抗戦検討与必勝要訣」というパンフレットもある。写真や手帳もある。階級を示す玩具《おもちゃ》のようなブリキ製の襟章もある。肩章の裏には、どれにも次の二句があった。

不怕死《しをおそれず》　愛国家《こくかをあいす》
不貪財《ざいをむさぼらず》　愛百姓《みんしゅうをあいす》

私は石榴《ざくろ》の丘に上った。じりじりと真夏の太陽に似た炎熱である。兵隊は柳の下や家の中に入りこんだりして休憩している。あちらでもこちらでも地面にアンペラを敷いたり高粱殻《コウリヤンがら》を拡げたりして寝転んでいる。又多くの者は樹蔭《こかげ》に屯《たむろ》して腰を下ろし、談笑している。銃が叉銃《さじゅう》して各所に並んでいる。銃はまっ黒で傷だらけである。それは何度も泥に埋もれ、敵とわたり合い、城壁を攀《よ》じ、雨に打たれたものだからである。しかし、常に兵隊は手入することを忘れない。兵隊のおいしそうに吸う煙草の煙が幾筋も陽炎《かげろう》の中にゆれて消える。それは恰度、行軍して来てちょっと一休みしているという風に見える。それはたった今死闘を終えたばかりで、又これから死闘へ向かって行くのだとはどうしても見えないのである。それは何時か中山参謀が、この頃、兵隊の平気な顔を見ると頭が下る気がするよ、と云った、その平気な顔である。私は、ふと、孫圩で過ごした一日のことを思い出したが、私自身も、私はそれが何か特別な経験であったとは少しも感じないでいることに気づいた。戦場では特別な経験などというのはありはしない。取り立てて云うほどのことはなにもない。同じような日が同じように過ぎて行くだけだ。上海から、南京から、徐州へ、それからもっと先へ、戦場は果てしなく続いている。私が孫圩で得た感想が兵隊にとっては毎日連続されている。それは既に何にも感想が無くなってしまっているのだ。それはその感想に負けたのではない。その感想を棄てたのではない。それは乗り超えたのだ。苦労というような生やさしい言葉では尽されないひとつの状態が、最初は兵隊の上を蔽《おお》い、次の瞬間には兵隊がその上を乗り超えた。石榴の丘に私が立って茫然《ぼうぜん》としていると、出発の命令が下ったようである。兵隊が柳の木の下から起き上がり、腰を叩《たた》いたり、欠伸《あくび》をしたり、伸びをしたりしている。家の中に居たのや、山の上に居たのや、麦畑の方に居たのやが、それぞれ集まって来て整列し、銃を採り、やがて東方に向かって前進しだした。石榴の丘から私は見ていた。一面の淼々《びょうびょう》たる海のごとき麦畑の中を、遠く、右手の山の麓伝いに行く部隊もある。左の方も蜿蜒《えんえん》と続いて行く。中央も長蛇の列をなして行く。東方の新しき戦場に向かって、炎天に灼《や》かれながら、黄塵《こうじん》に包まれながら、進軍して行くのである。私はその風景をたぐいなく美しいと感じた。私はその進軍にもり上って行く逞《たくま》しい力を感じた。脈々と流れ溢《あふ》れて行く力強い波を感じた。私は全く自分がその荘厳なる脈動の中に居ることを感じたのである。私はこの広漠たる淮北《わいほく》の平原に来て、このすさまじい麦畑に茫然とした。その土にこびりついた生命力の逞しさに駭《おどろ》いた。しかしながらそれは動かざる逞しさである。私は今その麦畑の上を確固たる足どりを以《もっ》て踏みしめ、蜿蜒と進軍して行く軍隊を眺め、その溢れ立ち、もり上り、殺到して行く生命力の逞しさに胸衝《う》たれた。

　私は祖国という言葉が鮮かに私の胸の中に膨れ上って来るのを感じた。それは無論私が今日突然抱く感懐ではないけれども、特にこの数日、眼《ま》のあたりに報告された兵隊のたとえようなき惨苦とともに、私の胸の中に、それは、ひとつの思想のごとく、湧いて来た。杭州湾上陸以来、常にそうであったように、今度の徐州戦線でも多くの兵隊が殪《たお》れた。私はそれを眼前に目撃して来た。私も一兵隊である。何時戦死するやも測られぬ身である。しかしながら、戦場に於《おい》て、私達は死ぬことを惜しいと考えないのである。これは不思議な感想である。そんな馬鹿なことはない。命の惜しくない者は誰も居ない。私も人一倍命が惜しい。生命こそは最も尊きものである。然《しか》るに、この戦場に於て、何かしら、その尊い生命を容易に棄てさせるものがある。多くの兵隊は、家を持ち、妻を持ち、子を持ち、肉親を持ち、仕事を持っている。然も、何かしら、この戦場に於て、それらのことごとくを、容易に棄てさせるものがある。棄てて悔いさせないものがある。多くの生命が失われた。然も、誰も死んではいない。何にも亡びてはいないのだ。兵隊は、人間の抱く凡庸な思想を乗り超えた。死をも乗り超えた。それは大いなるものに向かって脈々と流れ、もり上って行くものであるとともに、それらを押し流すひとつの大いなる高き力に身を委《ゆだ》ねることでもある。又、祖国の行く道を祖国とともに行く兵隊の精神でもある。私は弾丸の為にこの支那の土の中に骨を埋《うず》むる日が来た時には、何よりも愛する祖国のことを考え、愛する祖国の万歳を声の続く限り絶叫して死にたいと思った。私は、この脈動する荘厳なる波の中に置かれた一粒の泡のごとく、石榴の丘に立っていた。

　自動車隊の中に加わり、三時十分出発。道が無いので麦畑の中を行く。有難いことに天気続きなので自由に大ていの所は通れる。その代り雨が降ったら全然動けないのだ。敗残兵と地雷と雨とを恐れる西君の喜ぶこと一方でない。西君はこの頃弾丸が恐くなくなったと云《い》って威張っている。この頃はだいぶ馴《な》れた、最初弾丸の音を聞いた時には思わず首が縮んだが、この頃は遠いのや近いのが少し判断がつくようになったので、大丈夫だ、と云う。なにが大丈夫だと云えば、もう大丈夫だと頻《しきり》に大丈夫がっている。自動車は皆柳の枝で蔽って偽装をしている。道が悪いので、非常に揺れるが、何十台も続いた山笠《やまがさ》のようなトラック隊がゆさゆさと青葉の茂った枝をゆすりながら行くのは、一寸少年時代の祇園《ぎおん》の祭でも思い出すような眺めである。前方に一直線の土堤《どて》が見え始めたので、津浦線の鉄道線路にしては少し早過ぎるなと思っていると、トラック隊の先頭はどんどん進んで行ってその土堤に乗り上った。我々の自動車も土堤に上った。前方に山があって、そこまで一面の麦畑である。突然銃声がした。山の方からのようである。忽《たちま》ち土堤を駆け下りた。見るとようやく歩兵の先頭が到着して、斥候らしいのが土堤の堆土《たいど》で前方を偵察している。山砲の陣地にこれから砲が据えられるところである。勇ましき自動車隊は敵に横腹を見せて第一線より先に出てしまったという訳だ。山には全く木がなく、赤褐色をしているが、雑草が疎《まば》らに生えているようだ。眼鏡で偵察していた兵隊が、稜線《りょうせん》の凹地《くぼち》に敵は迫撃砲陣地を二つ作りかけていると云った。本部はずっと後方らしいので引っ返す。牛欄《ぎゅうらん》という小さな部落である。到着すると、早く炊爨《すいさん》をして火を消せと云っている。蓮花大佐が向こうから来たので敬礼すると、やあ、この間は孫圩でえらい目に合ったね、時には戦争の味が判ってよいよ、と云った。粉味噌《みそ》袋と、若干の牛肉と、なんと物持ちのよいことには八日泰家で本部に追いついた日に貰《もら》った、少々萎《しな》びてはいる千切大根と、これは抜群の殊勲とも賞すべき西君の卵とがあったので、我々は大朝のように雛《ひな》を食わずに済んだのである。兵隊にも卵をわけてやった。銃声が聞え、続いて砲声も聞えた。今夜は迫撃砲弾の御見舞を受けるに違いないと我々は覚悟した。トラックの運転手が葡萄酒《ぶどうしゅ》をくれた。これは思わぬ御馳走《ごちそう》である。蕭県城内にすばらしい葡萄酒庫があったということである。水筒に一杯詰めて貰った。梅本君と西君と三人で地面に坐《すわ》りこみ酒宴を開いた。非常によい葡萄酒である。祝盃《しゅくはい》を挙げよう、ということになったが、なんの祝盃だ、徐州陥落の祝盃さ、ここ迄《まで》来て徐州を見ずに帰る自棄酒《やけざけ》かな、いや、徐州征伐の徐州知らずというのもよきものさ、我々は舌鼓《したつづみ》打ち、たちまち水筒を空にしてしまった。間もなく日が暮れた。灯火管制をしているので真暗だ。我々は自動車の中で寝ることにした。少々狭くて窮屈ではあるが、なにより蚤《のみ》が居ないので大いによい。急に近くが明るくなったので見ると、隣のトラックの前灯が点《つ》いている。誰だ、明かりを消さんか、射たれるぞ、と何処か向こうの方から呶鳴《どな》った。私も前灯が点いてるぞと注意したが、一向消さないので、降りて行って見ると運転手台にすっかり高鼾《たかいびき》で長くなって一人の兵隊が寝ている。葡萄酒でよい気持なのかも知れない。寝返りでも打つ拍子に身体がスイッチに触って前灯が点《とも》ったらしい。私が声をかけても熟睡して眼を醒《さ》まさなかったが、何かぶつぶつ口の中で云って寝返りを打った。前灯が消えた。私も自宅に帰った。そうして、三人で色々と無駄話に花を咲かせているうちに、何時の間にか眠ってしまった。

五月二十日

岩山の間の麦畑を行く。我々の進軍は何処まで行っても麦畑から逃れることが出来ない。丘陵もことごとく岩石で埋められている。周囲の山の肌にははっきりと地層が露出しているが、それは横にではなくて、縦にである。斜にあるかと思うと、まっすぐにあり、恰度《ちょうど》縞模様《しまもよう》のようである。何故か判らない。北支に近づいたので、山が北らしくなって来た。山西《さんせい》省の方に行くとこんな形の山が多いよ、と梅本君が云った。土質も砂壌を交えた粘土質で、土の色も澮河を渡って徐州に近づくにつれて赤味を帯びて来たようだ。澮河を渡る迄にあった部落の家は殆《ほと》んど土の家ばかりであった。しかし、澮河を渡ってから時々石を礎にだけ使った家を見かけるようになったが、此《こ》の辺では、丹念に石を積み重ねた石ばかりの家が各所にある。道路にも小石を敷きつめて石甃《いしだたみ》を作っている。この附近の山の岩石を使うからに違いない。小さな部落も周囲は土壁でなく石の城壁が囲《めぐ》らしてある。麦畑は何処まで行っても尽きない。岩と岩との間をも隈《くま》なく開墾して麦畑を作り間に高粱《コウリャン》や芋《いも》や蒜《にんにく》などを植えている。山の絶頂にこちらを見ている人影がある。望遠鏡で見ると土民である。部隊が通り過ぎると、山の稜線の上ににょきにょきと幾つも黒い影が現われ、稜線を越えて土民がぞろぞろと降りて来始める。黒い山羊《やぎ》が麦畑の中に百匹程も団《かたま》っているところがある。クリークに青い羽の蜻蛉《とんぼ》が飛んでいる。飛行機が何台も頻に飛んでいる。左手の山の遥《はる》か向こうに繭《まゆ》のような気球の上っているのが見える。徐州に入城した荻洲部隊が気球を持っていると聞いたことがあるので、その気球のあるところが徐州に違いない。前方の山の向こうで続けさまにすさまじい爆撃の音がする。退却している敵に爆弾を投下しているらしい。六台飛行機が我々の頭上に来て、爽快《そうかい》な爆音を立てながら低く旋回し始めた。山の肌に黒く飛行機の影が映る。海のような麦畑の上をすうっと黒く影を落して過ぎる。すると、一台の飛行機から、ぱっぱっと白い煙の玉を吐くように幾つも落下傘が飛び出した。他の飛行機も同じように落下傘を発射しだした。一台のごときは続けさまに十個の落下傘を出した。真青の絨毯《じゅうたん》の上に落した貝殻のように白く浮かび、次第に落ちて来る。数十の落下傘には皆黒い箱がぶら下っている。弾薬を投下したのだ。麦畑に落ちるとトラックがすぐに取りに行った。ありゃ羽二重だから貰ってハンカチにするといいよ、と梅本君が云った。きれいな木綿であった。埃《ほこり》の中を行軍して行く兵隊もそうだが、馬の痩《や》せたのが目立つようである。馬糧も豊富でなく、いい水もなく、編笠《あみがさ》を被《かぶ》ったり、手拭《てぬぐい》を被ったり、簪《かんざし》のように葉のついた柳の枝を頭にさしたりしてはいるが、骨のはっきり浮き出た馬が多いようである。珍しく胡瓜畑《きゅうりばたけ》があったので千切って生で齧《かじ》る。水気があって非常にうまかった。埃の舞う麦畑の中を蜿蜒《えんえん》たる進軍である。

二十五里舗の城壁の前に掘られた壕《ごう》の中に、支那兵の屍骸《しがい》が山のように積まれてあった。その附近は縦横に壕が掘ってあって、覗《のぞ》いてみると、麦畑の下の方に通路が作ってある。この膝射散兵壕《しっしゃさんぺいごう》も掘られて間もなくのように、土が新しい。掘りかけであったのかも知れない。堆積《たいせき》された屍骸も新しく、まだ血が乾いていない。屍体《したい》の間に挟まって蠢《うごめ》いているのもある。私はこれを見ていたが、ふと、私が、この人間の惨状に対して、しばらく痛ましいという気持を全く感ぜずに眺めていたことに気づいた。私は愕然《がくぜん》とした。私は感情を失ったのか。私は悪魔になったのか。私は戦場にあって何度も支那兵を自分の手で撃ち、斬りたいと思った。又、屢々《しばしば》自分の手で撃ち、斬った。それでは敵国の兵隊の屍骸に対して痛ましいと考える方が感傷である。私はうそ寒いものを感じ、そこを離れた。百に近い屍体で埋められている壕の続きに、沢山の土民が居た。女子供ばかりである。何人かよぼよぼの爺《じじい》も居る。まっ裸の子供を両手に抱えたり、乳を銜《くわ》えさせたりしている女が多い。痛ましい眺めである。彼等の不安の表情は正視に堪えないものがある。兵隊が子供に熱量食の菓子をやっている。煙草をやる者もある。彼等は猜疑《さいぎ》深い表情をし、なかなか受け取らない。兵隊は大喝して銃剣を突きつけた。ようやく子を抱いた女は煙草を手に取った。一口二口吸って、はじめて笑った。すると今度は外の者も笑顔を見せて、皆、煙草をくれと云いだした。

開豁《かいかつ》な麦畑を長蛇の列を為した自動車隊が走っていると、いきなり、轟然《ごうぜん》たる音響とともに近くに迫撃砲弾が続けさまに二発落下した。小銃弾が飛んで来だした。すると、今迄一列であった自動車隊はたちまち二列になり、三列になり、四列になり、何列にもなって麦畑の中に黄塵《こうじん》を捲《ま》き上げて驀進《ばくしん》しだした。まるで競馬である。麦畑の中に一軒建っている廟《びょう》の蔭《かげ》に自動車を集結する。廟の西側四十米《メートル》のところに城壁のある部落がある。東方は広い麦畑で、千米位と思われる所に山が連《つらな》っているが、その麓《ふもと》に電柱の列《なら》んでいるのが見える。望遠鏡で見ると鉄道線路である。津浦線であった。なにか懐しいものを発見したように思った。銃声は南の方から聞え、あまり遠くない。すさまじい機関銃の音がし、森を揺がして、山砲の轟音《ごうおん》がとどろく。弾丸が廟の方へやって来る。附近の部落から避難民が続々と廟に集まって来る。我々の部隊は部落に残って土民を全部集めて避難させた。城壁の外側にある小集団部落には百に近い正規兵の軍服が脱ぎ棄ててあった。廟は避難民でいっぱいになった。老人や子供が茶を沸かして我々のところにやって来た。兵隊のところへ持って行って飲めと云うのである。

廟に村長というのが居った。飾りのついた長煙管《ながぎせる》で悠々と煙草を燻《くゆ》らし、どこかこくのある落ちついた親爺《おやじ》である。通訳が色々と話をしている。村長は少し反り身になって返答をし、屈託のない哄笑《こうしょう》をする。この辺には蒋介石は来たことはない、李宗仁《りそうじん》や外の偉い奴は軍隊と一緒に来たことがある。茶なんぞ出してサービスがよいではないかと云《い》えば、いや、我々は日本人にばかりサービスをする訳ではない、支那軍が来れば支那軍にもサービスするのだ、と云う。それでは両方来たらどうすると訊《き》けば、逃げ出しますよ、と云って笑った。なるほど仲々正直で食えない親爺だと思った。私は度々麦畑の逞《たくま》しさに圧倒されたが、その麦畑の主人こそかかる農民たちなのであろう。私は蚌埠難民大会に集まっていた村代表の農民を思い出した。この風格ある村長は蚌埠で見た百姓のごとくぶっきら棒ではないけれども、同じように、頑丈な身体つきと、よく焦げた黒い皮膚と、折り畳んだような深い顔の皺《しわ》と、筋だらけで八角金盤《やつで》のように広い手とを持っている。抗日思想は深刻に普及しているかも知れない。徐州に近づくにつれて、我々は土民が軍隊とともに我々に反抗するのを屢々見た。しかしながら私にはそのようなことは、農民にとっては土と協同することのたのしさほどに深刻ではないものと思える。それは深刻さに於《おい》てはお話にならぬものと思える。彼等は茶を出して歓待をする。しかしそれは支那軍が好きだからでも無ければ、もとより日本軍が好きだからでもなんでもないのだ。茶でも飲ませて喜ばせて誤魔化しておいて、早くこの麦畑から追っ払ってしまえばよいのだ。廟の中は続々と避難して来る農民と、乳呑児《ちのみご》を抱えた女と、子供とで身動きも出来なくなった。手拭《てぬぐい》を頭から被った断髪の姑娘《クーニャン》も来る。彼女等は顔を隠している。顔を隠さないのは顔に鍋墨《なべずみ》か何か塗って黒くよごしている。年老《と》った女は皆纏足《てんそく》をしている。細い竹の脚でもくっつけたように、不《ぶ》恰好《かっこう》で、よちよちとようやく歩き始めた幼児のような歩き方である。若い娘は纏足をしていない。日が暮れて来た。

楡庄《ゆしょう》の城壁の中に入る。外側の畠《はたけ》に大根があったので十本程抜いた。入口の傍に堅固な望楼がある。城内は粗末な土の家ばかりだが、中央に此の附近では初めて見る素晴らしく大きな寺廟がある。小泉少尉に部屋を貰《もら》った。寺の中にある朱塗の円窓と、編格子の扉のついた一寸《ちょっと》洒落《しゃれ》た部屋である。我々は久し振りで木で組み立てた我々が最初の豪華な邸宅に寝ることになったのである。高粱殻を燃やして飯を炊いていると暗闇の門のところから、あまり火を見せると敵火が集中して来るぞ、と云われた。吉住師団長の声であった。我々は恐縮し、早速火を消した。弾丸は続けさまにはげしい音を立てて飛んで来ては寺廟の屋根に打《ぶ》っつかって瓦《かわら》を飛ばしている。山砲がすぐ壁の外ですさまじい轟音を立てて鳴り響く。我々は小さくなり、家の中で淑《しと》やかに炊くことにした。中山参謀は午前中連絡のため徐州へ行ったということであった。中山参謀が帰ったのは夜中の十時頃である。

五月二十一日

不足している糧秣《りょうまつ》を取りにトラック隊が徐州へ行くことになった。四里ばかりの里程である。敗残兵が出没するので無論安全な旅ではない。中山参謀も昨日往復とも数回射撃を受けたそうである。徐州にこの部隊が入城しないというので新聞記者諸君の悄《しお》れていることは見るも哀れなほどである。糧秣受領のトラックに便乗して大朝が三人喜び勇んで出かけて行った。

出発。廟に居た避難民が何時の間にか日の丸の旗を作って持っている。不恰好な旗である。縦に長い白布に四角い赤い布を縫いつけたのもある。煮しめたような白地である。我々が行くと、その旗をさし出すのである。今日は日本の祭日のようであった。何処に行っても日の丸の旗ばかりである。部落の家の軒にも旗がひるがえっている。「歓迎大日本」「歓迎親華勝利大日本」などと書いた赤紙が到るところに貼ってある。旗を捧《ささ》げて歩哨《ほしょう》のように門口に立っているのもある。麦畑の中を群をなして避難して行く支那人が先頭に旗を立てている。家財道具を積んで牛に曳《ひ》かせた二輪車にも旗が立っている。麦畑の中で蠢《うごめ》く人影がある。到るところで麦畑の中に蹲《かが》んでいる。今までいたようだと思ったのにふっと消えて見えなくなるのだ。敗残兵かと思い近づくと、ひょいと麦畑の中から日の丸の旗を持って立ち上りにやにやと笑う。部落に着くと茶を汲《く》んで出す。井戸の水を汲んでくれる。紋附のように背中に旗をくっつけている奴もある。肩にくっつけている奴もある。纏足をしている老婆や、乳呑児を抱えている女や、等も皆旗を持っている。抜目のない支那人が棄てた壜《びん》や空缶を拾い集めて廻《まわ》っている奴がある。そんな商売人もちゃんと旗を持っていて、壜を拾いながら、こちらに向かって旗を振って見せる。一箇所に女子供や老人が集まって避難しているところには、ぐるりと垣を作るように旗を持ったのが取巻いている。道路にずらりと旗を持って出迎えるのもある。籠《かご》に卵を入れて来たり、鶏を何羽も括《くく》って来て、進上します、と云う。まるでこれは凱旋《がいせん》しているみたいだな、と我々は笑った。

飛行機が頻《しきり》に飛び、爆撃の音が轟《とどろ》いている。敗残兵に違いない。この附近はクリークが非常に多く、橋は殆《ほと》んど壊されている。初めて見る大きな池があって、水中に簀《すのこ》垣《がき》が作ってあるのは魚でも居るらしい。障害のため進軍が捗《はかど》らない。すさまじい銃声が時折聞える。先鋒《せんぽう》は敗残兵と遭遇しているのかも知れない。麦畑の中には広い幅に麦が寝てしまって道がついている所がある。それはことごとく南の方に向って穂が倒されている。明らかに徐州から退却した敵の大部隊が通った跡である。日が暮れ始めた。

私達は蓮花大佐の指揮する本部の設営隊と倶《とも》に先行して、自動車で、暗くなりかけてから朔里《さくり》店《てん》に着いた。途中病人があってそれを自動車に乗せて来たので、梅本君は歩くことになり、部隊と倶に遅れた。朔里店は城壁のある一寸した街である。住民はあまり居ない。城門には緑と赤の紙を並べ、「歓迎大日本」「恭賀大日本」と貼り出してある。間もなく日が暮れた。我々が着いた頃には前衛部隊が居た。炊爨《すいさん》をして居ったが、間もなく出発し、夜の中へ出て行った。私達の家には澄んだ水が半分程入っている大きな瓶《かめ》があった。これは何より有難いものである。遅くなって暗闇の中を漸《ようや》く部隊は到着した。食事を済まして直ぐ寝ることにした。土間にアンペラを敷いて寝転んだ。梅本君が敗残兵と出会った話をした。日が落ちてしまってからのことである、鼻を摘まれても判らぬ暗さである、行軍中、梅本君はすぐ傍の暗闇で銃声がしたので駭《おどろ》いた、聞くと、それは敵の敗残兵を射ったのだと、いうことであった、馬を引っ張って行軍していた兵隊が自分の傍を歩いていた兵隊に話しかけた、疲れているので、それまでは黙々として歩いていたのであろうが、何かを思い出し、ふと話がしたくなったのだろう、ところが話しかけられた兵隊が返事をしない、もう一度声をかけた、何とかと返事をした、それが支那語だった、おかしく思って捕えてみると、支那の兵隊だった、日本の兵隊は駭いて、敗残兵が紛れ込んどるぞ、と呶鳴《どな》った、すると外にも列の中から逃げ出そうとした者があった、捕えると支那の兵隊だった、五六人居た、敗残兵はばらばらになって落ちのびて行ったらしい、気がつくと部隊が南の方へ向いて進軍している、日本軍なら徐州へ尻《しり》を向けて南へ進軍して行く筈《はず》がない、暗くて判らないけれども、てっきり退却して行く友軍だと思い、敗残兵は喜んで行軍の列の中に入りこんだ、疲れている兵隊は誰も口を利かない、話声を聞いたところで、日本軍だということは判らないかも知れない、徐州には方々の支那の兵隊が集まっているし、支那の両端から集まって来た兵隊同志では全然言葉が通じないことが多いのだ、日本の兵隊が話しかけた時にも、これは自分達とは離れた国から来た戦友だと思ったに違いない、彼等は見つかった、見つからなかったら朔里店まで一緒に来たかも知れない、食わず飲まずらしくひょろひょろで抵抗どころでは無かったらしい、小休止をして休憩をする、兵隊は疲れているので仰向けに引っくり返って寝てしまう、出発の命令で起き上る、何時までも起きない奴がある、こらこら早く起きんと遅れるぞと揺すぶり起す、するとそれが支那の兵隊だった、そんなことが二度もあった、二度目に見つけたのは二人連で、一人は手と足に怪我をして居った、それを襤褸《ぼろ》布《きれ》で括っていたが、一人の兵隊が負傷した奴を其処《そこ》まで背負って来たような様子であった。梅本君の話はそういう話であった。

五月二十二日

今日は動かないようである。此処《ここ》で爾後《じご》の行動に関して軍の命令を待つということである。別にすることが無い。梅本君と街の中を歩き廻り、退屈まぎれに、例の家の戸口に貼りつけてある赤紙の文句を拾って廻る。

入口の上部に横に貼った四字の文句

万象更新《ばんしょうこうしん》　積善人家《せきぜんじんか》　地久天長《ちきゅうてんちょう》　根深蒂固《こんしんていこ》　穎川門弟《えいせんもんたい》　大塊文章《たいかいぶんしょう》　千祥雲集《せんしょううんしゅう》

天地回春《てんちかいしゅん》　裕国便民《ゆうこくべんみん》　対我生財《たいがせいざい》　杏花春雨《きょうかしゅんう》　陽開泰運《ようかいたいうん》　福禄来朝《ふくろくらいちょう》　民国万年《みんこくばんねん》　等

入口の両側にある対聯《ついれん》(二行宛《ずつ》)

好鳥枝頭皆朋友《こうちょうはしとうにみなほうゆう》

万里雲霞開錦繍《ばんりのうんかきんしゅうをひらく》

落花水面尽文章《らくかはすいめんにことごとくぶんしょう》

三春花柳煥文章《さんしゅんのかりゅうぶんしょうをあらわす》

花木四時新《かもくしじにあらた》

江山千古秀《こうざんせんこにひいず》

紅杏春啼鳥《こうきょうにはるをなくとり》

青藜夜照書《せいれいはよるしよをてらす》

生意如春意《せいいはしゅんいのごとく》

財源如水源《ざいげんはすいげんのごとし》

生意春前章《せいいはしゅんぜんのくさ》

財源雨後花《ざいげんはうごのはな》

春気春日気春和《しゅんきしゅんじつきはしゅんわ》
唱　春歌春人春路《しょうしゅんかしゅんひとはしゅんろ》

詩句もいいし、字もいい。真誠薬堂という薬舗には

広　採　九　州　薬《ひろくきゅうしゅうのくすりをとり》
生　活　万　家　春《よろずのうちにはるをいかす》

小学校には

組織人民《そしきじんみん》　鍛練人民《たんれんじんみん》
統一意志《とういついし》　団結精神《だんけつせいしん》

これは一寸《ちょっと》厳《いか》めしい。荒廃した小学校の中に入って見ると、斗保冊《とほさつ》と書いた厚い褐色の紙の袋が棄ててあるので、見ると、支那の兵隊の名簿である。陸軍第六師十七旅卅《さんじゅう》一団機三連第四班士兵斗保《しへいとほ》清冊《せいさつ》という印刷罫紙《けいし》に、階級、姓名、年齢、箕斗《きと》（給与米料）、籍貫《せきかん》、住址《じゅうし》、家族（父母・兄弟・妻子）、身材、原業、入伍日期《にゅうごじつき》、保人、の各項に分れ、仲々精密なる調査である。年齢は、平均二十四五歳、家族は、父母健在の者、片親だけの者、妻子ある者、半々位。原業は、農業出というのが一番少なく、工業出というのが最も多い。籍貫は浙江《せっこう》省の者多数。身材は皆四尺七八寸だが、これは何か日本尺とは計算の単位が少し違うのだろうと思った。其《そ》の他、この名簿はなかなか面白い。所々に名前の上に朱肉の印がついてあって、何月何日逃と書き込んであ

る。逃亡兵だろう、給与原簿らしいのや、色々な謄写版刷の命令伝達書や、軍歌の本などがあった。街の中には幾つも望楼がある。この望楼は澮河から此方《こっち》の何処の部落にもあった。煉瓦《れんが》造りの堅固なものである。どちらでも射てるように銃眼が四方にある。町の角に福神祠《ふくじんし》があって、極めて渾然《こんぜん》たる仏像が安置されている。小さい福神祠は到る処で見たが、これは一寸大規模なものである。福神の掛軸も到るところで見た。いろいろな役者絵や二十四孝か何かの彩色画がよく貼ってある。一軒の家に蛇皮線があった。古風なものである。鳴らしてみようと思い、倒れていた駒を起したら忽《たちま》ち糸が二本切れてしまった。

　高橋少佐は、私に、部隊は徐州作戦の任務を終えて一応基地へ帰還するのだと告げた。部隊は徐州に入城することなくして帰るのであるが、最も困難なる戦場に於《お》てよく戦果を収め、即ち最初の予想通り「面白い戦」をし、このタンネンベルヒの大殲滅《せんめつ》戦に匹敵する徐州作戦の効果を大ならしめるに尠《すく》なからぬ功績があった、我々としても大いに勉強になった、と少佐は感慨無量のごとく附け加えた。二十四日に部隊は出発する。トラック隊が同じ日に井阪少佐の指揮に依《よ》って出発し、百善の兵站《へいたん》支部へ到り、糧秣《りょうまつ》搬送をする筈である。一先《ひとま》ず任務を終った我々はそこでそのトラック隊と行動を倶《とも》にし、自動車に依って百善に到り、板橋集兵站本部を経て、蚌埠に帰ることに定《き》めたのである。各社の新聞記者も同じく我々と行動を倶にすることにした。私達は消息のない同盟通信の七人の記者の事を心配して、色々と聞き合わせ、各部隊も廻《まわ》って見た。蕭県から確かに徐州に行ったらしいという事も聞いた。我々は少しく安心はしたけれども、尚《なお》、明日あたり蕭県に行って確かめて来ようと高橋少佐と話し合った。馬当番の山際《やまぎわ》一等兵の所へ高橋少佐は行った。色々お世話になったな、もう馬は要らないよ、ありがとう、と云《い》って、少佐は今までこの広漠たる麦の平野をその背で暮らして来た秀でた馬の鼻を撫《な》でた。どうぞおたっしゃで、と山際一等兵は挙手の敬礼をした。ああ、君もたっしゃで暮らしてくれたまえ、この馬は何と云うのだね。日紺《ひこん》と云います。日紺、いい名前だね、と、高橋少佐は何度もその鼻面を撫でながら云った。

歩兵衛兵所に敗残兵が沢山来ているという。ここ数日間に各所で我が部隊の網に罹《かか》った敵の敗残兵は毎日千五六百を下らなかったということだ。到る処に次から次にやって来る。五人か十人位宛来るかと思うと、何百と団《かたま》って来るのもある。投降するのもある。彼等は殆《ほと》んど飲まず食わずでへとへとになっているので、捕えるのに少しも造作はないという。彼等は各地方から集まって来た兵隊で、所属軍を調べてみると、二十個師以上の違った兵隊である。

私は衛兵所に行って見た。表口の狭い家の表に歩哨《ほしょう》が立っている。入口の近くに一人の年配らしい支那の兵隊が膝《ひざ》を抱いて蹲《うずくま》っている。額の広い眼の鋭い男である。綱がついていない。私は訊《たず》ねてみた。これは中尉なのですよ、昨日津浦線の附近で捕えたのですが、鉛筆を貸してくれと云うので、鉛筆を貸して書かしたところ、自分は今迄《まで》の抗日的挙作を潔く揚棄する。是非生命を助けて頂きたい。そうすれば自分は日本軍の為にいかなる犬馬の労でも採るつもりである。自分は湖北《こほく》の地理に明るいから、来るべき漢口《かんこう》攻撃の折には自分が道案内を致します。と云うような事を書くので、色々訊《と》い正した結果、司令部の方で、まあ何かに使ってみてもよいということになり、縄目だけは解いてやったのですよ、と衛兵の一人が話した。

　奥の煉瓦塀に数珠《じゅず》繋《つな》ぎにされていた三人の支那兵を、四五人の日本の兵隊が衛兵所の表に連れ出した。敗残兵は一人は四十位とも見える兵隊であったが、後の二人はまだ二十歳に満たないと思われる若い兵隊だった。訊《き》くと、飽く迄抗日を頑張るばかりでなくこちらの問に対して何も答えず、肩をいからし、足をあげて蹴《け》ろうとしたりする。甚しい者は此方の兵隊に唾《つば》を吐きかける。それで処分するのだということだった。従《つ》いて行ってみると、町外れの広い麦畑に出た。ここらは何処に行っても麦ばかりだ。前から準備してあったらしく、麦を刈り取って少し広場になったところに、横長い深い壕《ごう》が掘ってあった。縛られた三人の支那兵はその壕を前にして坐《すわ》らされた。後に廻った一人の曹長が軍刀を抜いた。掛け声と共に打ち下ろすと、首は毬《まり》のように飛び、血が簓《ささら》のように噴き出して、次々に三人の支那兵は死んだ。

　私は眼を反した。私は悪魔になってはいなかった。私はそれを知り、深く安堵《あんど》した。

土と兵隊　杭州湾敵前上陸記

（弟へ。十月二十日。大平丸にて）

その後みんな変りなく達者でいることと思う。兄さんも元気である。

今日も私達のまわりに、淼々《びょうびょう》と青い空と、淼々と青い海とがある。それは昨日も、一昨日も、一昨々日も、一昨々昨日も、あったと変らぬ青さで、そこにある。深々と秋の気配を清々《すがすが》しくは思うけれども、我々兵隊はもう少々退屈しているのだ。私達が皆に見送られて門司《もじ》の港を離れてから、今回で十一日になる。何とも名状し難い別離の感情を強いても笑いに紛らして桟橋を離れたが、今も尚《なお》眼にちらついて去らぬ旗の波と、その波の中に浮き上っていた皆の顔と心とを、この頃では、妙にぼんやりした倦怠《けんたい》の中に思い出している。此処《ここ》から見ると、あくまでも深い空の青さと海の青さとに挟まれて、島の上に茶褐色に連なるあまり高くない山々と、松林と、白絹の帯をのべたような美しい海岸線と、白砂の汀《みぎわ》と波とが見えるが、それは、我々が意気込んで待った敵国の風景ではない。

兵隊を満載した御用船が次第に暗くなる夕闇の中を、ちらちらと明滅する灯火を両岸に見ながら、関門《かんもん》海峡から六連《むつれ》列島の間に入りこんで行く時は、げにも通俗小説のごとき感傷的な瞬間であった。兵隊達は皆上甲板《じょうかんぱん》に鈴なりにむらがって、ものも云《い》わず、次第に遠ざかって行く故国の港を、無論涙をためて眺めながら、誰に向かってともなく、もうすっかり見えなくなった人々に対してではなく、遠ざかって行く故国の山河に向かってであったが、既に力の抜けた手振りで日の丸の旗を振りながら、何時までも甲板から降りようとはしなかった。それは、云うまでもなく、我々兵隊が、常にいかなる軍歌よりも愛誦《あいしょう》して来た「戦友」の歌の、御国が見えなくなって行く、惻々《そくそく》たる感懐がお互いの胸を深くつつんでいたのである。しかしながら、秋の海の上を敵国へ向かって進航して行く我々の御用船の甲板からは、何時まで経っても御国は見えなくならず、最後には反対に何時までも御国が視野にあることが切なく歯痒《はがゆ》くなって来た我々の気持を外《よそ》に、玄海灘《げんかいなだ》の美しい海岸線に沿い、我々の船は又も何処とも知れぬ日本の湾の中に錨《いかり》を下ろしてしまった。そして、屹度《きっと》、今頃は戦場にあって、弾丸の中で奮戦しているに違いないと考えているであろう君達を初め、故郷の悉《ことごと》くの人々の意表にあって、我々勇壮なる兵隊は何もせず、船の中で毎日ごろごろと起き伏して、退屈し、この頃では少々くさっているのである。

私の乗っている大平丸には二千人に近い兵隊が居る。それから二百に近い馬が居る。

無論多くの兵器もある。その他戦争に必要な色々なものがある。海に浮いた動かぬ兵営の中では明けても暮れても戦争をしない兵隊がごろごろし、伸びる髭《ひげ》の寸法を計ってみたり、欠伸《あくび》をしたり、洗濯をしたり、酒を飲んだり、手紙を書いたり、浪花節《なにわぶし》を唸《うな》ったり、腕角力《うでずもう》をしたり、将棋をさしたり、トランプをしたり、雑談をしたり、飯を食ったり、小便をしたり、何もしなかったり、している。青い海の上にこういう兵営が私達の周囲に何十隻となく浮かび、向こうでも同じことを毎日繰り返しているのが此方《こちら》からよく見える。そうしてこれら多くの城は数隻の巡洋艦と駆逐艦とによって周囲を取りまかれ、護衛されている。

我々の兵営は頭が閊《つか》えるように低くて狭い。中甲板の中に粗悪な材木で屋台を作り、板の上に茣蓙《ござ》が敷いてある。中を仕切って二階にしてあるのだが、立って恰度《ちょうど》いっぱい位の高さを二つに区切ってあるのだから、坐《すわ》っているのがやっとである。最初のうちはうっかり立ち上って天井に頭をぶっつけたことも屡々《しばしば》であった。私はその二階に居るのだが、最初乗船した時に、清水隊第一小隊はこの上だと云われ、見ると狭くて低くて暗いので、間違いだろうかと思ったが、云われた場所に上りこんでみると、どうやら一杯に入れることは入れた。背嚢《はいのう》を並べて各分隊の境界にして、さて寝たところはまるで魚籠《びく》に鰯《いわし》でも並べた通りである。その不自由な狭さに少し馴《な》れると、今度は暑いのに閉口した。中に居ると、むんむんとむせ返り、身体中が浮いたように汗に濡《ぬ》れて来る。いよいよ敵国の港に上るまで僅《わず》か数日の辛抱だからと思っていたが、既に十日を越しても我々はまだ何日この窖《あなぐら》のような兵営に居なくてはならないのか見当もつかないのだ。いったい我々は何処に行くのかも少しも判らないのだ。我々が九月に召集を受けて部隊の編成が終った時には、なんと悉く、兵隊が相当の親父ばかりであることに駭《おどろ》いた。つまり、既に一家をかまえ、妻を持ち、子供も何人かあるような兵隊ばかりであった。殊に我々の中隊長はシベリヤ出兵の勇将だということだったが、既に五十の坂を越し、頭には相当の白髪が見られた。そうして編成が終っても、我々の部隊は二十何日も小倉《こくら》に止《とど》まって出発する様子もなく、いよいよ乗船して出帆すると、思いがけなく、日本の湾の中に碇泊《ていはく》して、又も出発する様子がない。この部隊は大連《だいれん》に上陸して、奉天《ほうてん》か遼陽《りょうよう》の駐屯常設部隊となるのだ、と誰かが云い出した。そうではない、上海《シャンハイ》に上陸するのだ、いや、もう上海には兵力はあり余っているから必要でない、満ソ国境かも知れない、いや、ひょっとすると海州《かいしゅう》あたりに敵前上陸をするのかも知れない、或《ある》いは広東《カントン》に行くのではないか、などと、色々な噂や風説が我々の間に拡がり、しかもそれらを真剣に兵隊達は語り合った。それは真剣に語るのが当然である。我々は何処でもよいような旅行に行くのではない。我々のそういう取りとめのない談義の中には、我々の生命についての想念が常につきまとい、不安の感情がその底を流れていたのだ。もとより殉国の志を以《もっ》て、既に愛する我々の祖国のために一身を投げ出している。我々は命を惜しみはしないが、だからと云って我々小さい人間は、神のごとく、或いは鬼のごとく、我々の生命を軽々と棄て去ることに対し、今すぐに平然となり得るごとくに鍛錬されていない。我々の間では、いかにしても判らないことをなんとかして判りたいために、毎日無駄な検討が続けられている。そして、それらの尤《もっと》もらしい解説はどれも皆に満足を与えることが出来ず、日を重ねるにつれて、その不安の度を増大して行くのである。我々は厳しい軍紀と戒律の下にある。我々の現在は唯《ただ》我々が知っているばかりである。軍機を守るために我々は全く通信を禁じられている。それは当然のことである。我々はどこにも手紙を出すことは出来ない。兵隊はただ日記の中に自分の行動を書き止めているばかりである。手紙を書いている者も、その手紙が何時禁を解かれて発送され、宛名の人の許《もと》に届くものやら知らない。無論、私が今書いているこの手紙も、何時君の手《て》許《もと》に届くものやら、何も判らない。また、果たして出せるようになるかならぬかすらも判らない。判らないけれども、兵隊は誰も日記をつけ、手紙を書いている。それはまた明日にも解禁になるかも知れないという希望とともに、明日にも敵地に上陸して戦死するかも知れない、とも思うからである。遺言状のつもりで、当もない手紙を作り、日記を録す。無論私もその気持である。これから先どうなるのか、何にも判らないけれども、これから、兄さんは、出来るだけ、及ぶかぎりの時間を盗んで、どんどん通信を送るつもりである。

我々は生まれて初めて踏みこむ戦場というものを、今、いかにしても想像することが出来ない。あらゆる知識と記憶とによって思い描いてみようと思うけれども、いかにしても頭の中に戦場の姿を組み立てることが出来ない。だから、今こそ、弾丸の来ない船の中で、ゆっくりと日記をつけ、手紙を書いているけれども、一度戦場に身を置いた時に、そういう余裕が出来るかどうか、何も判らない。だから、今、そういう約束をすることは間違いかも知れないけれど、そのつもりでいる。

何か始まったようだ。船艙《せんそう》の底で拍手の音がしている。退屈まぎれに又演芸大会か何かやっているに相違ない。普段は兵隊は何時でも朗らかで快活でなかなか愉快である。又、兵隊の中にはなかなか隅に置けないのが居る。隅どころか、本物も居る。兵隊は一番浪花節を喜ぶようだ。浪花節は誰も一節や二節は唸らない者はない。しきりに拍手の音がしているのは、多分、吉田隊に居る、わたしは大体新物読みでございまして、と云いながら一つしか知らない明治時代の探偵浪曲をやる桃中軒雪《とうちゅうけんゆき》右衛門《えもん》（自分でそう称している）の「紀尾井坂《きおいざか》血のハンケチ」かなんかが始まっているに違いない。演芸大会の夜などは兄さんも時々演壇に飛び上る。部隊の将校なども一杯ひっかけては兵隊の前に現われ、それぞれ御得意の何かをやり始める。殊に我々の小隊長である剣道五段の山崎隆就《やまざきたかなり》少尉は「紺屋高尾《こうやたかお》＊」が十八番《おはこ》で、これは部隊中で有名になってしまった。それは或《あ》る晩酩酊《めいてい》の極、調子が外れ、遊女は、客に惚《ほ》れたと、ゆい、と一々区切って呶鳴《どな》った上に、語尾の、は、に、と、いをぴんと力を入れて刎《は》ね上げた節廻《ふしまわ》しだったのが非常におかしく、皆が大笑いした。中隊長の清水大尉も演壇の傍に坐りこみ、自給自足だという手持の水筒に酒を詰めたのから水筒の蓋《ふた》に注いでちびりちびりやりながら、にこにこと聞いていた。これらの風景は実に和気《わき》靄々《あいあい》たるものである。普通兵営では少々堅苦しく感ぜられる、上官と兵隊との間隔がここにはない。上官の熱演がおかしければ笑い、面白ければ半畳を入れ、拙《まず》ければひやかしたりするのが、いかにも自然である。それはもとより、云わず語らずのうちに、我々が一つの尊厳なものによって結ばれているからである。

　自分はこの頃深く考えさせられることがある。私は第二分隊長である。そうして私の下に十三人の部下が居る。それはいったいどういうことか。それらの人々は悉く昨日までは自分とは何の関係もない人達であった。ただ同じ日本人であったというだけである。動員が発せられ、部隊が編成され、それらの人々は第二分隊員となり、私が第二分隊長となった。それは唯部隊本部に於《お》ける都合に依《よ》ってそう定《き》められたに過ぎない。しかし、その単なる事務上の都合によって決定された編成表が我々の手元に配布せられ、我々が点呼指名された通りに整列した時に、最も崇厳なる確固不抜の関係がそこに生じた。私は生まれて以来、かくのごとく厳かな思惟《しい》の中に置かれたことはない。ここに集まった兵隊は郷里では悉《ことごと》く相当の生活をし、仕事をし、力を持っていた人々であるに違いない者が、今、兵隊となり、第二分隊員となり、一歩兵伍長《ごちょう》である私の部下となった。それは私などよりも遥《はる》かに高い人格の上に、私は分隊長となった。これらの人々は自分の命令に従い、自分の号令に依って動き、驚くべきことには、死の中へでも飛びこんで行くのである。これはいったいどういうことであろうか。我々の日常の凡庸なる生活の中に於《お》ては、自分自身を自由にする事が出来ず、まして他人を自由にし、殊に死の中に進ませ得るものを一人としてすら所持することは至難のことである。私は今十三人の部下を得、これを命令によって自由に水火の中に突進せしめ、死の中に投じ得る、と云《い》われたのである。そう聞かされた瞬間、私はあまりの事の重大さに、何か恐ろしく、愕然《がくぜん》とするとともに、この瞬間を基点とする、私が嘗《かつ》て想像もしていなかった、従って用意もしていなかった、一つの新しい生活の方法が、倏忽《しゅっこつ》として身内に自覚されたのである。私達分隊長は又小隊長とそういう関係にあり、小隊長は又中隊長と同じ関係に、中隊長は大隊長と、大隊長は、——次々に拡大されて行くこの関係は私には人間として思惟も及ばないほど偉大なことであると考えられ、その高く大きなものは私の想念からはみ出してしまうほどなので、私は眼前の感想をしっかりと胸に抱き、この新しい生活の前進を注意深く生きることに決心したのである。しかも、私がかくも思惟したことは、更《あらた》めて誰も考えてみようとしないほど、実に単純極まることであって、それ故に私は尚《なお》もその単純さに駭かされたのである。

戸成秀雄
内藤豊次郎
吉田敏男
末永助一
中川日由
高橋芳信
早瀬光雄
古城健次郎
湊　勘市
川村春夫
白橋常雄
甲斐　実
阪上利雄

これが私の兵隊である、ということを皆許してくれるだろうか。どれを見ても相当の面構えで、相当の男ならぬはない。私はこれらの兵隊と倶《とも》に、戦場を馳駆《ちく》することが何かしら楽しみなのである。

　飯を知らせる鐘が鳴っているようである。ここから見える青い海の上の兵営のどれからも鳴りだした。飯は船尾の炊事場に引換札を持って取りに行くのだ。炊事は船員がやってくれる。茶も沸かしてくれる。何しろ二千人もの大世帯だから大変なものである。食器は各自に渡っている。分隊で二人位宛《ずつ》食事当番を定めておいて、炊事場から食事を取って来、すむと、又、その食器や飯バケツやブリキの副食物入をタンクの水で洗って返しに行くのだ。島の右手に少し高い山があって、その真上に沈みかかった太陽がある。夕陽というと、兵隊はすぐ赤い夕陽の戦場を思い出すが、毎日の感傷は、必ず、この夕陽を故郷でも眺めながら、今頃は出征したあの子は、或《ある》いはあの人は、或いはとうちゃんは、何処の戦地でこの夕陽を眺めながら故郷のことを思い出しているであろうか、と――どうもこういう仕方もない感傷というものは、古往今来、東西を通じて変らないものであるのか、よい親父どもが夕方になると妙にしんみりなってみたりして、おかしいみたいである。あまり遠くもない日本の湾の上で、今ごろは、もないだろう。なんにもしないで船の上にごろごろしているので、腹工《ぐ》合《あい》がどうもはっきりせず、腹が減っているのやら減っていないやら判らないが、今日は斥候が昼間から炊事場の偵察に行って、珍しく夕飯は焼き鯛《だい》という報告があったから、降りて行ってそれを肴《さかな》に一杯皆とやることにしよう。兄さんも、どういうのか、この頃、酒を飲むようになった。理窟《りくつ》っぽい手紙で取りとめもなかった。又、書こう。

（弟へ。十月二十八日。大平丸にて）

今日も私達のまわりに、淼々《びょうびょう》と青い空と、淼々と青い海とがある。それは昨日も、一昨日も、一昨々日も、一昨々昨日も、あったと同じ変らぬ青さで、そこにある。兄さんは又、何時か君に手紙を書いた同じ場所である上甲板に寝ころんで、同じ恰好《かっこう》で手紙を書いている。早く戦場のことを書き送りたいと思いながら、あれから一週間以上も経つ今日になっても、まだ、青い空と、青い海と、赤褐色の山と、松林と、白い海岸線と、ごろごろしている勇壮なる兵隊のことしか書いて送ることが出来ない。我々はいったいどうなるものやら、いよいよ判らない。この頃ではもっぱら満洲《まんしゅう》駐屯という説が確実のように流布されている。それは大堀《おおぼり》大尉を長とする設営隊が宿舎か兵営かを探しに奉天附近に向かって出発したというのだ。満更嘘でもないらしい。もう一つのもっともらしい説は、暫《しばら》く膠着《こうちゃく》状態にあった上海戦線が大進撃を開始し、二十六日に大場鎮《だいじょうちん》江湾鎮《こうわんちん》が相ついで陥落し、内地では大々的に戦勝の提灯《ちょうちん》行列が行われた、もうそれで戦争は終った、我々はこの儘凱旋《ままがいせん》、というのはおかしいが、後返りして帰還するのだ、というのである。兵隊は煩《うる》さいものだ。というものの、無論私もそれらの話に耳傾けているのだが、何しろ、相変らず何にも判らない。

ただ、この頃はしきりに敵前上陸の演習が行われている。船には沢山の舟艇を積んでいる。それを卸して乗艇し、海岸の砂浜に向かって上陸演習だ。これすらも、ほんとうに敵前上陸を何処かにするという説と、あまりごろごろ船の中でさせて置いては兵隊が身体を壊すので運動のために演習させるのだとする説とがあって、口角泡を飛ばして議論をする始末である。

身体といえば実際、食っては寝ているばかりで調子がどうもはっきりしない。時々山下軍曹が音頭を取って、甲板へ出て建国体操か何かやるが、大した運動にもならない。しかし我々より可哀そうなのは馬だ。一番底の船艙《せんそう》に拵《こしら》えられた狭くて暗い馬欄に、軍馬はもう十数日というものじっと繋《つな》がれた儘である。

上甲板から時々深い下を覗《のぞ》いて見ると、暗い船艙に並んだ軍馬の胴の厚みが、眼に見えて薄くなって行くように見受けられる。肋骨《ろっこつ》の見える馬さえ数を増した。馬糧や水は充分にあるのだ。殊に水は兵隊には使わせずとも馬には充分に飲ませている。水では、我々兵隊は馬よりも下等で可哀そうな状態である。我々は殆《ほと》んど風呂《ふろ》にも入れず、顔も洗えず、過ごすことが多い。その点では申分ないわけだが、運動不足と、陽の目を全く見ないのと、船底の濁った空気のために、日に日に弱って行くらしい。私は何頭も遂《つい》に殪《たお》れた馬を見た。兵隊は必死になって治療を加えているけれども、横倒しになった儘、次第に息を引き取って行く。兵隊は自分の子供の臨終でも看取るようにじっと見つめている。私達が上甲板から覗いていると、深い船艙の底で、輜重《しちょう》の兵隊が暫くこと切れた馬の傍を離れず、やがて立ち上って静かに馬に向かって敬礼するのを何度も見た。殪れた馬は船艙からウィンチで捲《ま》き上げられ、舟に積まれて島の方へ運ばれて行った。馬の身体で一杯になって沈みそうな漁船を、島の漁師が操って去ってしまった。数頭の馬が殪れたために、遂に馬は或《あ》る日悉く島に上げられた。

私はこういう軍馬を見ると、山《やま》の手《て》の吉田《よしだ》卯平《うへい》のことがすぐに頭に浮かんで来る。今、卯平はどうしているかと思うが、又、彼の馬もどうしているかと思う。働き者だった馬車曳《ばしゃひき》の卯平は非常に彼の馬を愛して居った。事変が始まると間もなく彼の馬は徴集された。いったい彼は四十を既に越しているのに子供がなく、貰《もら》い子をしようと色々苦心していたようであったがうまく行かず、しまいには諦《あきら》めて、彼の馬に吉蔵《きちぞう》という名前をつけ、まるで子供を世話するように可愛がって居った。彼がよく人の好《い》い片笑いを湛《たた》えて、こんなでかい奴は眼の中なんぞにゃ入らぬが、ほんとうに吉蔵は眼の中へ入れても痛くないよ、などと同じことを一つ覚えのように誰彼を摑《つかま》えては繰り返していたのを思い出す。その吉蔵が戦場に出ることが決定すると、彼は町の提灯屋に旗幟《はたのぼり》の註文《ちゅうもん》に行った。「祝吉蔵之出征」と書いたその幟を彼は家の前に立てた。彼の女房は、おしんと云ったと思うが、彼の命に依《よ》って大きな布で千人針を拵えた。それは無論我々四五人も包める位でかいもので、女房はそれから毎日町に現われて糸を通して貰った。それは畳針で通したので、縫ってくれる人がおかしがって、中には冗談だと思う人があったりして、中々完成までには骨が折れたということだ。それを吉蔵の腹に巻きつけた。それから、白山《しらやま》神社や宮地嶽《みやじだけ》神社などの武運長久のお守を沢山受けて来て、この千人針に縫いこんで、吉蔵の身体につけてやった。彼は近所の人々を招待してささやかな祝宴を張った。私も招《よ》ばれたので酒を一升祝に持って行ったが、五六人の客の中、同職らしい人が多く、卯平はうちの吉蔵はこんながっしりした身体だし、それにとても素直な奴だから、屹度《きっと》軍のお役に立って立派な手柄を立てるに違いない、こんなめでたいことはないよ、さあ飲んでくれ、さあ飲んでくれ、と云《い》いながら、ぼろぼろと涙を流した。吉蔵は縁側に引き出されてぬっと長い顔をこの祝宴の中に突き出して居ったが、何やら怪訝《けげん》そうな顔をしている吉蔵に、卯平は海老《えび》の煮たのや鯣《するめ》を取って口の中へ押しこんだり、酒を流しこんだりして居った。その翌日の夕方、今朝、連隊の馬繋場《ばけいじょう》に馬を曳《ひ》いて行って引き渡しての帰りだという卯平に病院坂でひょっこり出会ったが、卯平は何か力の抜けたような恰好で、吉蔵は可愛い奴でしたよ、とそれだけ云ってすたすたと去ってしまった。それきり卯平に会わずにいたが、他からいろいろと噂を聞いたところでは、その日は暑い日だったが、卯平は例の旗幟を押し立て、千人針やお守札や日の丸の旗で神馬のごとく飾られた吉蔵には耳のところに穴をあけて編笠《あみがさ》を被《かぶ》せて、おかみさんが手綱を取り、馬繋場に行った。馬繋場には方々から沢山集まっていたが、外にも多くの馬が、吉蔵と同じように、千人針か日の丸の旗かで飾られていた。隊に馬を引き渡す時にも卯平はぼろぼろと涙を流し、秀でた吉蔵の鬣《たてがみ》を撫《な》でたり首を叩《たた》いたり、尻《しり》たぶをさすったりして、日の暮れるまで帰ろうとしなかった。それから毎日、卯平は、炎熱の中を相当に遠い馬繋場を訪れた。家に居ると、卯平はぼんやりして気が抜けたようになっていたが、彼の愛馬の顔を見ると急に生々と活気づいたように、これを話した彼の同僚は、卯平さんは恰度《ちょうど》植木に水をやったようになりやして、と云ったが、そのようになって、何か馬と話でもするように口の中でぶつぶつと呟《つぶや》きながら、隊の兵隊に交って馬の世話を焼いた。そういう時には、彼はふっと、ああもう吉蔵は自分のものではないと思いいたるらしく、子供のようにぼろぼろ涙を流しては、兵隊に笑われて居った。兵隊が、これからは御国の馬になったのだし、出世したんだし、僕等が大切にして可愛がって上げますよ、と慰める。すると、卯平は、お願いいたします、お頼みいたします、と云って何度もお辞儀ばかりしていたそうである。いよいよ吉蔵が御用船に積みこまれて、宇品《うじな》の港を出帆する日には、彼は桟橋の上に立って声を限りに愛馬の名を呼び、船が見えなくなるまで、旗が千断《ちぎ》れるばかり振っていた。そういう話であった。その後、吉蔵は何処の戦線に行ったものやら全く判らない。私が出征する時には卯平は家に来て色々世話を焼いてくれたり、使い走りをしてくれたりして居ったが、乗船の日、桟橋で、私に、吉蔵は尻たぶのところに㊉の印と、その横に吉の字の烙印《らくいん》が捺《お》してありますのですぐ判ります。赤の混った栗毛で、馬はあなたも見たこともあるし、もし見つかりましたら、どうぞよろしく、いや、どうも馬によろしく、もないですが、鼻面の一つも引っぱたいてやって、御暇でもありましたら、消息だけでもわたくしにお知らせ下さいましたら御恩に着ます、と云った。何時か私は馬の世話をしている兵隊に、そんな馬は居ないかと聞いてみたこともあったが、さあ気がつきませんがと云われ、不親切かも知れぬが、かと云って、一四一四検《しら》べて見ることも一寸《ちょっと》億劫《おっくう》なので、まだ決行せずに居る。馬と人間を一緒にする訳ではないが、また馬と人間を全く別々に出来ないものがある。

　馬の吉蔵の話をしたので、千人針のことで思い出す話をしよう。それは、橘伍長《たちばなごちょう》のまごころ心中といういい話である。今この輸送船に乗っている二千人の兵隊の誰一人もこの千人針を持たない者は居ない。兄さんの腹にも無論、家の人々がまごころをこめて作ってくれた千人針がある。これは白絹の胴巻になっていて、中にさまざまのお守札や千人針が入っているらしいが、それは何なのか私は知らない。何処の神様か何処の仏様か知らないが、それは何処の神様でも何処の仏様でもよい。お母さんが作ってくれた綿のお守袋にも、八百万《やおよろず》の神々や、三千世界の仏陀《ぶつだ》が入っている。お守袋には又山の渡部のくれた一寸位の仏像が入っている。これは、その昔、日清戦争に出征した誰やらの膚《はだ》を守り、日露戦争には又誰やらを守り、北清事変には又誰やらを守り、三回の戦火の中で、一回もこの仏像を所持していた兵隊には弾丸が当らなかった、という霊験あらたかなものだそうである。出征の折にはあらゆる人々が我々の無事を祈ってくれ、我々のためにいろいろなものを贈ってくれた。まことに我々の背嚢《はいのう》は山と積まれた千人針とお守札とで満たされそれを皆身体につけると、腹のまわりはビール樽《だる》のようにふくれ、お守札の重さだけで、へたばりそうだったのである。中でも傑作は友人野村潤一《のむらじゅんいち》君のくれた鰑の胴衣《チョッキ》であった。それは八九枚の鰑を縫い合わせたもので、私はその鰑の胴衣がいかなる理由によって弾丸よけとなるのか、さっぱり判らなかったが、それは、雌ばかりであるか、雄ばかりであるかでなければ効能がなく、足の数もちゃんときまっているのだ、と云って、野村君は、何軒も乾物屋を駆け廻《まわ》って雄ばかりの鰑を探し集め、足もちゃんと揃うように整理し、やっと苦心の果てに集まった九枚の鰑を、祈願こめて何とか糸という糸で縫いつなぎ、神社でお祓《はら》いを受けて持って来てくれたのである。これをつけておれば絶対に弾丸は当らないよ、と、野村君は、劉寒吉や星野順一《ほしのじゅんいち》と一緒にやって来た時に、私の身を案ずる友情に溢《あふ》れた真剣な表情を漲《みなぎ》らせて云った。巻いてみると、まるで緋縅《ひおどし》の鎧《よろい》でも着たようである。暑いので兵隊はたいてい何時も軍衣を脱いで襯衣《シャツ》一枚になっているので、兵隊の身体を何が守護しているかは一目瞭然《いちもくりょうぜん》である。お守袋はもとより、千人針すらもあらゆる意匠と工夫とが凝らされ、襯衣に丹念に刺繍《ししゅう》した忠勇の二字や、尽忠奉国、滅私奉公、武運長久、男子本懐、等々のあらゆる文字、日の丸印、寄せ書をした日の丸扇や、旗、鉢巻、そういうものはまことに千差万様で、これは茶化すべき性質のものでは絶対にないが、これ等をすっかり蒐集《しゅうしゅう》してみたら、吉田謙吉《よしだけんきち》氏の考現学《モデルノロジー》*ではないが、面白いだろうと思ったことである。中には、お守袋の紐《ひも》に五銭白銅や十銭白銅を通しているのがあるので、訊《き》いてみると、死線を越えて五銭、苦戦を越えて十銭、という訳で、これは少し落し話めいた縁起をかついだものだったが、いずれにしろ、これらはただ迷信だと云ってしまえば片づくことかも知れぬながら、その多種多様な千人針やお守の悉《ことごと》くには、どれにも、出征して行く兵隊の身を案じる尊いまごころが溢れているのである。ところが、ここに、これらのものを嘲笑《ちょうしょう》する男が現われた。橘伍長は我々の隊ではないけれども、部屋が近くなので同隊のごとく親しくしているのだが、この男、一癖あって、自ら自分は無神論者だとか唯物論者だとか称し、難しい言葉や新語を使って訳の判らぬことを云って兵隊を煙に巻き、時々角度の狂った議論をするので有名であったが、殊に一杯やると、これらの千人針やお守を皆が大切そうにしているのを見て、笑止笑止、と云って嘲笑するのを常とした。どんなことしたって弾丸は当るよ、そんなもので弾丸が当らないなら、一人だって戦死する者も居らん筈《はず》じゃ、いやしくも帝国の軍人がそんなものを弾丸よけにしようなんぞ、笑止笑止、と云うのである。その癖、彼は、自分の胴には誰よりも大切そうにして、千人針を巻きつけて居ったのだ。ところが或《あ》る日のこと、何日だったか忘れたが、その日は又殊の外暑かったので我々は皆甲板に出て居ったが、甲板で何かして居った橘伍長が、急に立ち上ったかと思うと、どうしたわけか、高い上甲板からいきなり身を躍らして海中に飛びこんだのだ。私達は前からあまり彼が泳げないことを知っていたし、心配した二三の戦友がすぐに裸になると、引き続いて海中に飛びこんだ。すぐにボートも出した。我々は甲板の上から見て居ったが、あぷあぷと伍長溺《おぼ》れている。やっとボートの上に引き揚げた。彼はぐったりと死人のようになって、毛むくじゃらの河豚《ふぐ》のような腹ばかり大きく波うたせていたが、気がつくと、彼の右手にはしっかりと彼の千人針が握りしめられている。やがて間もなく橘伍長は元気を恢復《かいふく》して、のこのこと甲板の上に帰って来た。彼はもう元の快活さに返って、何と俺は慌て者だな、と云って笑いだした。彼の話に依《よ》ると、彼は暑いので甲板に出て襯衣を脱いだが、その拍子にうっかり千人針を海に落してしまった、白い布がひらひらと海に落ちて行くのを見ると、彼は我を忘れて、つまり自分が泳げないことも何も忘れて、それを追っかけて飛び込んでしまった。それはしかし、千人針が無くなると弾丸が当ると思ったのではなく、彼の身を案ずる人々が、出征に際して、夜と云わず昼と云わず、一心こめてこの千人針を拵《こしら》えてくれた、その尊いまごころが電撃のごとく彼の胸を衝《う》ち、彼は泳げもしない癖に海中に躍りだした、と云うのである。彼の述懐を初めはげらげら笑いながら聞き始めていた兵隊達は、次第に真面目な顔附になって、しまいにはしいんとなったが、それは云うまでもなく、そのまごころを摑《つか》まんとして空間に泳ぎだしたという橘伍長の滑稽《こっけい》な身振りに対して、私達も、橘伍長と同じように、そういう場合には、慌て者の伍長ならずとも、誰も、泳げようと泳げまいと、必ず橘伍長と同じ喜劇を演ずるに違いないということに思い到ったからであったろう。私も静かに自分の胴に手をやって、千人針を押え、妙に胸のうちが熱くなって来るのを禁ずることが出来なかったのである。我々はこの頃ではこういう単純極まる感傷を美しいと思うようになって来た。

　この頃、四五回敵前上陸演習が行われ、久し振りで海の兵営から離れて、土を踏んだのは、何とも知れず嬉《うれ》しかった。島の海浜に上った時、何か珍しいものの上に立ったようであった。厚い兵隊靴の底を透して、土の冷たい暖かさが蹠《あしうら》にひびいて来た。上陸した所は粗末で古ぼけた漁師の家が十軒ばかりあるに過ぎない寒村である。

　素朴な村人達は我々を大いに歓迎してくれた。我々は鶏《とり》のすき焼にありついた。村人達は何よりも我々の髯《ひげ》を笑った。我々は誰も彼も髯を剃《そ》らず、まるで熊襲《くまそ》の一族のようであったのである。我々は大いに悦に入った訳ではあるが、それから幾時間も経たないうちに、たちまち我々は悄《しょ》げてしまった。我々はひとつの想定の下に演習に移り、尖兵《せんぺい》の動作をやりながら行軍を始めたのであるが、我々は悉く忽《たちま》ちへたばってしまったのである。それはたった三里足らずの行軍なのだ。私は息が切れそうになり、がぶがぶと水筒の水を口の中に流しこみながら、それでやっと落伍《らくご》だけはせずにすんだのである。無論もう一里も歩けば私は参ったにちがいないのである。もともと少し肥えているので行軍は苦手ではあったが、それでも三里の道にこんなに参るのは一寸情ないと思った。足は豆だらけになってしまった。船に帰って来ると私はとうとう三日も動けずに寝てばかりいた。

　上陸演習の服装というのが大変である。いったい兵隊の軍装というものも相当なもので、先達《せんだって》、今度敵地に上陸するとして、必要なものを身体に皆つけたら一体何貫目位になるだろうかというので、基本の軍装を兵隊にさせて、炊事場から秤《はかり》を借りて来て量ってみたところが八貫六百匁*あった。必要なものというのは、背嚢に所要の入組品の外に、毛布が一枚、水が悪い、或《ある》いは無いかも知れないというので、ビール壜《びん》に日本の水を詰めたのを一本、防毒面に救命胴衣、その他だが、弾薬はまだ渡っていないので別である。ともかく、その恰好《かっこう》はまるきり乞食《こじき》の引越みたいで、こりゃ歩けるどころの騒ぎではないと笑った位のものである。演習の時には、これに銃を持ったり、軽機関銃を担いだり、弾薬匣《こう》を下げたりして、舷側《げんそく》から縄梯子《なわばしご》を伝って舟艇に乗り移り、海岸に向かって舟艇が驀進《ばくしん》して行って、砂浜に到着すると跳び下りるのだが、波のうねりがひどいのと、身体が自由にならぬのとで、何人も波に足をさらわれて海の中に引っくり返ってずぶ濡《ぬ》れになった。海浜に上るとすぐに砂の上に散開するのだが、その砂の上に腹這《はらば》いになるのは、何とも云《い》えず快かった。しかし、我々兵隊は敵前上陸の演習をしながら、この敵前上陸というものは実に乱暴な戦争の方法であるという感を深くした。我々は戦史のことなど何にも知らないが、今まで世界の戦史の中でもこれが成功したことは殆《ほと》んどと云ってよいほど無い、と聞かされたし、素人考えでも、敵が陣地を作って待ち構えている所へ正面から上って行くのだから、難しいのが当然だし、日本軍の上海敵前上陸の成功の蔭《かげ》には痛ましい犠牲が多く払われていることも知っているし、殊に、我々の兵営である大平丸は今度が五度目の輸送であって、呉淞《ウースン》敵前上陸の際にも行ったのだが、船員が、なかなか大変でしたよ、と云って実際の状況を我々に話さないのが、何か意味ありげで、なかなか大変であった、ということは、無論、直ちに我々の生命に関係したことであることは想像出来るのだ。それはいかなる犠牲を以《もっ》てしても決行すべきことであるし、それを怖れはしないが少々薄気味はよくない。

　防毒面の被《かぶ》り方と使用法の練習を毎日甲板でやる。敵が死にもの狂いになって毒瓦《どくガ》斯《ス》を使用するかも知れないというのである。

することがないし、退屈のままに、少しお喋舌《しゃべ》りをし過ぎたようだ。何時になったら戦場通信が送れるのか。もうこれ以上、海の兵営と、淼々《びょうびょう》と青い空と、淼々と青い海と、茶褐色の山と、森林と、白い海岸線と、ごろごろしている勇壮なる兵隊のことなどは、書きたくないものである。

今日は兄さんは、船上警備衛兵だ。勤務交替の時間が近づいたようだ。

（弟へ。十一月二日。大平丸にて）

我々の兵営は何処へとも知れず波を蹴《け》って進んでいる。この時になってさえも、我々は我々の運命の方向を知らない。甲板に出て見ると、周囲は闇々《あんあん》とした夜の海である。波の音が耳の両側に別れて去る。暗いので我々の前後に進航している筈の船の姿も見えない。灯火管制をして、何の明かりも見えない。我々の船だけが一隻、不気味な夜の中を黙々として進んでいる。

兵隊は船の上の彼方此方《あっちこっち》に出ているが、何時ものように大きな声で談笑もしない。何か呟《つぶや》くように低声《こごえ》で囁《ささや》き合う声がしている。煙草の赤い火が蛍のように方々でちらほらする。我々のお互いの胸にいよいよ何かが近づきつつあることが感じられ、この進航を開始した数時間、我々兵隊の得意の饒舌《じょうぜつ》を封じた。ふしぎな静けさである。しかしながら、これはまことに通俗小説のごとき感傷の瞬間であるとすれば、このえたいの知れない深夜の空気の中では、誰かが低声で悲しげに歌を唄い、同じ思いの人々がそれに和すべきではないか。

どうだ、兄さんは通俗小説の作者のように頭がよい。お誂《あつら》えむきになって来た。舳《へさき》の甲板の附近から誰かが、此処《ここ》は御国を何百里、と歌いだした。すると船の上に出ている兵隊は皆これに和し始め、次第に声が高くなった。作者が合唱に加担することは面白くないけれども、私も無論これに和した。さて、それでは、胸せまり、熱い涙が滂沱《ぼうだ》として頰を下るのでなければ、小説にならぬ。そこで、兄さんはさめざめと泣いた。

みんな、どうしているであろうか。今夜ほど故郷のことが考えられることはない。

今、二階の兵舎に帰って来てペンを取っている間も甲板の上では、「戦友」の歌から、天に代りて不義を打つとなり、「露営の歌」となり、ポーランド回顧となり、橘《たちばな》中佐となり、兵隊達の合唱は何時尽きるとも知れぬようである。しかし、私は、その笑うべき感傷のさ中から、何かしらもり上るように、漲《みなぎ》っている勇気のごときものが、ふつふつと溢《あふ》れ上って来つつあることを感じるのだ。

突然、切って落したごとく、甲板の合唱が歇《や》んだ。どうしたのか、何も聞えない。いやに静かになった。ことりと音もしない。船の機関《エンジン》の音が身体に響いて来る。正確に廻転《かいてん》するピストンの音のみが続いて聞えるばかりである。

(弟へ。十一月四日。大平丸にて)

我々は今日初めて手紙を書くことを許された。それは我々がいよいよ上陸すべき地点が決定し、それは我々の生命のほども知れぬ戦闘が予想されるからである。兄さんも無論これが最後の手紙かも知れぬと思って書いている。

我々の部隊の上陸するのは杭州湾北沙《ほくさ》というところだ。部隊主力は金山衛《きんざんえい》に向かって上陸をする。その右翼掩護《えんご》隊として、未明を期して、我々の荒川部隊は最右翼に敵前上陸をする。我々は上陸地点附近の地図と、空中から撮影した現地写真とを見せられた。その写真には赤インクで、敵陣地と、機関銃座らしきもの、トーチカらしきもの、などが示されてあった。敵の散兵壕《さんぺいごう》らしいものが幾匹もの蚯蚓《みみず》が這《は》ったように見受けられた。それらの敵陣地には果たして敵が居るものやら居ないものやら、居ればどれ位の兵力なのやら何も判らない。或いは敵なんぞは居なくて馬鹿みたいに上陸が出来るかも知れない、という話もある。舟艇が海岸線についたら、二一米《メートル》ばかり土堤《どて》があってそれを攀《よ》じ登るのだ、と云う。ともかく、結局は行って見ねば判らない、と云うのだ。我々は背嚢の代りに、天幕で背負い袋を作り、必要な物を入れ、準備を整えた。中隊の世話役は今村准尉で、岡島軍曹、山下軍曹等も忙しそうにしている。

我々の準備の中には、身の廻《まわ》りの事の外に、梯子を作ることがある。クリークを渡ったり、城壁や崖《がけ》を攀じ登るのに竹梯子を作るのだ。縄梯子も作った。四斗樽《しとだる》に水を詰めたのを担いで行くことも考えられたが、戦場ではとても不可能だというので、ビール壜や、サイダー壜に詰め、名自が持って行くことにした。「オカ」「カタ」の合言葉も定《き》められた。弾薬が分配せられた。後方との連絡がすぐにつくかどうか判らないというので、普通の倍以上も一人が身体につけて行くことになった。これは弾薬の重さだけで大変である。兵隊がこりゃ弾丸のためにへたるぞ、と云うと、いや、弾丸だけはなんぼ沢山あっても重いとは思わん、戦場では飯はなくとも弾丸だけが頼りじゃからな、今に思い当る時があるよ、と、満洲事変の勇士で、我々の部隊で唯《ただ》一人勲章を持っている湊《みなと》一等兵が、兄貴のように云って笑うのである。

我々の分隊は配給された酒を中にして、最後の晩餐《ばんさん》をした。あまり酔うと明日戦争がされん、と云って、誰もあんまり飲まなかった。何時ものようにあまり冗談も云わず、お互いに、元気で頑張ろう、というようなことばかり繰り返した。まだ行先も決定せず、何処に行くのやらどうなるのやら判らないうちは、兵隊はお互いに、まっ先にはどうもお前がやられるらしい、とか、どうも貴様は影が薄いぞ、とか、別嬪《べっぴん》の嫁女貰《もら》ったばかりで気の毒じゃが、後は俺が引き受けるから貴様くたばってしまえ、とか、そんなむき出しな冗談を叩《たた》きつけ合って笑っていたのだが、昨日我々の戦場が決定してからは、誰もそんな冗談を云わなくなった。私は分隊の兵隊に、お互いの骨を拾うつもりで元気を出して行こう、花と散るのも男子の本懐だ、もし僕が殪《たお》れたならば、阪上《さかがみ》上等兵を分隊長として戦ってくれるように、と、それだけ云った。何にも今になって云うことはなかったし、云わなくとも、胸苦しいほどもお互いの心に触れ合うものがあった。――兵隊達は昨日から、よく草臥《くたび》れないと思うほども、手紙を書くのに余念がない。

　昨日初めて鯨というものを見た。食ったことはあるが、泳ぐのを見たことはなかった、昨日は明治節で、部隊長初め、兵隊は皆甲板上に整列して、東方を遥拝《ようはい》し、天皇陛下万歳を三唱した。すると左《さ》舷《げん》の方で喊声《かんせい》が起った。行って見ると、数十隻の御用船が四列縦隊になって進航している中間のまっ青な海上に、ぽかりぽかりと浮き沈みしている黒い岩のようなものがある。鯨だと思うと同時に、噴水のように潮を吹き上げた。兵隊は甲板の上から拍手をした。又、吹き上げた。拍手喝采《かっさい》をする。五六回潮を吹いたが、だんだん遠ざかり、判らなくなってしまった。空も海も深々と青い秋の気配である。見渡すかぎりの海上に、数十隻の輸送船が黒煙を吐いて、四列になって進航して行くさまは実に壮観である。午後になると、西南の水平線上に黒煙が見え始め、次第に近づくと、それも我が輸送船隊で、数十隻も蜿蜒《えんえん》と連なり、同じ方向へ向かって進んで行く。二日に錨《いかり》を抜いて進航を始めて以来、昨日はまる一日、そして今日も終日、ただ縹渺《ひょうびょう》と水平線ばかりの海洋をひたすら眺め暮らした。水平線から出て水平線へ入る太陽を送り迎えた。不思議に我々の進航船隊は、この長い航行の間、全くいかなる船舶の姿をも見かけなかったのである。最初出帆した時に、いったい何処の方面へ向かって舵《かじ》を取っているのだろうと思い、羅針器で方角を検《しら》べてみたが、北になったり、西になったり、南になったり、又、北になったり、まるでうねうねと曲りくねり、見当すら立たなかった。その時になっても、まだ満洲かも知れないと云《い》っていた者もあったのである。

　船艙《せんそう》の中甲板で大きな声で歌っている声がする。酒宴が夕方から始まっているらしかったが、いよいよはげしくなったようである。聞いてみると、志岐《しき》隊の決死隊が最後のどんちゃん騒ぎをしているのだと云う。その隊は最右翼の側防火器のある陣地占領の任務を帯びているのだと云う。そのけたたましい計《ばか》り騒々しい歌の響きには何か悲壮なものがある。それは小原節《おはらぶし》だったり安来節《やすぎぶし》だったり磯節だったりして、バケツか何かを被《かぶ》って鰌《どじょう》すくいか何かを踊っているらしい話だったが、私は無論、何時もの演芸大会のように、見物に行く気はしなかった。

もう大分遅い。明日は午前三時から上陸開始だから、兄さんも少し寝なくてはならない。これが最後かも知れないが、運がよければ、明日からはいよいよ戦場通信が送れるかも知れない。もう、青い空と、青い海と、ごろごろしている兵隊のことなど書かなくともよくなった。何かで身体を緊《ひ》きしめられているような感じがする。これからは、今迄《まで》のようなのんきなふざけたような手紙は書けないかも知れない。では、さようなら。

（父へ）

その後御壮健のことと存じます。いよいよ、杭州湾北沙に敵前上陸を致します。元気いっぱいでやるつもりです。では。

（妻へ）

いよいよ待っていた時機が到来した。明日はどうなるか何も判らない。いろいろと心配もあるだろうと思うが、みんな仲よく暮らしてくれるように。子供に気をつけてくれ。

（母へ）

おかあさん、ぼくたちがいよいよ、てきのたまのなかへとびこむ日がきました。おかあさんのこしらえてくれた、おまもりぶくろがきっとぼくをまもってくれるでしょう。よし子をはじめ、こどもたちはおかあさんの、あたたかいふところを一ばんうれしくおもっているのですから、なにとぞ、いろいろとせわのやけることばかりでしょうが、よろしくおねがいいたします。きっとてがらをたてて、おしらせすることができるとおもいます。

　これから、さむくなりますから、からだをたいせつにしてください。

（友へ）

青柳《あおやぎ》喜兵衛《きひょうえ》よ、いまや、わくわくしている次第である。戦争の想念の中で河童《かっぱ》が遊《ゆう》弋《よく》している。こりゃ絵にならぬか。

（子へ）

父チャンハイヨイヨナマイキナ支那兵ヲヤッツケルコトニナッタ。オジイチャンノクレタ日本刀デ、父チャンハ岩見《いわみ》重太郎《じゅうたろう》*ノヨウニアバレ、テキノセイリュウ刀ヤ、テツカブトヲ、オミヤゲニモッテカエッテヤルヨ。タケシハ、母チャンヤ、オバアチャンヤ、センセイノイウコトヲヨクキイテ、美絵子ヤ英気ヤ史太郎ヲカワイガッテ、ヨクベンキョウヲシテ、エラクナラナケレバイケナイ。タケシガ、父チャンガ舟ニノルトキニ、イツマデモ日ノ丸ノハタヲフッテイタノガ目ニミエル。

タケシバンザイ。

父チャンバンザイ。

（弟へ。十一月六日。松林鎮《しょうりんちん》にて）

午後四時に整列を終って夜行軍を始める筈《はず》なので、走り書する。

五日

頭がしんと冴《さ》えて幾らも寝られなかった。誰も横になっているが、眠っているのかと思うと、眼を開けてじっと天井の一角を睨《にら》んでいる。まだ午前二時というのにあちらこちらで出発の準備をしている。誰かが、おい極楽行の切符を忘れるなよ、と云った。大丈夫じゃ、と誰かが云った。認識票のことだ。船は碇泊《ていはく》して、灯火管制をしているので室内だけがぼんやりと薄暗い。小隊長が来て、怒ったような表情をし、そろそろ乗船準備をしろ、と云った。それを聞くと、私は不意に髯《ひげ》を剃《そ》っておこうと思った。安全剃刀《かみそり》を出して水に石鹸《せっけん》をつけてがりがりと剃った。痛かった。我々は昨日まで皆競争のように髯を伸ばしていた。髯の寸法を計って比べ合い、髯を落したものは罰金五十銭と冗談を云っていた。不意に私は髯だらけで死にたくないと思ったのだ。私が髯を剃り始めると、何か忘れものでも急に思い出したように、四五人髯を剃り始めた。乗艇開始、と甲板で小声で命令しているのが聞えた。それを聞くと、私は急に又大便を催した。今朝眼を醒《さ》ましてからもう二度も行ったのだ。すっかり武装していたので困ったけれども、どうにもしたいので便所に行った。何人も便所に殺到していた。帰って来ると、階段を上って甲板に出て行くところである。皆、さしせまったような眼附をして、ものを云わない。甲板に出ると外は真暗である。闇の中に、右手に二つの眼のように灯火が瞬いている。闇の中で、あれが上陸地点を示す信号灯だと誰かが云っているのが聞えた。

闇の中でいきなり誰かが私の手を摑《つか》んだ。耳の傍で、班長殿、やりましょうで、と云った。誰かはっきり判らなかった。前方の暗闇の中に敵が居る、とそういう自覚が、森閑と静まり返っているだけに奇妙な無気味さがある。剣や鉄兜《てつかぶと》などがかち合って鳴る。あまり高くない金属的な音が変にものものしい。タラップを下って舟艇に乗り移る。水面に近づくと急にはげしい流れの音が聞えた。舟艇に飛び乗る。暗くて誰の顔も見えない。皆乗ったかと舳《へさき》の方で小隊長が小声で云った。私は兵隊に番号をつけさせた。皆乗っている。機関《エンジン》が廻転《かいてん》し始め、私達の舟艇は舷側《げんそく》を離れた。思わず黒く聳《そび》え立っている母船を私は振り仰いだ。船尾の方に来ると何隻も既に乗艇を終った舟艇が勢揃いしているが、黒々と蠢《うごめ》く兵隊の鉄兜ばかり見えて何の声もしない。すると、私達の舟艇の機関がぱったりと鳴り止んだ。と思うと、次第に私達の舟艇は母船から遠去かり始めた。故障だ。工兵は一生懸命に機械をいじくり始めた。瞬く間に母船の姿が闇の中に吸い込まれて見えなくなった。私達は駭《おどろ》いた。懐中電灯で合図をした。通じた様子もない。横を通る舟艇に声を掛けたけれども、機関の音に消されて聞えないらしく、行ってしまった。暫《しばら》くしてやっと機関がかかった。再び走り出したが、もとの母船まで辿《たど》りつくのに二十分もかかった。随分流されたものだ。その潮流の速さに駭いた。私達の舟艇がやっと船尾に到着すると同時に、出動の命令が下り、多くの兵隊を満載した舟艇が一斉に進みだした。機関の音のみが闇の静寂を破る。闇の中にはこちらだけに見える二つの信号灯が目玉のようにぱちぱちと光っているばかりである。振り返って見たがもう母船の姿は見えなかった。舟艇は爽快《そうかい》な音を立てて走る。私は何かで緊《し》めつけられるような身体の痛さを感じ、銃をしっかり握りしめた。私は振り返り、第二分隊番号と云った。一、二、三、四、五、六、七、八、九、十、十一、十二、十三、と闇の中から聞えた。みんな居るな、と私は云った。みんな居ます、と私のすぐ傍に居った兵隊が云《い》った。戸《と》成《なり》上等兵らしかった。舟艇は相当の時間走ったようである。私達は機関の音は必ず敵に聞えると思い、闇の中から弾丸が飛んで来るに違いないと思った。軽機関銃を舳に据えつけて、私達は皆姿勢を低くして踞《かが》んでいた。狭いので折り重なったようになり、足が痛い。次第にほのぼのとあたりが白み始めた。幽《かす》かに見え始めた海上には、影絵のように青い煙を吐いて疾走して行く多くの舟艇の姿ばかりが見える。水の色は白く濁っている。陸地らしいものは何処にも見えない。弾丸も来ない。敵は居らんぞ、と、後の方で誰かが云った。すると、突然、何かにぶつかったように私達の舟艇は止まってしまった。底を当てたのだ。見ると、私達のまわりに悉《ことごと》く浅瀬に乗り上げた多くの舟艇が居る。海のまん中だ。跳び込めと小隊長が命令した。私達は水の上に跳び下りた。膝《ひざ》までずぶりと浸り、足がぬらぬらしたものにはまりこんだ。膝頭に刺さるように水の冷たさが滲《し》みた。艫《とも》の方から跳び下りたのは腰まで海水に浸った。誰か水の中に引っくり返った。どの舟艇からも兵隊が水の上に下り立った。見渡しても水面ばかりで何にも見えない。陸地らしいものはない。気がつくと、深い霧である。五十米《メートル》程歩くとだんだん浅くなって来て水は無くなったが、下はどろどろの泥砂である。我々は軍靴の代りに地下足袋をみんな履いて来たのだが、一足毎にぬめりこんでなかなか抜けない。歩きにくいこと夥《おびただ》しい。何処が海岸なのか、敵がどの方向に居るのか、まるで判らない。船中で指示され、想像していた状態とは全く違ってしまった。散開した隊形のまま進んで行く。少し薄気味が悪い。誰かが海岸線が見えると云った。白い霧の中に横に長く黒く見えるものがある。海岸の堤防だと思われた。その方角に進んで行く。ぴちゃぴちゃと泥砂が足にくっついたり離れたりする音ばかりである。近づいて行くにつれて、その海岸の堤防だと思われたのは、魚でも獲《と》るために浅瀬の上に拵《こしら》えられた簀垣《すがき》であることが判った。すると、突然左手の方で軽機関銃の音が起った。我々は、実に機敏にくるりと方向を転換した。重機関銃の音もしだした。小銃の音も続いて起った。しかし弾丸は飛んで来なかった。それで我々は、これは我々の方を射っているのではないと、一寸《ちょっと》思ったのだ。その音の方角に向き直ると、既に明け離れた朝の中に、まだ霧はすっかり霽《は》れてはいなかったが、横に列《つら》なる一連の堤防と、樹木と、鉄塔とが、突然のごとく我々の眼前にあった。急にひゅうん、と耳の傍を音を立てて飛び去ったものがある。私は泥の上に身を伏せた。今まで足ばかりに気を取られながら、立って進んでいた兵隊はばたばたと将棋を倒すように泥土の上に寝てしまった。弾丸がやがて次第にはげしく、私達に向かって飛んで来始めた。この時、我々の頭に一斉に閃《ひらめ》いたのは、この何の遮蔽物《しゃへいぶつ》もない浅瀬の上に一刻も長くいることは危険だということである。我々は銃に剣をつけた。堤防まで七百米程と思える。猛烈な前進が始まった。私の分隊は第一線の最左翼だ。私は兵隊に、出来るだけ広く間隔を取れ、と呶鳴《どな》った。弾丸はしきりに来るけれども敵兵の姿は全く見えない。私達は各個躍進を続けた。泥土の上に伏せながら、私は何度も両方を振り返り、右手に銃を摑み、左手を挙げて、みんな居るか、と叫んだ。私達よりずっと先にどんどん進んで行く一隊があった。機関銃隊だった。私達の右手を進んでいた第一分隊の誰かが倒れた。呻《うめ》く声が聞えた。二三人兵隊が駆け寄った。後方から矢野看護兵が飛んで来た。向こうでも誰か倒れた。無論我々は顧みているどころではない。耳の傍を弾丸が呻《うな》って過ぎる。泥砂の中にぶつぶつと穴をあけて突き刺さる。我々は遮二無二突進した。抜刀した小隊長が走って行く。やっと堤防に辿りついた。我々は堤防の敵兵と白兵戦をやるつもりであったが、堤防には敵は居なかった。私は息切れがするので土堤《どて》の上に腹這《はらば》いにへたばってしまった。堤防は二米位あって敵弾からは安全である。頭上を音立てて弾丸が通り過ぎる。耳の横を伝ってつつうと冷たい汗が流れ落ちた。私は水筒の水を飲んだ。泥に塗《まみ》れた水筒を泥だらけの手で持ったので、水は泥といっしょに口の中に流れこんだ。私は前後して堤防に辿りついた兵隊を見廻《みまわ》して、みんな居るか、番号、と云った。みんな居た。顔見合わせると、皆血走った眼付をしていたが、誰も身体は上から下まで、鉄兜も、銃も、手も、顔も、泥だらけになっている。泥の中から眼をぎょろぎょろさせている。皆息を切らして大きく肩を動かしている。私達は血走ったような眼附をしてお互いの顔を見合ったが、やがて私達はげらげらと笑いだしてしまった。無茶苦茶な緊張ぶりが、お互いが無事だったと思うと、顔を見合わせている中《うち》に、何かおかしくてたまらなくなったのだ。すると、身内に暖かいものでも湧いて来るように、私達の間に勇気が生まれた。

その堤防を躍り越えて次の堤防に行った。私は土堤を駆け下りる時、畑の何かの蔓《つる》に足を取られて転倒した。飛び廻ったためにしまりのゆるんだ背嚢《はいのう》が私の背中をどさりと叩《たた》いた。分隊長、大丈夫ですか、と誰かが云った。私は起き上って次の土堤まで走った。三米位の堤防を攀《よ》じ登って向こうを見ると、もう一つ向こうの土堤の上を五つ六つ兵隊らしい影が見える。まだすっかり霧が霽れていない。五六本並んでいる樹も影絵のように霞《かす》んでいる。射て、と向こうで云った。もっと向こうで、友軍かも知れんぞ、よく確かめろと云っている。透すようにして見たがはっきりしない。右手の方から軽機関銃で射ちだした。堤防の上の影が落ちるように消えた。するとその方向からすさまじい機関銃の音がして弾丸が私達の方へ飛んで来た。私達は首を引っこめた。方々ではげしい銃声がしている。各所で敵と遭遇しているらしい。堤防の上に機関銃弾が飛び来って土を刎《は》ね上げている。我々は後むきになって堤防に腰を下ろした。何かほっとした気持である。誰も彼も汗と泥まみれである。皆息を切らせながら、水筒の水を流しこんでいる。白橋上等兵が背負袋の中から一本のサイダーを出した。一口飲んだが、咽喉《のど》がしびれるようにうまかった。みんな一口宛《ずつ》飲んだ。地下足袋を泥土の中へ銜《くわ》え取られた兵隊もある。解《ほど》けた巻脚絆《まききやはん》を巻《ま》きなおす者もある。銃にこびりついた泥をこそぎ落している者もある。清水大尉も腰を下ろして、やれやれ危なかったの、はははは、と眼を細めて笑った。中隊長の命令で、重くて身体の自由を奪う救命胴衣を外して一箇所に集めた。この附近は塩田だ。畠《はたけ》もある。乗り越えて来た堤防には全部散兵壕《さんぺいごう》が掘ってあり、間を置いて機関銃座が作ってある。堅固な陣地だが敵は我々の攻撃と共にこの陣地を棄てて退却したとみえる。二軒ある藁家《わらや》から一匹の山《や》羊《ぎ》と鶏が二三羽出て来た。鶏は悠然と餌をあさっている。早速高橋一等兵が追っかけて行って、一羽捕えて来た。すぐに首をしめてすばやい手附で毛を毟《むし》ってしまった。今夜のおかずが出来たぞ、と笑った。第一分隊長の枝松伍長《えだまつごちょう》に聞くと、負傷したのは杉山一等兵で大腿部《だいたいぶ》貫通銃創だから生命に別条はない、と云った。

　前進の命令が下り、その堤防に沿って右手に行った。折角むいた鶏は置いて行った。前方から加藤機関銃隊長が機関銃をかついだ兵隊を連れてやって来た。にこにこしながらすれ違って行ってしまった。上陸直後、どんどん我々より先に堤防に突進した機関銃隊は、側防陣地の敵の機関銃を真横から猛射してやっつけ、五人の支那兵が蜂の巣のようになって死んでいるということだった。堤防の上にある高い鉄塔に砲兵の観測兵が上って前方を双眼鏡で見ている。右手から弾丸が飛んで来始めた。我々は泥の上に伏せた。前方から濛々《もうもう》と煙が上りだした。ばりばりと家の焼けている音がする。第三分隊から斥候が三名出た。安田上等兵が先頭に立ち、どんどん先に走って行った。クリークに沿う土堤がうねうねと曲り、萱《かや》が密生し、道らしいものもない。四方八方で銃声が聞え、四方八方から弾丸が来る。我々は途中の家を悉く焼き払った。敵兵が潜伏する恐れがあるからだ。家は藁なのですぐ燃えた。すると、藁家は燃え始めると同時に、ぽんぽんとはじけるような音を立てて弾丸を飛ばした。弾薬が隠匿してあるのが爆発するのだ。雨が降り出した。左手の白壁の一軒家に敵が入りこんでいるというので軽機関銃で射ちこんだ。千々和《ちぢわ》伍長が擲弾筒《てきだんとう》で射撃した。轟然《ごうぜん》と黒煙をあげて炸裂《さくれつ》した。向こう側の萱の繁った間から斥候に出た小畑《おばた》一等兵の姿がちらと見えたが、すぐ見えなくなった。彼方《あっち》でも此方《こっち》でも藁家が炎々と赤黒い煙を上げて燃えだした。燃える家の前に殪《たお》れている支那兵があった。私達は弾丸に向かって、泥の中にへたばったり、土堤の蔭《かげ》に腰を下ろしたり、家の中に入ったり、前進したり、右に行ったり、左に行ったりした。雨のために土はどろどろになって何回も辷《すべ》った。我々は全く泥の中を転げ廻ったようなものである。私達はそういう風にしていったい時間がどれ位経ったのか、どの方角をどう進んだのか、何も判らないのだ。ただ、私達は弾丸の来る方に向き、弾丸の中を進んだ。敵は私達が行くに従って何処までも退いて行った。我々は前進の道で、幾つも支那兵の屍骸《しがい》を見た。ある部落からはどんどん走って行く二十人ばかりの敵兵を見た。軽機関銃手内藤一等兵は沈着にそれを狙った。ぱたぱたと重なるように三人殪れるのがはっきり見えた。奇妙な笛のような音が聞えて来た。ちゃるめらのような音だったが、誰かが、あれは支那兵の退却喇叭《らっぱ》だと云《い》った。すると、急に我々に降り注ぐ弾丸がはげしくなって来て、我々はクリークの中に腰まで浸って嵌《はま》り込み、暫《しばら》くは頭を上げることも出来なかった。それは逆襲の合図に違いないと思われた。田中部隊の近藤准尉が戦死し、兵隊も大分負傷したことを聞いた。私は泥の中を這いながら、萱の繁った堆土《たいど》の横まで来ると、どきんとして横を向いた。私は無意識のうちに銃をその方に構えていた。青い着物の人影をすぐ左に見たからだ。しかしそれは支那兵ではなかった。藁を高く積み重ねた蔭に、一人の老婆が膝《ひざ》の中に八つ位の女の子を抱えこんで顫《ふる》えていた。少し向こうの藁家の中でぎゅっと杖《つえ》を握りしめた皺《しわ》の深い老人が何か気が抜けたようにぽかんと立っていた。私が銃を擬して現われると、老婆は一層深く子供を包みこみ、おどおどした深い恐怖の眸《ひとみ》をして私を見た。私は、お婆さん、気の毒だな、しかし、お婆さんはどうして戦争の始まる前に逃げなかったのだ、と日本語で云った。同時に、そこら辺一体の耕作された畠や、積まれた実のついている稲の山などが眼に入り、逃げずに居った理由が判ったように思った。私はその痛ましさを見るに耐えなかった。弾丸が飛び来って藁を鳴らした。老婆は突然痙攣《けいれん》を起したように立ち上ったが、へたへたと坐《すわ》ってしまった。女の子は私を凝視し、泣かなかった。私達は前進した。

　既に午後と思われる頃、我々はクリークを前にした泥田の中に伏せていた。二百米《メートル》位前方に小高い丘があり、その上に四軒団《かたま》った部落がある。我々の部隊は最初の目的たる部隊主力の上陸右翼掩護《えんご》の任務は果たしたけれども、我々の部隊自身が今度は苦境の中に置かれた。最右翼に上陸した志岐隊の一個小隊が東街頭《とうがいとう》海岸で敵の重囲に陥ってしまったのだ。我々の中隊はその掩護を命ぜられた。我々はその方角に転進したが、右手に点々と見えるトーチカらしいものからと、前方四軒家とから猛烈な射撃を浴びて、志岐隊の位置に到達することが出来なかった。海岸の遥《はる》かの方向で銃声が熾《さか》んにしているのがそれだと想像されたが、我々は先《ま》ず四軒家の敵と闘わなければならなかった。五百米位の所から何回も散開前進をしたが、我々は二百米ばかり手前のクリークの線で動けなくなってしまった。クリークの線には一尺ばかりの堆土があるけれども、それは我々を充分に遮蔽《しゃへい》しなかった。我々はどんなに姿勢を低くして腹這いになっても、鉄兜《てつかぶと》も背負袋も堆土の上にはみだしていた。しかし、四軒家までは全くの平坦地《へいたんち》である。四軒家の一番右の家の横に大きな姿勢をしている一人の敵兵が見える。こっちを見ているのだ。その外には敵の姿は見えない。弾丸はその四軒家の方からしきりに飛んで来るのだ。左手の柳の木の根元から機関銃弾が飛んで来る。我々の頭上や左右やを不気味な音を立てて過ぎ、唯一の頼みである眼の前の低い堆土に何発も来て突き刺さる。内藤一等兵は沈着に照準して軽機関銃を射った。屋根に当って、白い埃《ほこり》が散る。少し高い、家の根元だ、と私は云った。又射つ。土が刎ね上るのが見える。窓がおかしい、窓を射って見よう、と私が云うと、爽快《そうかい》な音がして、窓の桟が折れて飛ぶのが見えた。敵の監視兵はもう顔を出さなくなった。私は右斜の後方に居る第一分隊と、そのもう少し後方の家の中に居る兵隊の方に向かって、もう少し右の方を張り出せ、突撃が出来んじゃないか、と声を限りに叫んだ。弾丸の音に消され、私の声は届かないようだった。私の分隊だけ前方にはみ出してしまっている。危ないと私は思い、右の出ないのが仕舞いには癪《しゃく》に触って来て、どうして出ないんだ、もう少し出ろ、と力任せに叫んだ。

　しかし実際は、矢張りその先は全くの平坦地で、四軒家の部落まで何の遮蔽物もなく、弾丸のために出られなかったのだ。すると、突然、ぶひゅううというようなすさまじい唸《うな》り声が私達の頭上でしたかと思うと、だだあんと四軒家の裏手に当って砲弾の落ちる音がした。白い煙がまき起った。続いて一発。軍艦から艦砲で掩護射撃が始まったのだ。すると、遠くから爽快な爆音がし、次第に近づき、我々の頭上に三台やって来た海軍機が四軒家の上を旋回し始めた。やがて、ぐるぐると廻《まわ》っていた飛行機は急降下を始め、だだだあんと我々の腹にひびく轟音《ごうおん》と共に、煙の柱が家の後方でまき上った。艦砲射撃と爆撃が連続して行われた。飛行機から機関銃で掃射するらしい音も聞えた。下から飛行機を射つ音もした。我々の方にやって来る弾丸が少し間遠になった。我々は何か安心したような気持で、次々に四軒家の後方に立ちのぼる白煙を眺めていた。相当の敵が居るのだということが想像された。するともの凄《すご》い唸りを発して我々の頭上を過ぎた一つの砲弾が一番右の家の屋根瓦《やねがわら》に命中し、土煙をあげて一角が崩れ落ちた。私は冷やりとした。遠方に落ちていた艦砲弾が次第に我々の方に近づき始めたからだ。全く我々の見えない海上の軍艦から撃ち出す砲弾が、我々の上に落下して来たら大変だと思ったのである。私は一発毎に冷々《ひやひや》した。やがて艦砲の射撃が止んだ。飛行機も爆撃を終えて飛び去った。すると又も我々に向かって敵弾が降り注ぎ始めた。雨は止んだが曇っている空の下でどれ位時間が経ったものやら全く判らなかった。腕時計は硝子《ガラス》も破れ、針も飛び、泥のため文字盤も何も見えない。こうしていて日が暮れてしまうということが、何より不安になって来た。ところが、おかしいことには、へたばったままの我々は前進出来ない敵弾の中で退屈し、くだらない、つまり、戦争や戦場と何の関係もない、女の話などを始めて居ったのだ。

　どれ位時間が経った頃であったか、弾丸の音の中で、後方から、乗本唯夫《のりもとただお》一等兵戦死、と叫ぶ声を聞いた。私は振りむいた。何も判らなかった。何時間も前と同じ隊勢で散開している兵隊が見えただけだ。私の頭の中に、舟艇から飛び下りてから泥土の上を突進し始めた頃、小隊長の伝令であった乗本一等兵が、大きな眼をきょろきょろさせ、小隊長の命令を伝えたり、中隊と連絡を取りに行ったりして、持ち前の疳高《かんだか》い声を発し、我々の間を縫うて飛び廻っていた姿が鮮やかに思い描かれた。すると突然のごとく憤怒《ふんぬ》に似た感情が私の胸の中を流れた。私は分隊の兵だけで四軒家の敵に突撃してやろうと考え始めた。すると、又、後方から第二分隊は下って堤防の線に集結せよ、と誰かが叫ぶのが聞えた。私は何か反撥《はんぱつ》するものを感じ、どうして下るのだ、誰の命令だ、と後に向かって叫んだ。しかし、誰も返事しなかった。すると、私の左の方に散開している兵隊が順々に伝達して来て、部隊の命令で分隊は集結して何とか宅という所へ向かって前進するそうです、と私のすぐ左にいた吉田一等兵が云った。同時に、左手から、何故《なぜ》下らぬか、早く下って来い、という声が聞え、見ると刀を握って萱《かや》の繁った堆土の蔭に立っている中隊長の姿が見えた。私は、兵隊に向かって、第二分隊は後退する、危ないから左から一人宛《ずつ》順次に下れ、と呶鳴《どな》った。一人宛一散に駈《か》けて向こうの堤防まで行った。敵弾が一層はげしくなった。私は下ろうと思い、腰を浮かすと、急に胸がどきどきとした。敵に後を見せて下るということが、突然いやな気持になると同時に、弾丸に向いて進んでいる時には感じなかった危険を感じた。私は分隊員の全部下るのを見届けて一番おしまいに下ろうと思い、クリークの中に膝まで浸って入り込み、残っている兵隊に、早く下れ、と云った。吉田一等兵が、はげしい敵弾を避けてクリークの中に飛びこむ拍子に、躓《つまず》いて頭から水の中に落ち込んだ。あぶあぶと浮き、私と顔見合わせ、畜生、何ちゅうことか、と云って笑った。私はその汚れくさった微笑が限りなく頼もしく思われた。まだ私の右に居た戸成上等兵と内藤一等兵が残っていると思って頭を上げると、二人とも居ない。するとじゃぼじゃぼと水の音をさせて、二人はクリークの中を伝って現われた。分隊長、皆大丈夫ですか、と戸成上等兵が泥の中の口を動かして云った。大丈夫だ、しかし何と戦争というものは汚ないもんだの、と私は答えた。私達は顔見合わせて悪戯《いたずら》っ子のように笑った。私達の頭上を弾丸が続けさまに無気味な音を立てて過ぎた。私達は又もクリークから這《は》い上ろうとして何回も辷《すべ》り、何回も赤い水の中に落ちた。やっと、皆、よじ上り、皆の居る堤防まで走った。

小隊長の居た一軒家の方を皆注視している。早瀬《はやせ》一等兵は補助看護兵であったので、担架兵となって軍医の指揮を受けるために行った。一軒家からここの堤防まで百五十米ばかりだが、何の遮蔽物もない畠《はたけ》だ。やがて、家の傍から青白い煙が起り、次第に拡がった。煙幕だ。するとその煙の中に、担架を担いだ五六人の兵隊が現われ、此方《こっち》に駆け出して来た。弾丸の音はそこを狙ったようにはげしくなった。担架は必死の搬送に依《よ》ってどうやら無事に繃帯所《ほうたいじょ》に担ぎ込まれたようである。兵隊は、無論私も、この中隊の最初の犠牲者の搬送を厳粛な面持を以《もっ》て見送った。噛《か》むごとき悲壮の感情が惻々《そくそく》として胸の中を衝《う》ち流れた。私達は顔見合わせても物を云わなかった。それはもとより、それを語ることは我々の運命について語ることであったからだ。

私達の部隊は堤防に沿ってもと来た方へ暫く行った。まるきり泥人形の行進である。観測所になっていた鉄塔の所まで来ると、砲兵将校が居た。私達が口々に砲撃の凄かったことを語ると、にこにこして、幾らでも射ってあげますよ、と云《い》った。私達はなおも辿りながら泥土の道を行き、堤防を右に折れて登ると、立派な道路に出た。海上に浮かんでいる数十隻の輸送船と駆逐艦との姿が、曇った空気の中に影絵のごとく浮かび、何か頼もしく、威風堂々という言葉がすぐ浮かんだ。本道を暫《しばら》く行って右に降りると廟《びょう》があって、部隊の兵隊が沢山居る。この娘々廟《ニャンニャンびょう》という寺が部隊本部で、部隊長も居た。私達は廟の前に叉銃《さじゅう》し、夕食をすますように云われた。廟の横のクリークで手と顔だけ洗った。背負袋を下ろし、飯盒《はんごう》を出して飯を食った。麦の飯は冷たくぼろぼろになっていて、水をかけて流し込むと、腹の中まで来て、胃壁に冷たくしみるのが判った。石の上に山崎小隊長と私とは並んで腰を下ろし、先ず無事でよかったことを話し合ったが、山崎少尉は、乗本を殺したのが残念だ、と黯然《あんぜん》として語った。乗本一等兵は伝令だったのですぐ傍に居たのだが、小隊長の耳を掠《かす》めた弾丸は乗本一等兵の口中を貫いた。小隊長はすぐに乗本一等兵を抱き起したが、既に何を云うことも出来ず、瞬時ちらと小隊長の顔を見、右手の人さし指を出して赭土《あかつち》の中にさし込んだ儘《まま》、息絶えた。僕は、乗本が最後に当って何か云い残したいことがあって、口が利けないので土の上に指で書き残そうとしたのではないかと思う。何を云い置きたかったか僕には判らない。僕は乗本が指をつっこんだところに、指で、乗本上等兵戦死之地、と赭土の上に書いて、恰度《ちょうど》そこに野菊が咲いていたので、一輪つきさして来た。

よい男だったのに惜しいことをした。私は小隊長の顔を見た。溢《あふ》れ落ちんばかりになって涙がいっぱい溜《たま》っている。私はこみあげて来るものを押えることが出来ず、この一輪の野菊を残して来たという、短歌雑誌「歌と観照」の同人である、歌人であり、私の小隊長である山崎少尉の肩に私の手をおいた。私は涙を見せたくないので顔を反《そむ》けたが、私は私達の腰を下ろしている土堤《どて》が、一面に咲き乱れた白菊に蔽《おお》われているのを見た。やがて日が暮れて来た。銃声は相変らず絶えず、東街頭で尚《なお》敵の重囲にある志岐隊の一部隊は全滅かも知れないという声が聞かれた。

日が暮れると又雨が降りだした。暫く娘々廟の中に入っていた我々は、前哨《ぜんしょう》警戒の任に就くために廟のすぐ横のクリークを越えた。クリークは橋が落されていたので、一隻の舟で両方から綱で引っ張って橋の代りにしていたが、ぼろ舟で、おまけに濡《ぬ》れているので渡るのに大変だった。つるつる辷り、音を立てて舟の中や、クリークの中に何人も落ちこんだ。私も舟底に辷り落ち、したたかに腰を打った。ようやく向こう岸につくと、泥沼のような中を辷りながら歩き、やっと百米《メートル》ばかり行って一軒の家に着いた。敵に明かりを見せないために、まるきり泥闇の中で蠢《うごめ》いているばかりである。雨は降ったり止んだりした。その家を本部にして小哨《しょうしょう》の位置が定められ、抵抗線に着いた我々は畠の中に腹這いになり、大急ぎで円匙《えんぴ》で散兵壕《さんぺいごう》を掘った。闇の中から弾丸がしきりに飛んで来る。やっと掘った壕《ごう》の中に我々は入ったが、壕はたちまち水浸しになってしまった。私は監視兵の順番を定《き》めた。雨が土砂降りになって来た。身体中に泥と水が沁《し》み透り、ぞくぞくと寒気が襲って来たが、私は身体に力を入れ、なるべく動かないように鯱《しゃち》こばっていた。動く度に新しい水気が身体を撫《な》で、寒さが耐え難くなって来るからだ。やがて雨のために壕は埋められ、我々はまるで泥風呂《どろぶろ》に入ったみたいになった。無論仮眠するどころではなかった。私は傍に居る末永一等兵に、何と戦争というものは汚ないもんだの、寒くはないか、と云った。分隊長、あなたが寒いでしょう、これで夜明かしは一寸《ちょっと》敵《かな》わんですな、しかし、我々より、志岐隊の連中はどうしていますかな、と、この志岐隊に同年兵の友人が居る末永一等兵は不安そうな声で云った。我々が昼間戦って来た北沙の方角、その先が東街頭である、その方角では熾《さか》んにはげしい機関銃の音が絶えず、時々燃え上る焔《ほのお》が低く垂れている雨雲をまっ赤に染めている。応援部隊が行っているのだが、寔《まこと》に気遣われる状態であった。赤い空を背景にして、時折斥候らしい五六人の兵隊の影や、部隊などが、くっきりと影絵になって本道上を往来した。

　私はじっと壕の中に浸っていた。私は前方を監視していた。我々の方に来る弾丸はそんなに遠くから射っているのではないらしい。夜襲して来るかも知れぬとも考えられた。私は兵隊に着剣して置くように云ったが、泥のため私の剣は銃にどうしても着かなかった。私は私の身体を埋《うず》めている泥水で銃と剣とを洗い、やっとささった。雨が止むと、暫くして、虫がしきりに啼《な》き始めた。私は非常に珍しいものを聞いたように、頭の中がしいんとなって、じっと耳を澄ました。雨が降ると、啼き声は絶えた。降り止むと、又啼き始める。敵が襲撃して来れば虫の音が途絶えるからすぐ判ると思い、私は耳を欹《そばだ》てた。私はじっと前方を凝視していた。すると、すぐ眼の前に生えている沢山の雑草の葉が、赤い空を背景にして、色々の文字や、顔を描いているように見えて来た。私が眼をこらせばこらすほど、それはどうしてもそう見えるのだ。それは見知らぬ文字であったり、飛んでもない道化た顔であったりするのだ。その奇妙な顔は、眼が三つあったり、瘤《こぶ》があったり、額が飛び出したり、口が耳元まで裂けていたりした。私の知った顔はひとつもなかった。にも拘《かかわ》らず、私ははがゆいほどはげしい郷愁に捕われて閉口した。それは多分草にすだく秋の虫も手伝ったに違いない。しかし、突然、すさまじい音を立てて眼の前に落ちて来た機関銃弾が一瞬にしてそのようなものを吹き飛ばした。私は首を引っこめた。暫くすると私は小便がしたくなって来た。私は壕の中に坐《すわ》ったまま放尿した。生ぬるく暖かいものが私の股間《こかん》に溢れたが、すぐに去り、一層冷たいものが突き刺すように私の身体を襲い始めた。気をゆるめると、ひとりでにがくがくと身体が顫《ふる》えて来る。私は身体に力を入れ、歯を喰《く》いしばり、堅くなっていた。雨は降ったり止んだりした。どれ位の時間が経ったか判らない。随分永い時間だったように思った。深夜であったろう。やがてまたも降りしきる雨の中を伝令が来て、警戒交替だと伝えた。私はやれやれと思った。

交替に来た部隊に我々の泥風呂を譲り渡し、又もクリークに架した舟の橋を渡った。私達が橋の手前で群っていると、ひゅっと弾丸の音がして、私のすぐ前に居た兵隊の背中ががちゃがちゃと鳴った。暗くて誰か判らなかった。誰かやられなかったか、と私は声をかけたが、誰も返事をしなかった。誰もやられた様子でもない。弾丸は背負袋の中の飯盒《はんごう》か何かに当って入ったのだと思った。私達は再び娘々廟に還《かえ》った。娘々廟の中は兵隊で一杯である。入り切れず外まで溢れている。馬も居て暗闇の中で鼻をつき合わせた。廟の中で煙草の赤い火が光った。家の外で吸うなよ、と誰か呶鳴《どな》っている。すると私達は露営するのだと云われ、誰かに案内されて（徳永伍長《ごちょう》のようであったが）廟から五百米ばかり下った所に導かれ、この中に寝るようにと家を当てがわれた。それは屋根の低い小屋のような建物で、入ると瓦《かわら》がいっぱい詰め込んであった。四畳半位の広さで、横になるどころではないが、先《ま》ず壕に比べると有難いと思い、入りこんだ。私達は寿司詰《すしづめ》になって入りこみ、歩哨《ほしょう》を三十分交替で立てる事にし、なるだけひっついていた方が暖かいからというので、身体をくっつけ合って、眠ることにした。午前二時であった。用意して来た懐中電灯も何処にやったやら判らず、暗闇《まっくら》である。私は銃をしっかりと抱いて壁に靠《もた》れ、眠ってみようと思ったが、どうにも寒く、眠りかけると寒気のため身体がひとりでにがちがちと顫《ふる》えだす。歩哨交替が三十分毎に起したり、暗闇の中で寝ているのを踏んで騒いだりするので、とうとう朝まで碌《ろく》に眠れなかった。それでも疲れのため、兵隊は鼾《いびき》をかいたり、歯軋《はぎし》りをしたりして幾らか睡《ねむ》ったようだ。それは全く泥のごとく短い時間を眠った。

こうしてようやく戦場の第一日が終った。

六日

朝になって表に出て見ると、たちまち名状し難い空気に襲われ、顫えだした身体の震動が暫くはどうしても止まらなかった。私達は掛け声をかけて力任せに地面を踏み、駆け足の要領で両足を動かした。小屋から出て来た兵隊はまるきり泥人形である。汚れるにしてはよく汚れたもんだ、これ以上の汚れようはないぞ、と云って私達は笑い合った。銃声がしきりにしている。

娘々廟の所にやって来た。曇った重苦しい空模様である。顔合わせた誰彼は久し振りで会ったような挨拶《あいさつ》をしている。昨夜交替で帰る時に内藤一等兵が弾薬匣《こう》をクリークの中に落したと云っていたので、二三人で水の中を探すと舟の底の近くに沈んでいた。附近は水田や塩田が多く、所々に森や竹林がある。家はあまりない。私達はクリークで顔と手を洗った。私達は背負袋から飯盒を取り出し、牛缶を切って朝食をした。飯は昨日の残りで一層冷たく、一層堅くなっていた。寒いので私達は木を集めて来て焚火《たきび》をした。片山少尉が寒そうな恰好《かっこう》をしてやって来た。昨日、片山少尉は斥候に出て、敵の将校を捕え、重要書類を押収したそうである。捕虜が、日本軍の上陸は前から判っていて、今度上って来るのは予備後備ばかりで弱い兵隊だと上官から教えられていたと話したという。書類の中には敵の暗号書類もあった。片山少尉は私の中学の同級生である。私が片山少尉に、よくやったな、というと、いや、とんでもないという顔をした。

乗本一等兵を娘々廟の裏に埋葬するのだという事を聞いた。私はそこへ行って見た。野戦病院が未《ま》だ開設されず、衛生隊も連絡が取れない為、昨夜は娘々廟に安置し部隊は前進の命令が下りそうだから埋葬をするのだ、ということであった。廟《びょう》の裏に穴が掘られ、天幕を被《かぶ》せた乗本一等兵の遺骸《いがい》が運び出された。私は、今村准尉に、これは是非火葬にして骨を取ってやりたいと思います、戦場だから止むを得ないことでありますが、乗本の運命は常に我々の運命であります、明日は我々がこの姿にならぬとは誰も保証出来ないのです、我々としても、もとより、大陸の土となるのは覚悟の前ですが、出来得べくんば少なくとも白骨となって故国へ帰りたいと思います、殊に乗本は中隊最初の犠牲者でもありますので是非焼いてやりたいと思います、もし我々が前進する場合には後方の部隊にでも骨を拾って持って来て貰《もら》ったらよいと思います、と、少し差し出がましいと自分で知りつつ云《い》った。私はそう話しながら胸が迫って来た。私は冷え切った頬に熱い湯のようなものが流れ落ちるのを感じた。今村准尉は兵隊に火葬の準備をするように命じた。兵隊は自分のことのように喜んだ。皆が交替で円匙《えんぴ》で一掘りずつ掘った。乗本一等兵の分隊長の中本伍長が、唇を噛《か》んで感情を押えながら、土を掘り返しているのが痛ましかった。そこは畠《はたけ》だった。深く穴が掘られ、兵隊が走り廻《まわ》って集めて来た大きな樹枝で桟が渡され、その上に屍体《したい》を載せ枯枝や藁《わら》を積んだ。その上に兵隊は摘んで来た野菊を投げた。下も見えぬ位屍体は白と薄紫の菊の花によって蔽《おお》われた。火が点じられた。第二小隊の僧侶《そうりょ》藤田《ふじた》賢竜《けんりゅう》一等兵が経を誦《ず》した。他部隊からも三人の兵隊がやって来て、同じように穴の前に立ち、経を誦《よ》み始めた。私達は着剣して整列した。小隊長が捧《ささ》げ銃《つつ》の号令を下した。私達は捧げ銃をした。私は銃を捧げ、直立不動の姿勢の儘《まま》、はがゆいほど溢《あふ》れて来る涙を拭《ぬぐ》わなかった。火は次第に身体に移り、乗本一等兵は生きているように動いた。私はその悲しみの底から深い憤怒の感情がやまれぬもののごとく、蠢《うごめ》き立ち騒ぐのを感じた。私は土堤《どて》に咲いている野菊を折って来て、火の中に投げ入れた。ふと彼が戦死した場所に残したと小隊長の話した一輪の白菊が、見て来たもののように鮮やかに眼に浮かんだ。出発の命令が下り、中本分隊を後始末のために残した。私達は隊伍《たいご》を整え、出発した。

　本道上を行くと、海上に浮かぶ数十隻の艦船が見え、舟艇に依《よ》って続々と兵隊が上陸をしていた。馬が上って来る。砲車が上って来る。私達が大平丸に置いて来た背嚢《はいのう》が陸上げされている。それを背負う。その附近には既に上陸を終った部隊が密集し、車輛《しゃりょう》が道傍《みちばた》にずらりと並んでいる。我々の部隊がその混雑の間をかき分けて行くと、やあ、大変でしたなあ、御苦労さんでした、と口々に声を掛ける。昨日まで船に居る時には同じ服装だったものが、今日は我々は泥鼠の一隊のごとく、新装のぴかぴかした兵隊の間を通り抜ける。すると我々は一寸《ちょっと》兄貴のような気持にもなる。すると、又、何と甘くてお人よしであることには、御苦労でしたなあ、ありがとう、と一口云われると、それでもうさっぱりして、昨日からの苦しさなんぞさらりと忘れてしまうのである。我々が通る左手には、水中に作られた針金で張った障害のための木柵《もくさく》や、陣地や、支那兵の起き伏していたらしいアンペラ張りの小屋等が幾つも見られた。

我々の部隊は一里ばかり行った所から右に折れて小さな部落に入った。松林鎮《しょうりんちん》という所である。小さいクリークの橋を渡ると、すぐ部落の入口に、手にしっかりと喇叭《らっぱ》を握った支那兵が死んでいた。子供のように小さい兵隊だった。私はその屍体に向かって敬礼をした。附近には脱ぎ棄てられた支那兵の服や、地図や、椅子などが散乱している。全く土民の姿を見かけない。家の中は掠奪《りゃくだつ》の跡歴然として惨憺《さんたん》たるものである。到る処の家に、正規兵の軍帽や、鉄兜《てつかぶと》や、銃等が遺棄されてある。私達はそこの家に台所があって竈《かまど》や鍋《なべ》などがあるのを見出《みいだ》して狂喜した。竈には簡単な瑞雲《ずいうん》が描いてあって、寿だとか、福だとかいう字が書きつけてあった。私達はここで炊爨《すいさん》の上、午後四時出発、亭林鎮《ていりんちん》に向かって夜行軍と知らされた。それから、弾薬数を調査して出せと云って来た。次第に雲が晴れ、青空が見えて来て、白い雲が飛び、暖かい太陽の光が落ちて来た。私達は身体につけた装具を全部外し、服を脱いだ。背嚢から新しい襯衣《シャツ》や猿又を出して着換えた。純白だった千人針の腹巻は、中のお守りの赤や黄や黒が沁《し》み出て、おまけに泥にまみれ、煮しめたようになっている。母の作ってくれた金襴《きんらん》のお守袋の赤地が襯衣の上にべっとりと赤い色を染め出している。身体にまで色がついた。地下足袋を取って見ると、足はまるで腐ったように、ぶやぶやになり白くふやけてしまっている。クリークで軍服や巻脚絆《まききやはん》の泥を洗い落し、垣根にかけて乾かした。うろうろしていた鶏を捕え、野菜を取って来て、料理番が腕を揮《ふる》い始めた。私は大便を催し、便所が見当らないので、家と家との背戸に大きな青竹を積み重ねて置いてある所に行った。私はその青竹の上に跨《またが》った。するともう誰か先にやったと見えて、竹の間を通して脱糞《だつぷん》しているのがあった。それは真赤な色をしていた。ところが、私が青竹の上に落した糞《くそ》は、柔らかく、真赤であった。小便も同じように赤かった。それは血と一緒に出たのだ。私は駭《おどろ》いた。私は痔《じ》が悪くなったと思ったのだ。私は出て来て、その話をした。すると兵隊は、分隊長もですか、と云った。傍からも、俺もだよ、そうか、俺だけかと思った、と云い出し、たいていの者がそうであることが判った。私達は直ちにその原因を理解した。我々は腹を壊したと思い、不安であった。今でも不安である。兵隊は皆クレオソート丸を飲んだ。これは征露丸なのだが、浄水液と一緒に兵隊に渡されたものだ。私は赤玉を取り出して飲んだ。この富山のあまり上等でない売薬は、小さい時から不思議に私に利いた。特に私のために母が背嚢に入れてくれたものだ。さあ、御馳走《ごちそう》だぞ。そう云いながら、白い湯気の立ちのぼる鍋を末永一等兵と湊一等兵とが担ぎ出して来た。食塩で味をつけた鶏汁である。飯も熱かった。私は生まれてこの方、こんなにもおいしい食事をしたことがない。私達は鱈腹《たらふく》餓鬼のごとく食い、大きな鍋に一杯あった塩汁を忽《たちま》ち空にしてしまった。

竹矢来で取り囲んだ家がすぐ傍にある。入ってみると小学校らしかった。中には無数の本が散乱し、奥の部屋には、支那兵の青天白日の徽章《きしょう》のついた帽子や、地図や、軍歌の本や軍服等が机の下に突っ込まれていた。本は「三民主義」とか、「中国史」とか、「社会読本」とか、さまざまであったが、地図を拡げてみると中国国恥図という侵略されたという区画図があり、満洲国は全然自国の領土のごとく書いてあった。何処かの家が燃えているらしく半焼けになった水牛が息絶え絶えな声で鳴きながら、竹矢来の周囲をぐるぐる廻った。

今、私の裸の背中に珍しいもののような太陽の光が照りつけている。いい気持だ。筵《むしろ》の上に腹這《はらば》いになって、この手紙を書いている。飛行機がしきりに飛び、すさまじい艦砲の射撃が轟《とどろ》いている。爆撃の音もする。敵の重囲に落ちた志岐隊の戦死体を収容するために、海軍からも応援が出、工兵の決死隊も出、東街頭では尚《なお》戦闘が続いているということである。話では、波打際に上陸した儘、三方を敵に包囲され、忽ち十名を越ゆる戦死者を出し、はげしい潮流のため戦友の屍体を流れないように、綱でくくってしっかりと自分の身体に結びつけながら、戦っているのだということであった。その中には、桃中軒雪右衛門上等兵も居るということだった。主力の方は金山衛城に敵の油断に乗じて実に巧《うま》く上陸を終ったと聞いた。我々も午後四時には出発だ。

全くの走り書で、まるで読めそうもない字を書いた。判読してくれ。兄さんは、少し眠りたい。

(弟へ。十二月九日。楓涇鎮《ふうけいちん》にて)

まだ死ななかった。又、便りが書ける。この家の壁に先刻からしきりなしに弾丸が当っている。厚い土壁だから通りはしない。蠟燭《ろうそく》の灯が暗い。兵隊は先刻まで日記をつけたり、手紙を書いたりしていたが、疲れているので、何時の間にか狭い所に藁を敷いて、重なり合って寝てしまった。兵隊はどんなに疲れていても日記を附けることだけは忘れない。それは今日も生きていたという感慨とともに、明日を期待することが出来ないからである。誰か一人、まだ隅の方で腹這いになって何かしきりに書いている。早く寝んと明日は戦闘だぞ、と云《い》うと、此方《こっち》に顔を向け、薄暗い中で、にっこりと笑って、分隊長の方が寝なさい、と云った。中川上等兵だ。

簡単に。

六日

午後四時整列。出発。行軍。一旦《いったん》本道に出てすぐに右の畦道《あぜみち》に入ったが、これが大変な道だった。田圃《たんぼ》の間を縫う細い道は雨が降った上を前に通った部隊の為にこね返されている。靴が嵌《はま》り込み、なかなか抜けず、或《あ》る所は水が溜《たま》っていて辷《すべ》り、腹が立つほど歩き難《にく》い。しかし、それよりも閉口したのは背嚢の重さである。背嚢には菊の花などを挿して、もののふの嗜《たしな》みなどと洒落《しゃれ》たが、我々は古武士のごとく爾《しか》く強勇無双ではなかった。我々は間もなくこの花のある背嚢のために苦しめられ始めたのである。入組品と弾薬を満載した背嚢は肩の上にのしかかり、肩に負革が食いこみ、胸を緊《し》めてすぐ息苦しくなる。私達は咽喉《のど》が乾くので水筒の水をがぶがぶ飲んだ。水はすぐに無くなってしまった。汗はだらだらと顔中を流れ、身体中に泌みだした。稲田や、竹林や、桑畑や、点々と部落のある畦道を縫うてゆく。思いだしたように、何処からとも知れず、流弾が飛んで来る。弾丸を射つような音を立てて家が燃えている。水田の中に広く車輛部隊か何かが通った跡がある。鉄砲が肩を嚙み始めた。物を云うのも厭《いや》になって来た。休憩の度に仰向けに所構わず引っくり返る。汚れるなどという事は少しも考えない。小休止から小休止までの時間がだんだん長くなったような気がしだす。元気な奴が居て、何とか物を云ったり、話しかけたりするのが、煩《うる》さくて仕方がない。しまいには物いう奴が癪《しゃく》にさわって来た。頭がじんじんして来た。頑張れ、頑張れ、と自分に号令をかける。小休止したところにクリークがある。濁った水だ。水筒に汲《く》んで来て浄水液を入れて飲む。クレオソート丸をその後で五粒ほどのむ。しまいには浄水液を入れたり、クレオソート丸をのむのが大儀になって来た。濁った水をそのまま飲む。松林鎮で血の混った糞が出たので、腹を壊したと思い不安だったが、その方は別に支障を感じない。ただ、胸が苦しく咽喉が乾くばかりだ。私達はとうとう或る小休止した稲田の中で、背嚢《はいのう》の中から、缶詰や、乾麺麭《かんめんぽう》や、米や、襯衣《シャツ》の古いのや、その他、武器弾薬に類する以外の物は棄ててしまった。たちまち稲田の中に棄却品の山が出来上った。既に我々は苦しくて、そんなものを持って行けば倒れるの外はないと思ったのだ。日が暮れ始め、暮れてしまった。何処まで行っても淋《さび》しい水田のある広野づたいだ。中村少尉の小隊が尖兵《せんぺい》になってずっと先を前進している。細い雨が降りだした。暗闇の中を辿りながら進む。所々燃える家が真赤な焔《ほのお》を上げている。やがて、クリークの太鼓橋を越えて、道幅の狭い町に入った。暗いところで兵隊が混雑し、ものものしい空気が流れている。ここで一晩過ごすことになった。軒の高い家々は皆戸を閉め切って、懐中電灯で照らしてみると、扉板に、白墨で書いた「打倒日本帝国主義」「好人当兵」「当兵即光栄的」「駆逐倭奴《くちくわど》」等の字が見られた。割り当てられた家に入る。家の外側にずっと散兵壕《さんぺいごう》が掘ってある。潜伏していた敗残兵を二人捕えたと云っていた。本部で住民を二人捕えて通訳に何か尋ねさせている。私達は疲れていたので、雑貨店か何からしい家に入り込み、そこにあった筵を敷いた。賽陽《さいよう》鎮《ちん》という所だと云う。表に歩哨《ほしょう》を立てて警戒をする。甲斐《かい》一等兵が表から帰って来て、そこに逃げていない婆《ばばあ》が居って何でもくれる、どうしても金を取らん、という。後からも兵隊が何人も帰って来て、自分は煙草を貰《もら》った、苺《いちご》の缶詰があった、棗《なつめ》があった、菓子もあった、杏《あんず》の汁漬があった、などと云って入って来た。蠟燭があったら買おうと思い、古城《こじょう》一等兵と五六間先のその店に行ってみた。誰ももう居なかった。たった今迄《まで》居ったのだが、おかしいな、と云いながら探してみたが、居らん、抜穴があるな、と不思議そうに古城一等兵が呟《つぶや》いた。帰って来ると、私達の旅館に沢山蠟燭や懐中電灯があった。花露水と書いた香水の瓶を持ち出して、皆は武士の嗜《たしな》みだと、泥まみれの身体や鉄兜《てつかぶと》の中に振りまいた。町の出外れには敵が居るらしい。私達は筵の上に坐《すわ》り込み、飯盒《はんごう》を出して松林鎮から詰めて来た飯を食った。家宅捜索に二階に上った早瀬一等兵が、二階に立派な炊事場があるぞ、米も水もある、明日は暖飯《ぬくめし》が食えるぞ、と子供のように顔を輝かして階段を降りて来た。私達はずらりと横に並んで寝た。表の石甃《いしだたみ》の上に雨の落ちる音が地を伝って耳に響いて来た。

七日

雨が降っている。暗い中を天幕を被《かぶ》って出発。私達は大変なことをしてしまった。それは、少し手《て》筈《はず》を誤って折角炊いた飯を食う暇が無かったことだ。私達は飯盒に大急ぎで詰めこむのが関の山だったのである。飯盒に詰めこみ、表に出ると、もう部隊は前進を始めた。我々の部隊は少し路《みち》を間違えたらしかった。我々は少し引き返し、再び泥濘《でいねい》の行軍が始まった。雨は風を加えた。そんなに強い風でもないのに耳元で風がひょうひょうと鳴り続けた。はっきり道が判らず私達は幾度も行きつ戻りつした。右に入ったり左に折れたりした。胸が苦しく、肩は切れるように痛く、足は豆が幾つ出来たか、足の裏が踏み立てられぬ程ずきずきしだした。私達はもう誰も物を云わない。私は水筒を手に下げ続けさまに水を飲んだ。何時間も雨の中の行軍が続き、次第に隊伍《たいご》が乱れ、落伍《らくご》する者が出て来た。殊に悪いことには私達の小隊は朝飯を食っていなかった。私は何回も眩暈《めまい》を感じた。私は駭《おどろ》いて小休止の短い時間を利用して大急ぎで飯を掻《か》きこんだ。荒川部隊長と清水部隊長とが、なかなか困難ですな、と話し合いながら、並んで歩いている。我々と前後して行く車輛《しやりよう》部隊ではぬめり込む泥濘のため、兵隊と馬とが惨澹《さんたん》たる苦労をしている。馬は何回も横倒しになる。我々は正確な行軍の小休止の時間などを顧みなくなった。我々は歯を食いしばり歩けるだけ歩いて倒れそうになる度に道傍《みちばた》にへたり込んで休憩した。亭林鎮まで架設してあると思われる黄色い電話線が見つかり、我々の方角は明らかになった。枝松伍長《ごちょう》や桝添《ますぞえ》伍長がとうとう倒れてしまった。どちらも元気者なのに空腹が悪かったのだろう。我々の小隊は私一人になった。私は自分も倒れるかも知れぬと思い、何糞《なにくそ》、何糞、と口の中で叫び、唇を噛《か》み、下ばかり向いて歩いた。疲れない中《うち》は周囲を見《み》廻《まわ》したり、前方を眺めたりする余裕があった。しかし今は私は茫然《ぼうぜん》となったように、首を垂れ、足許《あしもと》を見ながら、黙々として機械のごとく動くばかりである。それは、全く、既に私なのではなく、機械に違いなかったのである。道は辷るので水の溜った水田の中を行く。

昼食二時間の休憩で幾らか我々は元気を恢復《かいふく》した。房々と実った稲田の中にある民家に入りこみ、火を焚《た》いて暖を採った。分隊員は誰も落伍していなかった。高橋一等兵と阪上上等兵が竹竿《たけざお》を振り廻して鶏を捕え、焚火《たきび》に炙《あぶ》って塩をつけて食ったのは美味だった。その時には、現金な兵隊達は、もうくだらない冗談などを云い、大声立てて笑ったりしていたのである。荒川部隊長は我々を見て、こういう無理な行軍をするのも、敵の意表に出るための作戦である、頑張ってくれ、と汗を拭《ぬぐ》いながら云った。再び前進が始まり、午前中にも増した困難な行軍が続けられた。やがて日が暮れ始め、暮れてしまった。道らしい道はない。敵中の進軍のため明かりが点《つ》けられず、泥濘の中に我々は何回となく引っくり返った。私達は道傍に軍馬が何頭も殪《たお》れているのを見た。それは既に息絶えているものもあったが、まだ生きている馬もあった。泥濘の中に身体を半分埋《うず》め、或《あるい》は道路傍に横倒しになったまま、我々が過ぎて行くのをじっと見送っていた。私はそういう痛ましい馬を見る度に、吉蔵のことが思い出された。吉蔵がその中に居たのではないかなどとも、私は苦しい行軍の中にもふと考えたりした。私達も歯を食いしばって行く。飴《あめ》の上を歩くように、一歩行っては半歩辷り、ぬめり込んだ足は、なかなか抜けない。いたる所に溝や穴があって落ち込む。辷って尻餅《しりもち》をつく。四つ這《ば》いになる。何人もクリークの中に落ち込んだ。我々は疲れているので辷り始めると止めようがない。我々は自分の身体を制御する力がない。少し坂になると私は初めから尻をついて辷って行った。真暗の中である。前の者をよく覚えて見失わずに行くようにと私は云った。すぐ前や横に居るのも誰か判らない。私は土堤《どて》から辷り落ち、銃把《じゅうは》で右の咽喉首をいやというほど打った。道路の方は敵が居るというので我々は膝《ひざ》まで没する泥土に埋められた凹地《くぼち》を行った。何処からとも判らず流弾が飛んで来る。私は一寸《ちょっと》立ち止まる度に兵隊に番号をつけさせ、皆居るかどうか確かめた。皆居た。我々がこうして亭林鎮に到着したのは深更の十一時である。私達はやっと亭林鎮の入口のクリークの傍の家に着いたが、宿舎を定《き》めるのだと云ってそこで暫《しばら》く立った儘《まま》待たされた。すると行軍している間は夢中だったのが、暫く立ち止まっていると、名状し難い寒気が身体を襲って来た。私達は暗くて判らないけれども、皆泥鼠のように、泥にまみれ、泥につつまれ、泥に埋められているに違いない。恰度《ちょうど》、石の階段があってクリークまで降りられるようになっているので、私は降りて行って、銃を水につけて泥を洗い流した。手を洗った。生ぬるい水だった。すると私の横に居た一人の兵隊が水音を立ててクリークに落ち込んだ。クリークは非常に深く、忽《たちま》ち身体が沈み、首だけ出したが、やっと石段の端を摑《つか》み這い上って来た。甲斐一等兵だった。這い上って来た甲斐一等兵は、ぶるぶると濡《ぬ》れた犬のように身顫《みぶる》いし、階段がもう一段あるのかと思ったのです、危ない危ない、と云《い》って自分でも可笑《おか》しくなったように笑いだした。私達も笑った。私達が寒さに顫えていると、やがて部隊は動き出し、家の立ち並んだ町に入りこんで、家を割り当てられた。私達は大急ぎで定められた家に入り込み、早速椅子などを叩《たた》き割って火を焚《た》いた。すると表から、誰かが、火を見せるな、城外にはすぐ傍に敵が居るんだぞ、と呶鳴《どな》り、又、隣に行って同じことを叫んでいる声が聞えた。私達はお互いの身体を見合ったが、一斉に吹き出してしまったのである。つまり我々の身体は泥に塗《まみ》れたというよりも、泥の中に身体があったのである。私達は疲れた身体を焚火の周囲に揃えた。泥を落すために、我々はナイフを出して身体中を削りだした。私は棒のようになった足を出してみると、足は豆だらけである。これも、豆の中に、足があるみたいだ。よくこれで歩けたもんだと自分でも不思議に思ったが、明日も歩けるかという事は全く自信が持てなかった。班長は太っていて重たいからよく辷るなあ、と戸成上等兵が云ったので、皆、私の顔を見て笑いだした。分隊長は我々が一遍辷れば五遍は辷っとる、二遍辷れば十遍は辷っとる、三遍辷れば十五遍は辷っとる、と湊一等兵が算術を始めた。全く私は自分が何回転んだか、そんな事覚えてやしない。私は打った右の咽喉首《のどくび》がずきずきと痛かった。しかし、班長、分隊全員、一人の落伍者も無かったのはうちの分隊だけですよ、よその分隊は分隊長がへたばったり、兵隊が居なくなったり、なっちょらんですよ、と末永一等兵が云い、そんな他愛もないことにも、我々は何か誇らしく、疲れを犒《ねぎら》うものを感じた。

この家は弁護士か何かの居た家らしく、法律書が積んであり、大きな写真が額にして何枚も壁にかけてあった。机の上に散乱している便箋《びんせん》を見ると、国民革命抗日決死軍司令部用箋《ようせん》という大変なもので、中央に孫文《そんぶん》の写真があり、

革命尚未成功《かくめいなおいまだせいこうせず》
同志乃須努力《どうしすなわちどりょくすべし》

と両方に印刷してある。或は支那の将校であった男の住居かと想像された。裏手に竈《かまど》があったので飯を炊いた。熱い湯を沸かし、おかずは牛の缶詰を切って食べたが、非常においしかった。しかし、機関銃を担いで来た内藤一等兵は、どうも少し気分が悪いと云って飯をあまり食べなかった。寝ることにしたが、皆は矢張り歩哨《ほしょう》に一時間交替で立たねばならなかった。歩哨が火に気をつけ、火を絶やさないように薪《まき》をくべることにした。城外であろうが、あまり遠くない所で、熾《さか》んにすさまじい銃声がしてい

る、すぐ近くに来て何処かに当った音がした。風が吹き込んで来て寒いので、窓に天幕を張った。

八日

雨は止んだが、我々の泥の衣裳《いしょう》は少しも乾いていない。気持の悪いこと夥《おびただ》しい。午前八時出発。枝松伍長も桝添伍長も元気な顔を見せている。行軍が始まる。本道に出ると道は広いが、泥飴をつつき散らしたような道だ。靴の跡や、車輪の轍《わだち》の跡が深い穴になっていて、歩けたものではない。私は足の豆が疼《うず》くのと、昨夜打った首筋が痛く、少し歩くとすぐ息苦しくなって来て胸が詰まるような気がするので、度々休憩しては水を飲み飲み歩いた。本道は歩き難《にく》いので両側の水の溜《たま》った稲田の中を行った。ずるずると辷り踵《かかと》まで埋めるけれども、本道よりは増しである。阪上上等兵が心配して私に随《したが》って従《つ》いて来た。私は本隊から遅れ、分隊の兵とは別れ別れになってしまった。

休憩しながら本道上を見ると、我々より以上に、車輛部隊が苦しんでいる。馬は喘《あえ》ぎながら泥に嚙《か》みつかれた車輛を曳《ひ》き出そうと力をこめ、今度は自分の足を取られ、何回も転倒する。泥のはねのために真黒になった兵隊が馬の手綱を取り、或は手で車輪を廻したりしている。それが殆《ほと》んど一歩一歩である。砲車はどうしてもこの悪道をそのまま通過することが出来ないので分解し、水牛につけたり、馬につけたり、兵隊が砲身を担いだりして行く。亭林鎮への行軍で、馬が数十頭殪れたということを聞いた。既に我々の軍馬の間に、殪れた馬の代りの水牛や驢馬《ろば》が居る。本道上をそういう苦労をしながら進んで行く車輌《しやりよう》部隊と、歩いて行く兵隊とが、見渡す限り蜿蜒《えんえん》と続き、進軍して行く。そのどの兵隊も、足を痛め、胸苦しく、歯を食いしばって歩いているには違いないが、ここから見ていると、寧《むし》ろそれはただ颯爽《さつそう》として、美しくさえ見える。いや、私はまさに、次第にかくのごとく世に美しき風景があろうかと感じ始めた。かくのごとくも一個一個が譬《たと》え難い労苦に満されながら、それが全体として非常に美しく見えるということは、見えるのではなく、ほんとうに美しく、強く、勇ましいのだと感じた。私の身内に歓《よろこ》びに似た勇気が湧いた。私は歩きだした。

私と阪上上等兵は道傍で昼食をした。この附近は日本の農村と殆んど変らない風景である。支那の少年が私達の所に駆けて来た。見ると、息を切らし、土の素焼の茶瓶と茶碗《ちやわん》とを持っている。黙って我々の方に差し出す。私達は茶を飲んだ。銅貨を出して、やろう、と云ったが、不《ブ》要《ヨウ》不《ブ》要《ヨウ》、と云ってどうしても取らない。少年は何回でも湯を汲《く》みに往復した。空はすっかり晴れて、澄み切った青空に白い雲が光りながら飛んでいる。私達は隊から遅れたと思い、非常に残念に思った。しかし今夜は金山《きんざん》に宿営の予定と聞いていたので、どんなにしても本隊に追いつこうと、二人で話した。ところが、私達の前を過ぎて行く兵隊に訊《き》いてみると、我々の部隊はまだ後方に居るというのだ。そんな筈《はず》はないと思い、何人もに聞いてみたが、やはり居るというのがほんとうらしい。しかし、首筋が痛く胸苦しいのが癒《なお》らないので、部隊を待っても到底一緒には歩けないと思い、少しでも先に行こうと私達は歩きだした。道はいくらかよくなって来た。陽が高くなるとともに、泥濘《でいねい》が乾いてきたのだ。暫く行くと、阪上上等兵が、班長、一寸待ちなさい、と云って背嚢《はいのう》を下ろしたかと思うと駈け出した。私は道傍《みちばた》に腰を下ろしている。阪上上等兵が一頭の小牛を引っ張って来た。こいつ、逃げ廻《まわ》って捕えるのに骨が折れた。班長、こいつに背嚢を背負わせて行きましょう。分隊長の身体には換えられん、分隊長に倒れられたら我々が困ります、こらこら、静かにせんか、と、阪上上等兵は笑いながら云って、後足をあげて跳ね廻る小牛の鼻面を摑んだ。序《ついで》の戦利品だと一羽の鶏を牛の背にくくりつけている。二人の背嚢を背から両方に振り分けさせて、私達は牛を曳いて行った。本道上を多くの兵隊が我々の横を過ぎ蜿蜒と進軍して行く。

　すると、私は他部隊の顔見知りの兵隊から貴方《あなた》の分隊の兵隊がこの後方で、敗残兵か便衣隊かにやられたそうですよ、ということを聞かされた。私は駭《おどろ》いた。それは誰かと聞いてみたが、その兵隊ははっきり知らなかった。ただ私の分隊だということだけ誰かが云っていたというような曖昧《あいまい》な返事だった。すると、又、私の隊が前進を始めて間もなく此処《ここ》へやって来るということを聞いた。私と阪上上等兵はじっとしていられず引き返した。幾らも行かない中《うち》に、私の隊の先頭が見えて来て、やがて山崎小隊長がやって来た。分隊の兵隊の顔も見えた。どうしたのですか、と私はいきなり訊いた。歩きながら話そう、もう少し先で休憩する筈だから、と小隊長が云うので私達も隊と一緒に又歩き出した。この後方で隊形を整えるため少し長く昼食の時間を費した。食事を済まして休んでいると、すぐ傍で銃声がして弾丸が皆の間を通り抜けた、駭いてあたりを見廻したが誰も怪我している者もない、すると傍に居た高橋一等兵が倒れた、それまで高橋はぽかんと立って、誰かやられたか、などと云っていたのだ、ところが自分がやられていた、傷は大腿部《だいたいぶ》貫通だから心配するほどのことはない、骨も血管にも関わっていない、射った支那人はすぐに捕えた、すぐ傍の叢《くさむら》の中に居た、それから、軽機関銃手の内藤一等兵が倒れた、これは胃痙攣《いけいれん》らしい、衛生隊が後方から来る筈だから、分隊の兵隊をつけて残して来た、と小隊長は私に話した。甲斐一等兵が私に云った。私達は分隊長が居らんので心配しとったのですよ、内藤は大体胃が弱かったのに、昨日の亭林鎮への行軍が少し無理だったのでしょう、高橋の怪我は大したことはないですが、高橋は分隊長に遭いたがっていましたよ、分隊長は何時も俺達と離れたこともないのに、今日に限って居らんとはどうしたことだ、分隊長にすまんすまん、と云って泣いていました。聞いているうちに私は胸が迫って来て、何も云えなかった。一粁《キロ》程行き大きなクリークに白木の立派な橋が掛かっている所で休憩した。そこには一寸《ちよつと》した部落があった。ここに野戦病院が開設されるということである。私達第二分隊は高橋一等兵と内藤一等兵とをこの野戦病院に収容した上、金山に宿営の筈である本隊に追及せよ、という命令を受けた。本隊は出発した。

私達はそこに居る兵隊に背嚢を託しておいて、再び引き返した。矢野看護兵がついて来てくれた。その附近に居た土民が手に手に日の丸の旗を持って本道上にやって来た。これ幸いと、私達はまるきり言葉が判らないので、鉛筆で手帳に、請《こう》四人助力《じよりよく》為朋友搬送《ほうゆうはんそうのため》と書いた。通じたかどうか判らないが、私達は集まって来た土民を四人引き連れて引き返した。不思議に思ったのは、この農村の稲田から出て来た彼等が、全く土くさい農民とは思われず、服装や顔形などを見ると、地方の一寸よいところの青年か何かのように見えたことだ。私達は無論、彼等が心から日本軍を歓迎するために旗を持って現われたのだなどとは思わず、或《ある》いは間諜《かんちよう》か兵隊かであるに違いないとも用心はしていたのである。分隊長は今日は草臥《くたび》れているようだから、此処の辺で待っていて下さい、私達が迎えに行って来ます、と阪上上等兵が云《い》うので、私は小さい橋の袂《たもと》で待っていることにした。兵隊は四人の支那人を連れて行ってしまった。私は本道からクリークの水際に下りた。私は巻脚絆《まききやはん》を解き、装具を外し、軍服も脱いだ。泥が乾いてこちこちにこわ張っているそれらの衣裳を一々揉《も》みほぐして泥を落した。揉んでおいて叩《たた》くと、大変な埃《ほこり》が飛び立つのである。青空と白雲が水面に映り、汚ないクリークが非常に深い淵《ふち》のように見える。私は深く呼吸をして、天を仰いだ。郷愁のようなものが胸を掠《かす》めた。

　身支度をして本道に出たが中々やって来なかった。兵隊は疎《まば》らにしか通らない。二時間も経った頃、やっと、後方からそれらしい影がやって来るのが見えた。次第に近づいて来た。私はじっと待って居れず、その方へ歩き出した。先刻連れて行った支那人が担架を担いでいる。担架は二つだ。後のは兵隊が担いでいる。私は担架に近づいた。高橋、班長だぞ、と担架に附き添っていた早瀬一等兵が云った。高橋どうした、えらい目に合ったな、と私は声をかけた。高橋一等兵は担架の上から首を上げて私を見た。班長殿、すません、すません、とそう云った儘《まま》、眼にきらきら光るものが見えたと思うと、いきなり毛布を頭から引っ被《かぶ》ってしまった。私は彼がはげしく嗚咽《おえつ》している声を聞いた。すまなかった、と私も一口云い、涙が出て来て止まらなかった。私は後の担架に行って、内藤一等兵、気分はどんなか、と声をかけた。病人は昏々《こんこん》と眠っていて、返事はなかった。昨日に比べて急にやつれ果てたように見えた。青ざめた兵隊の顔を私はそれ以上どうしても見て居れなかった。担架に随って私は何も云わずに歩いた。

　先刻の橋の所まで来た。橋畔の小屋に軍医が居た。内藤一等兵は眼を醒《さ》まして私を見たが、分隊長殿、申訳ありません、と云ったきり、顔を横に向け眼を瞑《と》じた。高橋一等兵は思いの外元気で、畜生、チャンコロの奴、癪《しゃく》に触る、私はすぐ耳の傍でパチンと音がしたので、誰かやられたと思って見廻したんです、誰も皆きょとんとしている、そしたら足が一寸痛くなって来たんで、こりゃあ俺だったと思ったら、急に力が抜けてへなへなと坐《すわ》ってしまった、馬鹿にしてやがるで、と、笑いながら話した。班長殿、これまで一緒に来て高橋だけ離れて残るのが残念です。傷は浅いですから、癒り次第すぐ又追っかけます。十日もすりゃ一緒になれます、きっと追っかけます。高橋一等兵と内藤一等兵の手を私は固く握った。

次第に日が落ちて来て、夕暮れが近づいて来た。私達は日のある中に本隊に追及したいと思っていたが、野戦病院の開設が捗々《はかばか》しく行かなかった。衛生隊が殆《ほと》んどもう日が暮れてしまってから到着し、多くの担架が部落へ担ぎ込まれた。私達は夕食の支度をしなければならぬと話し合いながら、少しも早く出発しなければならぬのでとうとう準備が出来なかった。後方から来た部隊は、前進中度々敗残兵に襲撃を受けた、敗残兵は歩兵部隊が通る時には出て来ないが、車輌部隊が通過する時は必ず出て来る、この道路の両側は敵ばかりだ、今夜は野戦病院に夜襲して来るかも知れぬ、と話し合っていた。夜になった。寒くなって来た。方々で兵隊が焚火《たきび》を始めた。すると、火を消せ、火を消せ、すぐ前の森に敵が居るのだぞ、と闇の中から誰か呶鳴《どな》り、何人もそう叫んで、火は次々に消され、又、夜になってしまった。すると妙に青白く明かるいので見上げると、きらきらと実に無数の星が輝き、磨いたように尖《とが》った三日月が中天にあった。軍医や野戦看護兵が来たので、私達は二人を収容した。野戦病院と云い条、無論、部落の民家の土の上に藁《わら》をひろげ毛布を敷いただけである。十何人も狭い所に寝かされていた。血の滲《にじ》んだ繃帯《ほうたい》の白さに針のように私は眼を刺された。私はどきんとした。開設早々の目まぐるしい混雑の中に、自らの傷や病と闘っているように眼を据え、動かずにじっと横たわっている戦傷兵達の、或いは病兵の姿が、実に痛々しく見られた。石炭酸の香が鼻を衝《つ》いた。私達は二人に別れを告げて表に出た。

　私達が本道上に出ようとすると、おいおい、すぐクリークの向こうに敵が居るのだぞ、壕《ごう》の中に入れ、と闇の中から云われた。気がつくと、本道の左側に大勢の兵隊がしきりに円匙《えんぴ》で散兵壕《さんぺいごう》を掘っていた。野戦病院の護衛隊であった。先刻我々が家の中に居る時に前方の森から弾丸が来たそうである。護衛隊長という大きな髭《ひげ》を生やした中尉が出て来た。君達はいったいどうするつもりだ。金山までは十二粁位あるし、危険だから今夜は此処に泊った方がよくはないか、とそう云った。はあ、しかし、本隊では私達が帰らないと非常に心配するだろうと思いますから出発しようと思います、しかし、地理が不案内なので我々だけでは行けませんから、金山へ行く部隊があれば同行させて貰《もら》うつもりです。そうか、そんなら気をつけて行き給え、確か道は一本道の筈《はず》だ。私達は本道に来て部隊の来るのを待った。部隊は断続的にやって来たが、金山まで行くという部隊が無かった。私達は仕方がないから我々だけで出発しようと思っていると、やっと部隊無線隊がやって来た。歩兵部隊が護衛して金山の×部隊まで行くということであったので同行させて貰うことにした。護衛隊長は私達に後方の警戒を頼むと云った。私達は前進を始めた。歩いていると、貴方《あなた》達は清水隊ですね、私は平井というものですが、清水隊に弟が居ます、と私の横に居った背の高い黒い影が云った。私が平井一等兵をよく知っている旨答えると、そうですか、それで安心しました。敵前上陸で荒川部隊はだいぶひどい目に会ったと聞きましたので少し心配していましたのです、兄も元気でいると伝えて下さい、と云った。顔はよく判らなかった。我々の行く道の両側はずっとクリークになっていて、その長い鏡のようなクリークに鏤《ちりば》められた宝石のようにはっきり星が映っている。明かるくはないが月光のために足《あし》許《もと》はそんなに危なくはない。我々の部隊は少し行っては止まり、又少し行っては止まりして進む。前方に斥候を出して捜索し、異状なしとの報告を待って前進する訳だ。黙々と動き、黙々と止まり、黙々と進む。すると、右手に幽《かす》かに見える森の上に、花火のような赤い照明弾が上る。それは我々の前進と全く歩度を合わせ、四五百米《メートル》行く度に我々の真横の森に上る。それは我々の部隊に随って敵が合図をしているのに間違いはない。注意深い我々の前進は捗《はかど》らない。前方に赤い火が見えだした。部落が燃えている焔《ほのお》だ。近いようでもあるし遠いようでもある。あの火の所が金山だと教えられた。我々は地図を持っていなかったが、地図を持っていた将校から聞かされ、金山までは全くの一本道で両側はずっとクリークだということを知った。我々の分隊だけ先行しようと決心した。それは実はこの用心深い部隊の進行があまりに鈍いことを先刻から少し歯《は》がゆく思い始めていたからだ。兵隊も賛成した。私は先頭に出て同行して貰った礼を述べ、方角が解りましたから先に参ります、我々が前方を警戒して行きましょう、前方で銃声が起らなかったら事故が無かった証拠です、とそう云い残して、すたすたと歩き出した。すたすたと、今まで聞えなかった靴の音が強く耳に響いて来た。私は兵隊に弾丸をこめ着剣するように命じた。敵から射たれた場合を顧慮して成るだけ間隔を取って行くようにそう云い、我々は一列縦隊になって、私は先頭に行った。振り返ると部隊とはずっと離れた。私達は部隊の斥候を追い越した。右手には相変らず時々照明弾が上る。ぼうとその辺が明るくなり消えてしまう。私は高橋と内藤のことを思い、分隊から二人を失ったことの淋《さび》しさが急に犇々《ひしひし》と胸に応《こた》えて来た。内藤一等兵の代りに吉田一等兵が軽機関銃手になったのである。私は恐らく眼を皿のようにして、周囲に眼を凝らしつつ進んだ。私は銃をしっかりと握っていた。私は時々振り返って兵隊を見た。誰も何も云わずついて来る。銃剣が時折、きらきらと光った。三日月と星の光とがいやに冷たく鋭い。私達は殆んど駆け足に近い速度で前進した。暫《しばら》く行くと前方に点々と明かりが見え始めた。それは家の中で焚《た》いている火が戸の隙間から洩《も》れる光だ。無論友軍だと思い、私達は安心した。

　金山というのは相当の町だと聞かされていたので、私達はどんどん進んだ。すると大きな橋があった。そこはクリークではなく川らしい。黄浦江《こうほこう》かも知れない。部落が黒く見えるので此処《ここ》が金山に違いないと思い、私達は橋を渡った。すると突然私は足をすくわれ、がらん、がんがん、というけたたましい音に我々は駭《おどろ》かされた。同時に、誰か、と何処からか鋭い声がした。友軍だ、と私は答えた。向こうから着剣した歩哨《ほしょう》がやって来た。橋の中央に横に針金を渡して、石油の空缶が五つ六つぶら下げてあった。私達はその鳴子にうまうまと引っかかった訳だ。私達はもう大丈夫だと安心すると同時に、これは名案だな、と云《い》って自分達の迂闊《うかつ》さを笑い合った。何条も張り渡した針金を私達は乗り越えた。機関銃が据えつけてある。歩哨に我々の部隊のことを訊《たず》ねてみたが何にも知らない。金山の町はまだ先だというので私達は橋を過ぎてどんどん行った。ところが橋の続きに金山の町があると思ったのは間違いで、又淋しい野原の道になってしまった。二三出会った兵隊は何にも知らなかった。私達は少なからず疲労していたし、又次第に心細くなって来た。どこではぐれたのか、甲斐一等兵だけが居らず、部隊と一緒に先行してしまっていたので、何《いず》れにしろ、甲斐一等兵か誰かが我々を待って迎えに出てくれるものと考えて居った。しかし、誰も居る様子も無かった。すると又出会った兵隊を二人連れた准尉が、ここには片岡部隊は居ない筈だ、ここは藤山部隊が宿泊しているのだが、向こうの橋の袂《たもと》に本部がある筈だからそこで聞いたら判るかも知れん、と知らしてくれた。私達は重い足を引きずり、又、先刻渡った橋まで引っ返した。歩哨に訊いて橋の横の坂を下り、藤山部隊本部に行った。扉をあけて入ると五六人藁を敷いてぐっすり眠っていた。もう時刻は深夜の十一時を過ぎていたのだ。起すのが気の毒だったが、止むなく、お願いしますと、私は声をかけた。三度目に外套《がいとう》を着て椅子の上に寝ていた将校のような人が幽かに眼を開けて、大儀そうに、何だ、今頃、と云った。私は簡単に事情を説明し、原隊が判らず当惑している旨を話した。この附近は敵ばかりだ。うちの部隊は現在出て行って激戦をしている、頑強な大部隊の敵が居るので先刻増援隊が出かけたばかりだ、うろうろすると危ない、今夜はここに泊んなさい、飯はすんだのか、と横になった儘《まま》その将校は云った。私はその好意が嬉《うれ》しく、御迷惑でなければお願い致します。飯はまだなのです、と云った。迷惑も何もない、狭くて汚ないけれども我慢してそこの隣の部屋で寝なさい、確か片岡部隊はもっと後方にいる筈だ、君達が通って来た道の両側附近にいる筈だ、何れにしろ明朝になれば判る、おい、当番、と隣の部屋に声をかけたが返事が無かった。もう一度呼ぶと中から鈍い返事の声が聞え、眠そうな眼をこすりながら、がたがたと戸を云わせて一人の背の高い兵隊が出て来た。この人達に配給倉庫に行って米を貰って来てやんなさい、おかずは何か缶詰か何かあるだろう。分けてやんなさい、とそう云い、当番の兵隊が出て行くと、この部隊は朝五時出発の予定だから一緒に連れて行ってやろう。早く寝なさい、火に気をつけてくれや、とそう云った儘、寝返りを打ち、又寝てしまった。私達は示された部屋へ入りこんだ。早速藁や木片を集めて来て火を燃やした。私はもう全くくたくたになり、明日はどうして歩こうかと思った。私は藁の上に引っくり返った儘もう動くのも大儀になった。当番の兵隊が白米を桶《おけ》の中に入れて持って来てくれた。この親切な兵隊は釜《かま》を担ぎ出して来て貸してくれた。兵隊は疲れているにも拘《かかわ》らず食事の準備を始めた。当番の兵隊が荒川部隊の本部が橋を越えてから一町ばかりの所にあると云ったので阪上上等兵が二人連れて出て行った。米を入れた水は黄褐色に濁っていた。阪上上等兵は間もなく帰って来て、もう私達の通って来た橋の辺一帯は鉄条網を張り廻《めぐ》らしてどうしても通しません、橋まで出ると東の方で激戦している銃声がよく聞えます。先刻敵の斥候らしいのが歩哨線の前まで来たそうです。原隊でも心配しているでしょうが、今夜はもう諦《あきら》める外ないでしょう、と云った。間もなく飯が出来た。我々は貪《むさぼ》るようにその赤い色のついた熱い飯を食った。ふと飯を食いながら、野戦病院では二人は今頃どうしているだろうかと思い、ごみごみした家屋の中に寝ている二人の姿がまざまざと思い描かれ、何か大事なものを失ったような淋しさがしきりに胸を痛くした。

九日

未明、部隊は橋から千米ばかり行った広場に集結した。私は厚く好意を謝して、本部を出た。人間の身体は不思議なものだ。私はも早今日は駄目だと観念して居ったのに、眼を醒《さ》まし、朝になり、軍装をして銃を持つと、気分がしゃんとなり、どうにか歩けた。足の豆はずきずきと疼《うず》いていたのが、何時の間にか踏みつぶし、痛いのか痛くないのか判らなくなってしまった。広場の周囲の竹林が機関銃を射つような音を立ててはげしく燃えている。暫くすると我々の部隊がやって来た。中隊長や小隊長の姿も見えた。私が挙手の敬礼をして昨日からの状態を簡単に話すと、御苦労だった、とだけ中隊長は云った。甲斐一等兵がやって来た。班長殿、心配していましたよ、危険だから泊って来るだろうと他の者は云っていましたが、私は必ず皆帰って来ると思って道路傍まで迎えに出たのですよ、暗くはあるしクリークに落ちましたよ、十時頃まで待っていたのですがあまり来ないので隊に帰ったのです。よく、クリークに落ちる男だな、と私達は笑った。午前六時出発。金山の部落を出外れると、数え切れないほどの支那兵の屍《し》体《たい》が、家の前や、沼の中や、畠《はたけ》の中に算を乱して転がっていた。皆、巻脚絆《まききゃはん》がほどけかけていた。

道は非常によくなった。しかし相当に苦しい行軍だった。太陽が照りつけ、我々は汗に塗《まみ》れ、又も、物も云うのも嫌になり、水筒の水を力に、下ばかり向いて歩いた。しかし私は私達の隊伍《たいご》が見違えるばかり立派になったことを明らかに見た。上陸直後のごとく、我々の隊列から脱落する者もなく、隊列は乱れず、ばらばらにならず、何か一つの統御された力に満ちていることが明らかに感じられた。それは我々の行軍が少しも楽になったのではない。我々は苦難を越えて一つの勇気と力とを得た。にも拘らず、私は苦しくて堪《たま》らず、歯を噛《か》み、唇を噛み、機械のごとく歩いて行った。私はただ倒れまいとする努力ばかりに操られて動いていたのである。やがて、ありがたいことに、戦争が始まった。ありがたいことに、そのために我々の部隊は停止したのである。

　左前方の森林の中ですさまじい銃声が起った。機関銃の音が錯綜《さくそう》した。我々は道の両側に伏せた。衝突しているのは前衛部隊である。山砲前へ、と逓伝《ていでん》が後方へ伝える。山砲ががらがらと車の音を立てて埃《ほこり》を立てて前線に曳《ひ》かれて行く。やがて前方の森林で山砲の轟音《ごうおん》が轟《とどろ》き始めた。飛行機がやって来た。前方の上を旋回していたが、唸《うな》り声のような爆音と共に、急降下して腹の下から黒いビール缶のようなものが落下して行った。すさまじい音が轟き、白煙が立ち上る。飛行機は三台である。我々の上に来ると、我々は一斉に手をあげ大きな声で、しっかり頼むぞ、と呶鳴《どな》る。無論聞えないだろうが、機上からも搭乗員が乗り出して、手を振ったりハンカチを振ったりするのがよく見える。時々赤い羽のついた通信筒を稲田の中に投下した。我々は道傍《みちばた》で昼食をした。衛生隊前へ、担架を持って来い、と呶鳴っている。担架を担いだ兵隊が慌しい靴音を立てて駆けて行く。中隊長がやられた、という声を聞いた。敵は大部隊で非常に頑強だ。味方は次々に戦死傷者が出来ている、ということが伝わって来た。担架をもっと持って来うい、と又呶鳴っている。森林の銃砲声ははげしく絶えない。時々流弾が飛んで来る。誰か竹林の中で流弾でやられたと云った。

私達は道傍の凹地《くぼち》に仰向けに引っくり返っていた。空は真青である。大束な白雲がゆるく流れている。太陽の光が身に沁《し》みるような暖かさで照り下ろして来る。私はこの深い青空を眺めている中《うち》に、何か前方の森林で始まっている凄惨《せいさん》な戦闘が、我々とは何にも関係のないような、ぽかんとした気持に暫くなった。私達の上を流弾がしきりに飛ぶ。暖かい秋の日ざしの中に仰向けになっているうちに私はうっとりしたような気持になって来て、眠ってしまった。私だけではなく、兵隊はずらりと魚を干したように並んで、ぐうぐう寝てしまった。眼が醒めると、日の傾いたのが見られたが、銃砲声は同じように続いている。周りを見るとまだ兵隊は睡《ねむ》っている。私は起き上って、鉄砲の手入れをした。上陸までは一寸《ちょっと》の汚れがあっても気になって掃除をして居ったのに、上陸の日泥の中に漬けて以来、手入する暇など無く、汚れ放題、傷だらけになり錆《さび》だらけになっている。私は錆を落し、油布を出して丁寧に拭《ふ》いた。剣も汚れていたので磨いた。今日は武器被服の手入れ日ですかな、と私の横に寝転がっていた小畑一等兵が云《い》って笑った。岡島軍曹が道路の上で、命令を達する、十一月十五日付を以《もっ》て、乗本唯夫を歩兵上等兵に任ず、終り、と吹鳴った。日が暮れて来たが、銃砲声は絶えなかった。我々はこの附近の民家に分宿することになった。

ここは楓涇鎮の郊外である。先刻、伝令が来て、本日我軍と衝突したる敵は約千名にして、迫撃砲二門を有し、相当堅固なる陣地を構築して我に抵抗せり、敵は夕刻に到り、退却する気配を見せたるも督戦隊後方にある為退却する能《あた》わず、然《しか》れども遂《つい》に居堪らず、夜に到り遺棄屍体数百を残し、督戦隊ある為、南北両方面に向かって潰走《かいそう》せり、楓涇鎮以西の我軍の進路には相当堅固なるトーチカ陣地と兵力とあるもののごとく、今後我軍の進撃は困難を加うるものと予想せらる、というような伝達書を中隊に置いて行ったのを見た。相変らず弾丸が来て壁を叩《たた》いている。すぐ傍が竹林なので、時々竹に当ってぱさと折れる音がする。竹林の中を歩哨《ほしょう》が警戒しているのだ。ゆっくりと歩く足音が聞えて来る。先刻まで何か書いていた中川上等兵も、蠟燭《ろうそく》を吹き消して、班長殿、早く寝んと明日は戦闘ですぞ、と云って先刻眠ってしまった。中川上等兵がふっと吹き消した蠟燭から、すうと細い白い煙がまっすぐに上り、一尺位上ってからゆらゆらと揺れて消えてしまった。ひしひしと迫る淋《さび》しさがある。さようなら。

(弟へ。十一月十五日。嘉善《かぜん》にて)

まだ死なかった。又、便りが書ける。今夜はちょいと楽しい心持でこの手紙を認《したた》めている。あれからの凄惨な数日をやっと我々は突破して来た。分隊の兵隊が甕《かめ》を探し出して来て風呂《ふろ》を沸かすのだと云っている。その甕には籾殻《もみがら》が一杯入っていたのだが、すっかり出して、畠の中を掘って野天風呂を作った。既に兵隊はクリークの水を汲《く》み入れ、今夜はおそいから、翌朝沸かすのだと云った。私は湯に入れることを思うと、子供のように、わくわくと嬉《うれ》しくて堪らないのだ。我々はあれからの数日のはげしい戦の中で、我々の部隊は多くの戦友を殺したにも係《かかわ》らず、我々の分隊のみは一人の兵隊も失わなかった。我々はお互いに生きていることの喜びに満たされ、兵隊は嬉々《きき》として風呂作りと、御馳走《ごちそう》作りと、洗濯などに余念がない。私も明朝は熱い湯の中で一層しみじみと生きている事のうれしさを、身体に感じるに違いないと思い、もう胸がどきどきするのである。

では、日記風に。

十日

又、うねうねと曲った畦道《あぜみち》の行軍が始まった。本道上は本隊が進み、我々は左側衛となったのである。我々は稲田と桑畑と竹林の間を過ぎ、幾つもクリークを越えた。我々は途中、誰も居ない民家の中や桑畑の中や道路傍に死んでいる支那兵の屍体を点々と見た。楓涇鎮の停車場が右手に見えた。我々の行軍は相変らず楽ではなかった、我々は休憩の度に僅《わず》かの時間を眠った。それはたった五分か十分の睡眠だったが、なかなか気持よく、我々の疲れを癒《いや》した。我々は一日歩いた。夕刻に到る迄《まで》の行軍の中での最大の収穫は一本の蜜柑《みかん》の木であった。それは或《あ》る民家の庭にたった一本あった。それまで汗を流して大儀そうに歩いていた兵隊が、我先にばらばらとその美しい果実を熟《う》らしている蜜柑の木に駆け集まった。下から竿《さお》で叩き落し始めた。我々の選手早瀬一等兵はいきなり猿のごとく攀《よ》じ登り始めた。選手が多かったため、収穫はごく僅かであった。我々の分隊には三人に一個宛《ずつ》しか無かったのである。分配されたその幾袋かの蜜柑は、この世のものならぬ甘露のごとく、我々の咽喉《のど》を潤《うる》おしたのである。

夕刻我々の前に珍しいもののごとく鉄道線路が現われた。兵隊は鉄道線路の土堤《どて》に上った。馬鹿馬鹿しいことには、我々はこの幾何学的な一直線の美しさに奇異の感を覚え、我々はこんなにまっすぐなものは初めて見たような気がした。これは上海から杭州へ通ずる滬《こ》杭甬《こうよう》線である。部隊は線路に沿って西進した。土堤は一面に赤と白のコスモスと野菊に蔽《おお》われていた。日が落ちて薄暗くなって来た頃、我々の部隊は止まってしまった。兵隊は腰を下ろした。寒さが膚《はだ》に沁《し》みて来た。すると先頭の方から逓伝して来て、線路から下りて土堤に遮蔽《しゃへい》せよと云って来た。土堤の斜面に我々は身体を靠《もた》せた。日が暮れてしまった。空は曇っているので真暗である。時間が流れた。私達は土堤で眠くなった。眠る兵隊も居た。私は寒いので眠れなかった。すぐ傍で上原伍長《ごちょう》が、自分は寒そうに貧乏揺すりをしながら、何かしきりに喋舌《しゃべ》っている。今度の我軍の作戦は、つまり、上海戦線の戦況を有利に展開するために、敵の背後を脅かすために、杭州湾に敵前上陸をやったのである。敵は不意を喰《く》って潰走した。蒋介石は必死になって防衛するために嘉興《かこう》という所まで出て来とる、嘉興が我々の最後的決戦で、嘉興が落ちたら国民政府は降参するのだ、などと、大きな声で話している。時々、みんな聞いとるか、と兵隊を起す。なんだ、参謀本部みたいなこと云うとるじゃないか、と私がおかしそうに云うと、自分もてれ臭そうに苦笑したが、いや、何か話しとらんと兵隊が寝てしまって、こんな土堤に寝たら風邪を引くからな、と云った。私はその心遣いに衝《う》たれた。

出発の命令が来たが、それはもと来た方へであった。前方に堅固な敵のトーチカ陣地があって線路上は前進出来ないということであった。私達は後退し、線路を越えて畦道伝いに長いことうねうねと曲って歩いた。寒く空腹を感じたが、私達は止まったり歩いたりして、どうなるのやら判らなかった。遠く部落らしいものに明かりが見えるのが敵なのか味方なのか判らなかった。時々、彼方此方《あっちこっち》で合図をするように懐中電灯が光った。私達は又暫《しばら》く桑畑の中に止まっていた。時間ばかり経つ。すると、遠い所で銃声が起った。五六発音がしたと思うと、奇妙な喇叭《らっぱ》の音が聞えた。それは全く聞き覚えのない喇叭の音だった。又、銃声がし、又、喇叭が鳴った。誰かが、暗い中で、あれは休戦喇叭だと云いだした。そうだ、と誰かが応じた。そう云えば喇叭が鳴ってから少しも銃声がしない。停戦協定が成立したのだ、などと云いだした、すると暫くして前方ではげしい銃声がし始めた。機関銃の音もしだした。やがて私達は、又夜の中を何処とも知れず動き出した。部隊は広い道に出て大分長いこと歩いた。銃声が次第に近づいて来た。第一線と交替だろうと誰かが云った。千米《メートル》位行ったと思われる頃、道路上に部隊は止まった。伝令のような黒い影が飛び廻《まわ》っている。やがて、分隊長集まれと云って来たので行くと、小隊長の声で、此《こ》の地点に露営、各分隊から歩哨を立てて警戒せよ、と云った。既に深夜である。私達は道路を下りて凹地に天幕を敷いた。私達は背嚢《はいのう》を枕にしてびっしりと身体をくっつけ合い、雑魚寝をした。私はどうにも寒くて堪《たま》らないので、背嚢から外套《がいとう》を解いて着た。背嚢から鰹節《かつおぶし》を出して寝たまま齧《かじ》った。仰向くと、一つの月のある秋の空は隙なく晴れわたって、眩《まぶ》しいほど美しく鮮やかに星が輝き燦《きら》めいている。じっとこの壮麗な空をみつめていると、ふっと、ここはいったい何処で、我々はいったい何をしているのだろうと、考える。歩哨が私達の枕元をことりことり歩いている。銃剣がきらりと光る。まもなく眠った。

十一日

騒々しいので眼が醒《さ》めると、もう部隊は前進を始めている。周囲はまだ真暗だ。私は大慌てで外套を脱ぎ、正式に巻いて着ける時間がなく、ぐるぐる巻きにして背嚢に結びつけた。私達が前進するに随《したが》い、次第にあたりは白み始めた。道路の両側にクリークがあって、白っぽく光っている。私達は少し行った道路の左手の凹地に降りて止まった。やがて間もなく朝が来た。我々兵隊には一体戦況がどうなっているものやら少しも判らない。我々は唯《ただ》命令で動き廻っているだけだ。それもどう動いているものかさっぱり判らない。我々はここの凹地でとうとう動かずに一日暮らした。

我々は前方のトーチカから一日中弾丸を浴びた。それは前からも右からも左からも我々に集中して来た。我々の前方三百米の所に橋梁《きょうりょう》があるのが敵に落された。それが修理出来なければ前進されない。工兵がその架橋をやっている。架橋掩護《えんご》に片山小隊がその橋梁の所に出ている。私は工兵の勇敢なのに駭《おどろ》いた。架橋材料が無いので、工兵は道路に沿って立てられてある電柱を片端から切り倒した。それを二人で担いでどんどん走って行った。私は見る間に二人橋梁の近くで工兵が敵弾に殪《たお》れるのを見た。橋梁工事は思うように進捗《しんちょく》しないらしい。私達は空腹を感じたけれども米が無い。一体上陸以来の我々の前進路はお話にならぬ悪路嶮道《けんどう》であったため、我々の食糧を積んだ大行李《こうり》小行李等の車輛《しやりよう》部隊が我々にどうしても追っつかないのだ。我々はだから上陸以来まだ一度も食糧の配給を受けないのだ。我々は行く先々でどうにか唐米にありついた。鶏と豚が幾らか待っていてくれた。野菜もあった。しかし、こうして戦闘が始まると、我々は全く餌にはぐれてしまった。我々はこういう事を予想して、一度食う分量も日頃の半分位に減らしていたのだ。それでもとうとう此処《ここ》で兵糧攻めみたいになってしまった。我々は上陸直後の行軍で米を捨ててしまったことを思いだす。しかし、あの時には、我々は米どころではなかったのだ。まだ米を持っているものが居たけれども、それは殆《ほと》んど自分の分だけで他の者には行き渡らなかった。我々は架橋完了と共に前進しなければならないので、空腹を押えて凹地に待機していた。しかし、とうとう待ち草臥《くたび》れて弾丸の音を聞きながら凹地に眠りこけてしまった。弾丸は引っきりなしに我々の上を過ぎたが、土堤の蔭《かげ》になった凹地は先《ま》ず安全地帯であった。秋の太陽はどうも眠たくて困る。我々はやがて、炊爨《すいさん》を始めた。我々の戦場が芋畑《いもばたけ》で埋められていることに、間もなく我々は気づいたのである。弾丸に曝《さら》された所に広大な芋畑があるけれども、そこまで掘りに出かけなかった。芋を掘りに行ったための名誉の戦死など我々はしたくなかったのである。我々は敵弾の来ない所から充分に沢山芋を収穫することが出来た。私達は凹地に穴を掘って、火を焚《た》き、飯盒《はんごう》で芋を煮た。生で齧っても甘味があって非常にうまかった。凹地の横に葦《あし》の密生したクリークがあった。割合にきれいな水だ。この水で芋を蒸《ふか》す、クリークには葦が生え、水藻が一面に浮いていて、目高が群をなしてついつい游《およ》いでいる。私は少年時代に毎日のように栄《えい》盛川《せいがわ》に目高を掬《すく》いに行ったことなどを思いだす。すると、流弾が、じゅぶ、というような音を立てて目高に命中する。目高の群は列を乱すが、またもとのように隊伍《たいご》を組んでついつい遊弋《ゆうよく》する。私達は熱い蒸し芋をふうふうと吹いて舌鼓を打った。

しかし、私達は残念にもこの凹地で、谷村一等兵を失った。谷村保《たもつ》一等兵は伝令となって尖兵《せんぺい》との連絡に行くために、凹地から身体を起した瞬間に射たれた。命令を受けるまで彼は小林伍長と二人で豆を齧りながら大きな声で雑談をしては笑って居った。彼が射たれた時、私はすぐ傍に居た。凹地にずり落ちた彼を横に居た兵隊がすぐ抱きかかえ、装具を取り脱《はず》して服の釦《ボタン》を外し、胸を拡げた。矢野看護兵がクリークの中を膝《ひざ》まで浸してやって来た。下腹部を射たれていた。谷村一等兵は苦しそうにしていたが、熱い熱いと云《い》った。兵隊が一寸《ちょっと》触ると、重い、重いものを載せるな、と云った。矢野看護兵は傷にガーゼを当て絆創膏《ばんそうこう》を貼った。これは盲貫だ、軍医を呼んで来るから、暫く頼みます、水を飲まさんで下さい、とそう云って、また、クリークの水のなかをじゃぼじゃぼと駆け去ってしまった、ああ糞《くそ》、重い重い、このポケットに、手紙と写真がある、頼む、天皇陛下万歳、天皇陛下万歳。そう云いながら谷村一等兵は何か首肯《うなず》くように顎《あご》をがくんと動かした。突然、眼をきょろきょろさせ、中隊長殿は、と駭くほどはっきりした語調で云った。中隊長が来た。中隊長は谷村一等兵の手をしっかりと握った。弾丸は続けざまに我々の頭上を過ぎた。残念です、中隊長殿、お願いします、天皇陛下万歳。彼は身体を動かして、渾身《こんしん》の力でも振《ふる》い起すように、立ち上ろうとしたが、立ち上ることが出来なかった。中隊長は力をこめて谷村一等兵の手を揺すぶり、傷は僅《わず》かだ、元気を出せ、とそう云ったが、中隊長が強いて笑って見せようとする表情が、くしゃくしゃと歪《ゆが》んで崩れるのを見た。私は中隊長の眼に溢《あふ》れる涙を見た。矢野看護兵が軍医を連れてやって来た。担架が来た。谷村一等兵の分隊長である枝松伍長《ごちょう》は、恰度《ちょうど》、敵情と道路偵察の斥候に少し前に出たばかりで、居なかった。中川上等兵や甲斐一等兵も手伝い、谷村一等兵を担架に載せ、よし、そら駆け出せ、という合図で逸散に弾丸の中に飛び出した。後方の繃帯所《ほうたいじょ》までどうしても敵弾に暴露してでなければ行けなかったのだ。私達は眼を凝らしてその行方を見守った。担架を担いで一団となった兵隊の姿が、悲壮なる一匹の野獣のごとく、弾丸の中を駆け去り、遠くなり、見えなくなった。一時間ばかりして、担いで行った兵隊が帰って来た。彼等は我々に戦友が繃帯所に到着すると間もなく絶命したことを黯然《あんぜん》として告げた。

前方の銃声は何時までも絶えず、我々の頭上を首も挙げられぬほど弾丸が過ぎた。飛行機が旋回し、盛んに前方の森林を爆撃した。我々は敵の飛行機が現われることを期待したけれども、更に敵機はやって来なかった。夕刻近く少し銃声が間遠くなったようである。我々が寝転んでいる凹地の道路上を、橋梁の方からのそのそとやって来る十五六名の兵隊があった。それは異様な一行だった。先頭に将校が居て、日本の兵隊が前後を取り巻き、中央に十二三人の支那兵が鉄砲を逆さに担いで歩いている。何よりその支那兵の若く細いのが眼についた。その奇妙な一行は我々の横を通り、どんどん行ってしまった。あれは丸山《まるやま》少尉だよ、と誰かが云った。やがて、トーチカを奪取に行った丸山少尉が、手榴弾《しゅりゅうだん》をぶち込んで敵兵を殪《たお》し、占領した上、捕虜を十四名引き具して帰った。しかし、丸山少尉は、一人部下を殺した、と云って男泣きに泣いていた、というような話が伝わって来た。我々は凹地で全く退屈し、寝たり、芋を食ったり、くだらない話をしたりして時間を過ごした。昨夜の休戦喇叭は小堺《こさかい》部隊の連隊号音で、歩哨《ほしょう》と斥候とが射ち合いをしては危ないので、喇叭で知らせたのだという話もあった。架橋工事は勇敢な工兵の努力にも拘《かかわ》らず、敵トーチカからの真正面の射撃位置にあるために、犠牲を加えるのみで更に進捗しないらしい。

日が暮れて来た。此処で夜営をするのだというので兵隊は円匙《えんぴ》で凹地に穴を掘り始めた。日が落ちると、急に寒気が襲って来るのである。日が暮れてしまうと、半月が輝きだした。私達は土鼠《もぐら》のように穴の中に蹲《しゃが》んでいた。大分時間が経ってから、部隊は後退することになって、後方の部落に行った。家の中には他部隊の兵隊が入りこんでいて、遅くからの客である我々には宿舎がない。我々は家と家との間に藁《わら》を敷いて露営することになった。稲が山のように数か所に積み上げてある。収穫したままらしく、穂がついているのである。我々はその稲の山に身体を靠《もた》せ、穂のある稲を引き下ろして身体中に被《かぶ》せ、首だけ出した。この寝床は実に素晴らしくぬくぬくと暖かいのである。我々はいよいよ寝に就こうと思っていると、寝床に入って三分も経たない頃、第一小隊は出発という命令を受けた。我々は涙をのんでその寝床を棄てた。

小隊長は先頭に立って注意深く歩いて行く。月がある。雲がしきりに走る。雲が月を蔽《おお》うと、すうと暗くなる。その間を利用して我々は進む。月が出ると我々は地上に伏せてしまう。敵は我々の前進に気づいたらしく、弾丸を浴びせかけて来る。敵の位置が判った。前方の森林の方角でぱっぱっぱと赤い火が出る。我々は伏せる。我々の頭上を弾丸が過ぎる。赤い火の出る所にトーチカがあるに違いない。丸山少尉の占領したというトーチカに荒川部隊長が居るので、我々は護衛のために出て行くのだ。何回も伏せ、月の間断を縫うて前進し、やっと石橋を渡ったすぐ右側にあるそのトーチカに辿《たど》り着いた。トーチカがぽっかり大きく饅頭《まんじゅう》のように黒く見える。トーチカを中心に掘られてある壕《ごう》の中に我々は入りこんだ。ここが我々の、今夜の寝床である。この線が最前線だ。壕の中に落ちつくと、我々の耳にすだく虫の音が聞えて来た。馬鹿馬鹿しく淋《さび》しい。白い霧でもかかったようにあたりは明るい。私達の壕のすぐ後はクリークになっている。左手は少し離れて本道があって、道は月光に白く川のように見えている。監視を充分にするようにと私は兵隊に云った。壕は冷たく、膚《はだ》に沁《し》みた。

深夜のことである。私がうつらうつらしていると、揺り起された。分隊長殿、怪しい奴が来ますよ、と、恰度監視の順番で警戒していた戸成上等兵が私に囁《ささや》く。私はその指さす方向を見ると、なるほど、川のような道路の上を黒い影がごたごたし、此方《こっち》に近づいて来る様子である。私は敵の斥候兵に違いないと思った。私はよく確かめて捕えてやろうと思い、近づくのを待った。すると突然、すさまじい機関銃の音がして私達の方へ弾丸が飛んで来た。私達の頭上を過ぎ、壕の堆土《たいど》に叩《たた》きつけるように弾丸が当った。私達は駭《おどろ》いて、危ないぞ、と云い、壕の中に首を引っこめた。何処から射つものやら全く判らなかった。射撃が止んだので私は頭を挙げてみた。すると先刻の黒い影が見えない。ただ川のように白い道だけが見える。不意に私は異様な薄気味悪さを感じた。あたりに気をつけろ、と私は兵隊に云った。すると、やがて、私達の耳に何処かで笛を吹くような音が聞え始めたが次第にその声が大きくなって来た。耳を澄ますと、幽《かす》かな唸《うな》り声も聞える。それは道の方角と思われた。私は白橋上等兵に、行って偵察して来るようにと云った。白橋上等兵は暫《しばら》くして帰って来て、土民が死んで居りますよ、と告げた。彼の話では、先刻の怪しい黒い影は土民が夜に紛れて逃れようとしたのを、敵のトーチカから機関銃で射撃した。一人の老人は即死し、一人の中年の女は瀕死《ひんし》の重傷を負い、道路傍に赤ん坊が投げ出されている、と云うのである。赤ん坊の泣き声は一層大きくなって来てとうとう一晩中絶えなかった。大きくなったり、小さくなったり、時にはふっと杜絶《とだ》えて暫く聞えない。やがて又泣き出す。その悲しげな赤ん坊の泣き声が耳につき、兵隊はいやな気持になった。しかも、癪《しゃく》なことには草原で啼《な》く虫までがこれに和した。その泣き声は虫の音を加えて一層、いやでも兵隊達に故郷のことを思い出させたのだ。全くどうもいやな気持になり、その気持を紛らすために、或《あ》る兵隊は、ええ糞、ええ糞、と云いながら、見当もつかない敵の方角に向かって何発も弾丸を射ったりした。私は壕を出て地面を這《は》いながら道路の方へ行った。道路傍に蒲団《ふとん》を巻いて紐《ひも》で縛ったのと、籠《かご》に入れた少しばかりの家財らしいものが投げ出されてある。私は赤ん坊の泣き声を頼りに地面を這って行った。近づくと、私は、月光の中に横に倒れているその瀕死の母親が、道に転がっている赤ん坊の方に手を差し延べて、何か口の中で歌うように呟《つぶや》きながら、赤ん坊をあやしているのを見た。私は電流に弾《はじ》かれたように異常な感情に衝《う》たれ、胸の中に何かはげしく突き上げて来るものを感じた。すると、突然、又も機関銃の音がして私の横を弾丸が飛び過ぎた。私はその弾丸の一発が母親に命中したように思った。敵は私の姿を認めたのか、同じ所ばかりを照準して出《で》鱈目《たらめ》に射っているのか、どちらか判らないが、私は急いで壕に引き返した。班長殿、出ると危ないですよ、と誰かが云った。赤ん坊の声は絶え間もなく耳をついて来る。弾丸の音は絶えた。私は何か見えない力に引きずり出されるように、再び壕を這い出した。私は前よりももっと姿勢を低くし、地面に身体を摺《す》りつけるようにして又そこへ行った。瀕死の女は、私には全く気がつかない様子だ。近づいてみると、先刻までは道の上に転がっていた赤ん坊は、母親の腕の中に抱き取られていて、それは母親が消えなんとする最後の渾身の力を振い起して抱き寄せたに違いないのだが、そうして尚《なお》も、母親は相変らず何か呟きながら赤ん坊をあやしているのだ。しかし、その声もあやしている手も、非常に弱々しくなっているように思われた。私は投げ出されている蒲団を解き、殆《ほと》んど身体をむき出しにしている赤ん坊をぐるぐる巻きに巻いてやった。もう一枚の蒲団を母親の上に被せた。無論女は何も気づかず私がそうしている間にも、次第に声が弱って行くように見えた。私は壕に帰ったが、とうとう朝まで、赤ん坊の声が耳についてまんじりとも出来なかったのである。兵隊も皆そうだったのである。

十二日

夜が明け離れる頃から、もう敵は射って来た。私達は壕の後のクリークの水際まである僅かな斜面に出て、土を掘り、竈《かまど》を拵《こしら》えて、飯盒《はんごう》を掛けた。クリークの水は割合綺麗《きれい》である。又も我々は蒸《ふか》し芋《いも》を始めたのだ。私は斜面に適当な場所を見つけて、秋空を映しているクリークの水を眺めながら、脱糞《だっぷん》をした。頭の上を弾丸が過ぎる。クリークの向こう岸でも堆土の蔭《かげ》に蹲んで糞《くそ》をたれている兵隊が居る。両方で見つけて、両方から笑い、手をあげて、おおい、たっしゃか、と叫ぶ。知らない兵隊である。戦場でのこれが小笠原《おがさわら》流である。私は排泄《はいせつ》したものを眺めたが、赤い色をしていなかった。碌《ろく》にものを食わないのに割合に立派な形をしている。私は傍に咲いていた野菊の一輪を私の美しい糞の上にさした。それから、例のごとく、東方の空を拝した。朝になって日輪に合掌することは我々の習慣になっていた。それはいろいろな意味を含めて欠かさなかったのである。私達は蒸し芋に舌を鳴らした。小隊長に持って行く。これはうまいとふうふう吹きながら食った。壕の端の方で、誰かが地響きのするような屁《へ》をひった。おいおい、毒瓦斯《どくガス》は敵の方にやってくれや、と誰かが云《い》った。私達は大声立てて笑いだした。

やがて我々は前進の命令を受けた。橋梁《きょうりょう》修理がどうしても巧《うま》く行かず、左に迂回《うかい》して攻撃するのだと聞かされた。私達は壕を出て道路を越えた。昨夜の女は赤ん坊を腕の中に抱いて、あやしている恰好《かっこう》の儘《まま》死んでいた。赤ん坊は眼をくるくる動かし、我々の通過するのを見て、時々にこにこ笑ったりした。私は顔を反《そむ》け、大急ぎでその横を抜けた。敵は横から弾丸を我々に浴せて来た。我々は雑草を鉄兜《てつかぶと》や背嚢《はいのう》にくっつけ偽装して行った。野菊をさした兵隊が多かった。我々は用心深く遮蔽《しゃへい》しつつ、昨日枝松斥候が偵察して置いた道路を前進したのである。桑畑と稲田の中に既に敵の居ないトーチカが幾つもあった。

私達は二粁《キロ》も歩いた頃、竹林に囲まれた部落に入った。すさまじい機関銃の音が交錯し、竹林が弾丸のため鳴り続けている。竹林の中に機関銃を揃え、前方へ、射撃している。我々は此処《ここ》で炊爨《すいさん》の時間があるかも知れぬと云われ、兵隊はクリークに飯盒を洗いに行ったが、すぐに又前進の命令が来た。片岡部隊長が竹林から前線を凝視している。我々は竹林の端に出た。弾丸が唸りを生じて前後左右を過ぎる。前方の白壁の一軒家まで行け、と云われた。一軒家まで五百米《メートル》位、ずっと刈り取った稲田の平《へい》坦地《たんち》である。気をつけて行け、と私は叫んだ。私達は飛び出した。ばたばたと兵隊が倒れた。私達は何回も伏せをしながら、百米ばかりの所にあった僅《わず》かな堆土の蔭に辿りついた。堆土の上には一本の樹が生えている。堆土に弾丸がしきりに当る。息切れがするので私は水筒から水を飲んだ。此処に十人ばかり兵隊が居る。皆血走ったような顔をしている。すると出て来た竹林の方から何か叫ぶ声が聞えた。弾丸の音に消され、はっきり聞き取れなかった。何か、と何度も訊《き》き返した。竹林から一人の兵隊が歩み出して来て、口に手で輪を作って、今から山砲で掩護《えんご》射撃をする。そこに居ると危ないから下って来い、と叫んでいることが聞き取れた。我々の真後の竹林の中に山砲が据えられるのが見えた。砲口が我々を狙っているように、我々の方を向いていた。よしでは一軒家まで一気に出るぞ、第一小隊前進、小隊長は刀を振り上げると、真先に駆け出した。私達も駆け出した。何回も私は稲田の中に伏せた。兵隊が彼方此方《あっちこっち》で倒れた。弾丸がすぐ耳を掠《かす》めるように過ぎる。一軒家の近くまで行くとまだ刈り入れない稲穂が房々と実り、私は足を取られて走れなかった。私は稲の中に寝た。私は稲の中に埋もれ、暫く何にも見えなかった。背中の上を弾丸の過ぎる音を聞き、分隊の兵隊も大丈夫だったかと気になり始めた。私は立ち上った。一軒家の蔭に兵隊が沢山居るのが見える。どんどん兵隊が駆けて一軒家へ集まって行く。一軒家の線に兵隊が散開している。私が駆け出そうとして立ち上った時、私はすぐ前方の散兵線で軽機関銃を射っていた兵隊が急にがくと頭を下げて横に転がるのを見た。私はあたりを見廻《みまわ》した。走っている兵隊の中に分隊の兵隊の顔が見えた。私は一軒家に向かって駆け出した。何人も兵隊が倒れたのを感じた。私はようやく一軒家に辿《たど》り着いた。一軒家の後に壕《ごう》が掘ってあって、兵隊が沢山居る。分隊の兵隊も居る。家の両脇に重機関銃を据えて、爽快《そうかい》な音を立てて前方を射撃している。この廟《びょう》は全くすさまじい敵の十字火の中にある。この廟以外に何の掩護物《えんごぶつ》もないこの一つの拠点に向かって、敵の銃火は悉《ことごと》く集まっているように見える。廟の壁や屋根に続けざまに当り、土を弾《は》ね、瓦《かわら》の砕片を飛ばす。我々の壕のすぐ横に一本大きな樟《くすのき》があるのに、熾《さか》んに弾丸が当り、ぱしと枝の折れる音がしたり、枯葉がぱらぱらと落ちて来たりする。私は分隊員の事が気遣われていたが、少し遅れて来た者はあったけれども、誰も減っていなかった。私は第二分隊番号、と号令をかけた。一、二、三、四、五、六、七、八、九、十、十一、と返事があった。私達は顔見合わせた。この前進で大分兵隊はやられたようである。廟の前にはクリークがあって、石の太鼓橋が架っている。このクリークにあった他の橋は皆破壊されて、この橋一つが残されているのだという。その太鼓橋の左手にぽかりと大きなトーチカが見え、ぎょろりと光った眼のように、銃眼が開いている。前方に沢山トーチカがあるに違いないが、首を出すと危ないので私達は壕の中に跼《かが》んでいた。山砲の轟音《ごうおん》が空気を揺がして鳴り響いた。飛行機がしきりに爆撃をした。敵は飛行機が嫌いと見えて、飛行機が来ると、一寸《ちょっと》、射撃の手をゆるめるようである。飛行機が飛び去ると、又はげしく射ち出す。しかし、我々はすさまじい十字火の中で、とうとう夕刻までこの一軒家の線から一歩も出る事が出来なかったのである。

日暮れになるにつれて空模様が悪くなり、小さい雨がやがて落ちて来た。すると、我々は前方の太鼓橋を渡って、トーチカを占領するために、前進するのだ、と知らされた。中村小隊が先《ま》ず越える事になった。中隊長の顔にも決心の色が見られた。今村准尉が太鼓橋を睨《にら》んで立っていた。私達は壕の横に全部背嚢《はいのう》を下ろした。軽快に突撃をするためにだ。よし、行け、と中隊長の声が聞えた。決死の表情を湛《たた》えた兵隊が壕の中からばらばらと駈け出して行った。敵からの射撃が一層はげしくなった。一軒家の蔭になり、見えなくなった。白い煙が橋と思われる所から立ち上った。煙幕だ。成功、成功、と叫ぶ中隊長の声が聞えた。山崎小隊長は刀を抜いて我々の方を見た。行くぞ。我々は着剣した。気をつけて一気に橋を躍り越えろ、途中で止まるな、団《かたま》ったら危ない、一人一人越えろ、私は兵隊に云った。兵隊は私の顔を睨み、怒ったような顔をして首肯《うなず》いた。壕を出て一軒家の蔭に出ると、逸散に私は太鼓橋の袂《たもと》まで行った。振りむくとすぐ私の後に兵隊が続いている。私は太鼓橋を駈け上ったが、頂上で伏せて止まった。太鼓橋の上に支那兵の半焦げになった屍骸《しがい》が二つ転がっている。太鼓橋に当る敵弾が鞭《むち》を鳴らすようにすさまじい音を立てている。気をつけろ、と私はもう一度振り返って叫び、立ち上って橋を躍り越えた。私の足の下で、弾丸が石に当ってぱっぱっと赤い火花が散った。私は相当急な太鼓橋の斜面を落ちるごとく降り、橋畔のクリークの中に飛び込んだ。私は橋の上を凝視していた。兵隊は一人宛《ずつ》弾丸のように飛び越えた。弾丸が太鼓橋に当って火花を散らしている。その上を次々に兵隊は乗り越えて来た。私達は膝《ひざ》まで没するクリークの中を歩き、田圃《たんぼ》に出て、小隊長から指示された線に散開した。前方のトーチカは第二小隊が見事に突撃して奪取したらしい。そのトーチカを中心にして中隊は抵抗線を作り、朝まで頑張るのだと云われた。弾丸が来る中で、我々は横に腹這《はらば》った儘散兵壕《さんぺいごう》を掘った。土は非常に柔らかかったので見る間に穴は掘れた。出来るだけ深く掘るようにと私は云った。我々が敵弾から安全である為には穴より外に何もないのである。雨が降ったり、止んだりした。大降りにはならなかった。日が暮れた。湿った土の壕はぞくぞくと冷たさが身に沁《し》みた。私達は背嚢を廟の所に置いて来たので、天幕も外套《がいとう》もない。寒さが襲って来た。私達の壕は橋のすぐ袂と、少し離れた所と、二つに切れていた。私は橋の袂の壕に行ってみた。

我々の分隊は嬉《うれ》しいことに誰も怪我もしていなかった。太鼓橋を越える時には大分やられた様子である。こちらの壕には阪上上等兵が居たので適当に指揮を取るように云った。阪上上等兵は、私は橋を越える時眼の前にぱっと火が光ったので思わず伏せてそこにあった黒い物に抱きついた、それが黒焦げになった支那兵の屍骸でしたよ、あいつ顔が半分すっ飛んでいたのは屹度《きっと》山砲にやられたのですよ、私は縁起でもないのでクリークで手をごしごし洗いました。そこにはまだ半死の奴が一人転がっていますと、苦いものでも噛《か》んでいるような口調で云った。話している間も我々の頭上を間断なく弾丸が過ぎた。よく草臥《くたび》れずに射つものである。阪上上等兵の指さす橋の袂に黒い物が転がっていて、幽《かす》かに呻《うめ》いていた。甲斐一等兵がせっせと穴を深めている。甲斐一等兵はクリークに落ち込みはせなんだか、と私が云ったので、皆笑った。私は自分の壕に帰った。時間が流れた。班長殿、齧《かじ》りませんか、と横に居た末永一等兵が闇の中で私の掌《てのひら》の上に何か棒のようなものを載せた。鰹節《かつおぶし》だった。私はそれを齧った。私はふっと、野村潤一君のくれた鯣《するめ》の胴衣《チョツキ》を思い出した。あれはこんな時に少しずつ千切って食べる食糧にするのかも知れないと思った。鰹節は舌に甘く、私は味わうようにしゃぶったのである。

急に左手の方で銃声が起り機関銃が鳴りだした。味方の機銃である。逆襲だ、という声が聞えた。私は瞳《ひとみ》を凝らして真暗な地平線を透して見た。何か黒い影が蠢《うごめ》いているようである。私は射てと云《い》った。吉田一等兵はその方角に向かって軽機関銃を射ち始めた。皆射ちだした。驚いたことには、私達に向かって弾丸が前からも横からも来た。私達の穴の壁に来てぷつぷつと突き刺さった。阪上上等兵、敵が見えるか、と私は呶鳴《どな》った。見えます、と答があった。すさまじい銃声が交錯し、暫《しばら》くして止んだ。畜生、故障を起しやがった、と吉田一等兵が舌打ちした。私は冷やりとした。末永一等兵と二人で穴の底に首をつき合わせ懐中電灯を点《つ》けて故障排除を始めた。軽機関銃がないということは腕を捥《も》がれたよりも心細いものである。やがて修理が終った。弾薬が泥に汚れているので突込をやるのですよ、と吉田一等兵が云った。私は兵隊にそう云って、汚れていない弾薬を集めさせ、軽機の弾薬匣《こう》のと入れ替させた。又、敵はやって来た。うるさいことには、とうとう朝まで六回位敵は逆襲をして来た。我々はおかげで仮眠するどころの騒ぎではなかったのである。敵は近づいて来るけれども、突き込んでは来ず、射撃ばかりして引き上げて行った。私は弾丸の合間に、支那兵の掛け声のような、多分号令だったかと思うが、奇妙な声を二度聞いた。雨が時々降り、我々の壕の底は水溜《みずたま》りになった。

(ここまで書いたら眠くなった。今日は久し振りで弾丸の音を聞かないで眠れる。又、明朝書き継ごう。十五日夜)

十三日

霧がかかったように白い黎明《れいめい》の中を、夜明けとともに我々は壕を飛び出して田圃の上を前進した。トーチカから敵は間断なく射撃して来る。交通壕が幾つも錯綜《さくそう》して掘ってあるのが見えた。駈けて行く我々の足下に幾つも転がっている支那兵の屍《しかばね》があった。我々は敵の作った散兵壕の線に停止した。前方には兵隊が攻撃前進しているのが見える。幾つもあるトーチカに向かって、吸い寄せられるように兵隊が行く、私の伏せているすぐ横の堆土《たいど》に中隊長が居る。私の右に田村一等兵、左に甲斐一等兵が居る。外の者は見えない。外の者はどうしたか、と云うと、この後の壕に居ます、と云う。弾丸が我々の両側を掠《かす》める。すると、後の方で、第二分隊長は居らんか、兵隊がやられたぞ、と誰かが叫ぶのが聞えた。私はどきんとして、誰がやられたか、と叫んだ。私の兵隊ではなかった。看護兵、と方々で呶鳴っている声がする。暫く私達はそこに伏せていた。やがて、その壕を伝って右の部落に行けという命令が来た。私は前の壕に飛びこんだ。膝近くまで泥水が溜り、飛沫《ひまつ》を私は顔に浴びた。壕を伝って丁字になって壕の角に来て、後方から来る兵隊を待った。兵隊が泥塗《どろまみ》れの顔をして、じゃぶじゃぶと泥水の中を腰を屈《かが》めて来た。私は皆居るのを確かめて壕を伝って部落へ行った。壕の途中に三人支那兵が埋もれて死んでいる。我々はその上を踏みつけて壕を行けば、敵弾からは安全なのだが、我々はわざわざ壕を這い出して弾丸の中に出、どんどん部落の方へ駈け出して行った。

部落は五六軒の家があるばかりである。銭家浜《せんかひん》という所と聞いた。すると着いたと思うと、第二分隊はトーチカ占領に行け、と山崎小隊長の声が聞えた。小隊長は何かすさまじい表情をして、私の肩を叩《たた》き、気をつけて行け、と云った。私は、俺について来い、と兵隊に云い、示されたトーチカの方へ駆け出した。私達の眼前に現われた墓のようなトーチカを前にして、暫く堆土の蔭《かげ》に伏せていた。私達はぎょろりと見開いた二つの大きな眼のような銃眼から、首も挙げられないほど機関銃弾を浴びた。私は右の耳を何かで弾《はじ》かれたように感じた。次第に火でもつけたように熱くなって来た。指で触ってみると血がついた。分隊長、これは正面からでは駄目ですよ、と阪上上等兵が云った。私もそう思っていた。銃眼から銃口が覗《のぞ》いているのがはっきり見えた。私は裏に廻《まわ》る見当をつけた。私達は一応部落に帰り、そこを抜けて竹林の中に入った。竹林の中には友軍の兵隊が蹲《しゃが》んでいた。私達がそこを通ろうとすると、射たれるぞ、と云った。私達は壕《ごう》を飛び越え、トーチカの後にあると思われる一軒の民家に飛び込んだ。その家を抜け、竹垣を出ると、ぽかんと、私達の眼前にそのトーチカがあった。我々は無論此処《ここ》で敵と遭遇し、格闘するつもりで来たのであったが、我々の前に、狂暴な偉力を発揮していた敵のトーチカが、まるで置き忘れられたように、ひっそり閑として、そこにあった。私達と一緒に部隊本部の兵隊が居た。私はもう誰も居ないかも知れぬと思った。そのトーチカは横が五間位あり、両側に真新しい白木の扉があった。私達は扉の所に耳をくっつけたり、叩いたりして中の様子を探ってみた。確かに中に居ると古城一等兵が云った。すると、向こうから私の方へ弾丸が飛んで来始めた。友軍が我々を射ち始めたのだ。私は雑嚢《ざつのう》から小さい日の丸の旗を出して竹につけ、トーチカの上に立てた。弾丸が来なくなった。トーチカの上に三つ空気抜きがあった。私達はそこから手榴弾《しゅりゅうだん》を入れることにした。安全栓を抜き、発火させて、幾つもそのパイプの中に手榴弾を転がし込んだ。轟然《ごうぜん》と音立てて手榴弾は炸裂《さくれつ》した。私は兵隊に、扉の一箇所を照準して続けさまに弾丸を射ち込ませた。厚い扉はびくともしなかった。兵隊は大きな石をぶっつけたが矢張り駄目だった。私は扉の前に立って扉を叩いた。銃把でごとごと叩いた。それから、儞《ニー》、来々《ライライ》、出て来い、と云った。私の知っているたった一つの支那語だ。儞、来々、と私は何度も叫んで扉を蹴《け》った。そうして耳を澄ましたが、暫く何の返事も無かった。すると、ようやく、話声のようなものが聞え始め、此方《こっち》に向かって支那語で話しかける声が聞え、中から扉が開いた。私は用心して銃剣をそこへ擬した。中から汚れくさった顔をした支那兵が覗いた。あまりに近く敵兵の顔を見て、私は一寸《ちょっと》ぎょっとした。支那兵は何か首を振りながら、私の方に銃を向けた。すぐに銃を倒《さかさ》に持ち直して差し出した。次から次に銃を出して来た。駭いたことには、次々に小銃や拳銃《けんじゅう》の数は三十挺《ちょう》を越えたのだ。来々《ライライ》、出て来い、と私は手振りで云った。次々に支那兵が出て来た。どれもひ弱そうな若い兵隊だった。それは、しかし、歯《は》がゆいことには、どれも日本人によく似ていた。彼等は手榴弾のためにやられたらしく、気息奄々《きそくえんえん》としているのや、真黒に顔が焦げたのや、顎《あご》が飛んで無くなっているのや、左頬の千断れたのがや、次々に現われた。彼等はぺこぺこお辞儀をし、手を合わせて、助けて貰《もら》いたいというような哀願の表情をした。最初出て来た四人の支那兵の一人が逃げようとした。阪上上等兵がそれを射ち殪《たお》した。何人か宛《ずつ》出て来ては、その後がまた中々出て来なかった。あまり沢山居るので私は古城一等兵に、小隊長にそう云って応援を求めにやった。やがて、手伝いの兵隊と一緒に山崎少尉もやって来た。中々出て来ないので、私と中川上等兵とは中に入って行った。煙硝《えんしょう》の匂いが鼻をついた。私は銃剣を構え、暗闇に向かって、儞《ニー》、来々《ライライ》、快々的《カイカイテ》来々《ライライ》、と呶鳴った。中は銃剣からの光だけである。おどおどした眼付で壁板から顔を出し、残っているのもぞろぞろ出て来た。すると、もう居ないだろうと思っていると、私は暗闇の中で、大声で呻いている声を聞いた。瞳を凝らして見ると、中央の土間に何か黒い者が蠢き転げ廻っているのを見た。私は銃剣を構えて、それに近づいた。手榴弾でやられてのたうっているのであろうと思ったのだ。入口の近くには既に二人死んでいた。私達が近づくと、その呻き声は一層はげしくなった。しかし、それは呻き声ではなかった。それは泣いていたのだ。私はそこに転がって身も世もあらぬほどの声を立てている兵隊に手を掛けた。来々《ライライ》。するとその二人の兵隊はやっと立ち上った。私は暗闇からにゅっと銃眼の光の中に出た兵隊の顔が、あまりにも若く美しかったので、どきりとした。二人とも同じ位若く、殆《ほと》んど少年であったのだ。しかも二人とも女かと見まごうばかり美しかった。二人は顔中を泣き腫《は》らし、私の肩に両方からより縋《すが》った。彼等は何か云い始めたが、無論、私には判らなかった。一人の兵隊は、ポケットから手帳を出し、頁《ページ》を繰って私に一葉の写真を示した。それは母の写真かと思われた。彼等の云うことは無論私には充分に想像された。二人は兄弟かも知れぬと私は思った。私はふいと、この二人だけはここに残して行こうかと考えた。しかし私は両肩にぶら下るように縋る二人の兵隊を連れて表へ出た。兵隊はしきりに首に手を当てて、殺さないでくれ、と身振りをした。私は、よしよし、というように首肯《うなず》いた。少年兵の悲しみにつぶれた顔に、かすかな喜びに似た影が掠めたように思った。私は胸の中に説明しようのない、淋《さび》しさとも、怒りともつかぬ感情が渦巻くのを感じた。私が表に出ると、そこに兵隊が居た。二人の少年兵を渡して私は又、トーチカの中に入った。兵隊が二三人ついて来た。厚さ一米《メートル》もあるコンクリートのペトン式トーチカである。入口の壁に中華民国二十五年と彫ってある。入口の左手の天井に、青天白日の徽章《きしょう》のついた袋に包まれた傘が五六本ぶら下っている。籠《かご》の中に飯の炊いたのや、炒《い》り豆等があった。奥に入ると、乾麺麭《かんパン》が笊《ざる》の中に一杯入っていた。私はそれを食った。兵隊も食った。我々はこの数日殆んど何も食っていない。毒は大丈夫かな、と心配する兵隊もある。私は忽《たちま》ち四つ食った。残っていた弾薬や、手鞄《てかばん》や、書類等を拾い集めて、トーチカを出た。表には引き上げた後で、もう誰もいなかった。

大隊本部のある先刻の部落まで帰って来ると、ずらりと捕虜が並んでいた。吉田一等兵が来て、班長、飯は出来とりますよ、と云《い》った。私は家の中に入った。私は裏のクリークに出て顔と手とを洗った。耳を少し怪我したようだ。久し振りで食う米の飯は何ともいえずおいしかった。

　横になった途端に、眠くなった。少し寝た。寒さで眼が醒《さ》めて、表に出た。すると、先刻まで、電線で数珠《じゅず》つなぎにされていた捕虜の姿が見えない。どうしたのかとそこに居た兵隊に訊《たず》ねると、皆殺しましたと云った。

　見ると、散兵壕《さんぺいごう》のなかに、支那兵の屍骸《しがい》が投げこまれてある。壕は狭いので重なり合い、泥水のなかに半分は浸っていた。三十六人、皆殺したのだろうか。私は黯然《あんぜん》とした思いで、又も、胸の中に、怒りの感情の渦巻くのを覚えた。嘔吐《おうと》を感じ、気が滅《め》入《い》って来て、そこを立ち去ろうとすると、ふと、妙なものに気づいた。屍骸が動いているのだった。そこへ行って見ると、重なり合った屍の下積みになって、半死の支那兵が血塗れになって、蠢いていた。彼は靴音に気附いたか、不自由な姿勢で、渾身《こんしん》の勇を揮《ふる》うように、顔をあげて私を見た。その苦しげな表情に私はぞっとした。彼は懇願するような眼附で、私と自分の胸とを交互に示した。射ってくれと云っていることに微塵《みじん》の疑いもない。私は躊躇《ちゅうちょ》しなかった。急いで、瀕死《ひんし》の支那兵の胸に照準を附けると、引鉄《ひきがね》を引いた。支那兵は動かなくなった。山崎小隊長が走って来て、どうして、敵中で無意味な発砲をするかと云った。どうして、こんな無慙《むざん》なことをするのかと云いたかったが、それは云えなかった。重い気持で、私はそこを離れた。

ここに一枚の布片《ぬのきれ》がある。これらの支那兵の一番えらい兵隊が腕につけていたのである。それには、陸軍新編第三十四師団第二旅四団二営八連少尉何某の名がある。私はその私の友人に似た支那兵の顔をはっきり覚えている。肩章の裏には次の四行がある。

尽《じん》忠《ちゅう》職《しょく》務《む》
厳《げん》守《しゅ》紀《き》律《りつ》
実《じつ》行《こう》主《しゅ》義《ぎ》
完《かん》成《せい》革《かく》命《めい》

私達は昨日の廟《びょう》の所へ背嚢《はいのう》を取りに行った。私はいやになってしまった。戦闘の時には感じなかった危険が、下るとか引き返すとかする時に、却《かえ》って感じられるのである。弾丸は昨日や今朝ほどではないが、相当に飛んで来る。多くのトーチカは大半占領されたらしい。我々は昨日血相変えて躍り越えた太鼓橋を、今度、又も、少々血相変えて、敵に後を見せて躍り越えなければならなかったのである。

廟の横では折柄、中隊の数名の戦死者を火葬に附する所であった。それは適当な場所がないため、桑畑の中に穴が掘られ、弾丸の中で行われた。私が行った時には既に戦死者の身体に火が点ぜられていた。兵隊は皆桑畑の中に伏せていたので、私も伏せ、合掌をした。すると、坊さんだけはどうしても我々と同じように地に寝なかった。藤田賢竜一等兵は、燃え上る煙の前にすっくと立って瞑目《めいもく》し、朗々と経を誦《ず》した。危ないから伏せろ、と中村少尉が何度も云った。大丈夫です、と僧侶《そうりょ》は静かに答え、長い経を続けた。弾丸が桑の木に何発も来て当った。私は、この、日頃自分は糞《くそ》坊主だと称し、生臭坊主を自認して、実際、普段は少しも僧侶らしくなかった、藤田一等兵の姿を仰ぎ見た。それは樹木のごとく、確固として地から生えたように、崇厳なものがあった。経を誦し終ると、藤田一等兵は静かに眼をひらき、思い出したように、浅い壕《ごう》に身を伏せた。私はふいと、私も何時弾丸に倒れ、土に帰するかも知れないし、何時、藤田上人に経を誦されるかも知れないと思った。兵隊の運命はことごとく同じである。この戦闘で、又、部隊は相当の戦死傷者を出した様子である。

　我々の部隊はまだ前進が出来なかった。我々の部隊は数日来既に多くの犠牲者を出してトーチカ陣地を突破して行ったが、我々は何百のトーチカを奪取すればこの地点が完全に占領されるのか。我々は既に無数のトーチカを肉弾を以《もっ》て奪取したにも拘《かかわ》らず、我々の前途には尚《なお》無数のトーチカがあったのである。

夕刻、私達は後方の部落で宿営をした。我々は久し振りで屋根のある、地面に藁《わら》を敷いた寝床を持ったのである。

十四日

昼間は我々は予備隊となって、弾丸に曝《さら》されながらも安全な壕の中で一日を暮らした。秋の陽ざしに打たれながら、私達は弾丸の中で何をすることもなく、只管《ひたすら》眠ることばかり考えていた。

夜になって前進を始めた我々の部隊は、二粁《キロ》ばかり行った地点で、右手の部落に入った。私達はそこで命令を待つように云われた。皎々《こうこう》たる月明である。やがて、小隊長から、今夜は夜襲を決行するのだと知らされた。服装は出来るだけ軽くして行くようにと云われた。私は身内の引き緊《し》まるのを感じた。此処《ここ》まで兵隊を失わずに来た我々の分隊も今夜こそはどうしても減ることを免れないと考えられたのである。私は兵隊を集めて、お粥《かゆ》でも啜《すす》り合って行こうと云った。私達は飯盒《はんごう》でお粥を作り、皆で分け合って食べた。私はふと、皆の顔をひとわたりぐるりと見廻《みまわ》した。

分隊長集まれという伝令が来たので行く。一本の枯木の根に堆土《たいど》があり、そこに中隊長が居た。小隊長も分隊長も皆集まった。山砲が据えられてある。月明の中に前方は海のように見える。我々が夜襲を決行する、トーチカのあるという森が幽《かす》かに見える。中隊長は、ひとつ喰《くら》わして貰いますかな、と隣の砲兵将校に話しかける。ひとつ喰わしてやりますかな、とそう答え、号令を下す。耳を劈《つんざ》く音が起り、前方の森にはっとまっ赤な火が閃《ひらめ》く。よいところ、と中隊長が云う。四五発山砲が射撃をした。我々は前方を監視していた。すると、中村少尉が、あそこから来るぞ、敵襲だ、と小声で囁《ささや》いた。なに、来やがったか、と誰かが後方に走って行った。だだだとどよめく足音が聞え、兵隊が駆け出して来た。兵隊が銃剣をきらめかし、我々の背後に詰めかけた。敵影と思われた影は次第に薄くなり、判らなくなった。我々は緊張した。時間が経った。やがて機関銃の音が左右から起った、月明の中に音ばかりがすさまじく交錯した。兵隊は地上に伏せている。やがて、月光の中に俯向《うつむ》いた儘《まま》眠ってしまった。鉄兜《てつかぶと》が並び、まるで西瓜畑《すいかばたけ》である。私も何時の間にか、うとうとと寝てしまった。私は寒くなって眼を醒ました。私は小屋の中に入りこんだ。歩哨《ほしょう》が歩き廻っている。

十五日

私達が前進を始めると、私達は奇妙な静けさにあきれてしまった。昨日まで続けさまに鳴り響く銃砲火の中に我々は居た。今日は何処からも一発の弾丸も来ず、一人の支那兵の姿も見ない。見えるのは前進の道に点々と倒れている屍骸ばかりである。幾つも見えるトーチカは墓のように静まり返っている。何か嘘みたいである。無論総退却をしたものに違いないが、その逃足の神速にして鮮やかなのに、一寸《ちょつと》我々は敬服したのである。半分刈り取られた稲田が果てもなく続き、全く山の姿も見ない。点々とある部落には全く土民の影が見えない。道傍《みちばた》には雑草に混って、野菊とコスモスと虎《いた》杖《どり》に似た白い花とが見られた。我々は戦闘中敵の眼を晦《くら》ますために、度々偽装をした。偽装網を被《かぶ》り、鉄兜や、身体に草をくっつけたり、木の枝をさしたりした。しかし、凄惨《せいさん》な死闘の中では、自ら、その高貴な白菊の美しさに心惹《こころひ》かれるのであろうか、私達は充分にたくさん適当な雑草がありあまる程あるにも拘らず、白菊の花を摘んでは鉄兜や背嚢の上にくっつけた。弾丸を浴びる我々の陣地はそのために、時ならぬ白菊の丘となり、菊人形のごとくなった兵隊たちが動き廻っていたのである。所々に水牛が悠長な足取りで歩き廻っている。正午近く、私達は道の左手の広場で休憩した。昼食。何処からか兵隊が赤い絹糸で刺繍《ししゅう》した敷布を探し出して来た。山羊《やぎ》というものは脆《もろ》いもんじゃな、一発でころりと参ったよ、とそう云いながら早瀬一等兵が右手に一頭の山羊をぶら下げて来た。豆の入った袋を担いで来る者もある。鍋《なべ》を捜し出して来た。野原に穴を掘って竈《かまど》を作った。兵隊が山羊の料理を始めた。金盥《かなだらい》を拾って来て豆を炒《い》り始める。さて、我々は赤い刺繍のある絨毯《じゅうたん》を敷いて坐《すわ》りこんだ。空は青いし、まるでピクニックみたいだと笑った。山羊は初めてだった。うまかった。私はクリークの所に出た。水に映った青空が珍しいもののように美しかった。私は水面に顔を映してみた。真黒に汚れた髯面《ひげづら》が私を見た。私は安全剃刀《かみそり》を出して来て髯を剃《そ》った。あれ見てくれ、班長殿は嘉善入城というのでおめかしを始めたぞ、と私の後で中川上等兵が笑った。

出発。私達の左手に鉄道線路が見えた。支那兵が乗って来たであろうと思われる貨車が何輛《りょう》も線路上に放棄されてある。やがて、嘉善のぎざぎざのある城壁が見えて来た。城壁の上に閃く一本の日章旗があった。私は身内がずんとするような感動を覚え、歩きながら涙の溢《あふ》れ出て来るのを禁ずることが出来なかった。我々はしかし嘉善城には入らないで、城壁を左に見廻し、右に折れて、淋《さび》しい村落に入った。我々は其処《そこ》で家を当てがわれた。

我々はその夕方、豪華なる祝宴を張った。鶏が何羽も手に入った。嘉善城に遠征に出かけた兵隊は、さまざまの御馳走《ごちそう》と、支那酒とを齎《もたら》して帰った。色々な菓子、棗《なつめ》、梅漬、飴《あめ》、卵等が我々の前にあった。我々は家の前の広場に坐りこんだ。土の暖かさが尻《しり》に沁《し》みた。私達はお互いの無事を祝し、乾杯した。小隊長が我々の宴席に加わった。どうです、ひとつ得意の紺屋高尾は、と私は云《い》った。山崎少尉は、一つ唸《うな》るかな、と上機嫌で云った。中隊本部から伝令が来て、小隊長は又、後から来るから、と去ってしまった。私達は何杯も強い支那の酒を飲んだ。私は久しぶりでしみじみと兵隊の日に焦げた顔を眺め、私は何かすばらしい発見をしたように愕然《がくぜん》とするものがあった。それは先《ま》ず何よりも、私が今日まで、このようによくやって来たということである。我々は出征した当初とは全く違ってしまった。兵隊は見違えるばかり逞《たくま》しく立派になった。我々の間には限りない信頼と勇気とが生まれた。嘗《かつ》て私がその思惟《しい》の大いさに駭《おどろ》き、新しい生活の方法を自覚したことは、何ものよりも簡単なことであることが明確になった。私は私の部下を死の中に投じ得ると云われた偉大なる関係に対して、その責任の重大さを思い、その資格について危惧《きぐ》していたけれども、それは何も考えるほどのことではないことが判った。それは又思想でもなんでもない。私が兵隊と共に死の中に飛び込んでゆく。兵隊に先んじて死を超える、その一つの行為のみが一切を解決することが判った。私達は弾丸と泥濘《でいねい》の戦場に於《おい》て最も単純なるものに依《よ》って、最も堅確に結ばれた。それはも早考える価値のないほど簡単なものである。それはつまり、そのようにして我々兵隊は、次第に強く、逞しく、祖国を守る道を進むことが出来ると知った。最も簡単にして単純なるものが最も高いものへ、直ちに通じている。そのようにして我々が前進を始め、戦場に現われ、弾丸に殪《たお》れる時、自ら、口をついて出るものは、大日本帝国万歳の言葉であると知った。私はそのような感慨に捕われ、ただ何も云わず、お互いの無事を祝し、これからも気をつけてやろうぜ、みんななかなか勇ましいぜ、高橋や内藤が居たら面白いな、などというような話ばかりする兵隊を、立派であると思い、見惚《みと》れるような思いで眺めた。ひと度は堪え難いと考えられた我々の苦難というものが、こんなにも訳もなく揚棄され、こんなにも単純に高いものに昂揚《こうよう》されるものだということは、単純過ぎるために駭くばかりである。

　ここまで書いた時に、中隊本部から財間《ざいま》伍長《ごちょう》がやって来て、先の達しは取り消し、部隊は正午に集結を終って前進を開始する、当隊は主力の嘉興攻撃に際し、蘇州への敵退路を遮断すべく、右迂回《うかい》隊となるのだと云って来た。先の達しというのは、昨日、それから今日も早朝やって来て、部隊は此処で相当永く滞在になるかも知れない、クリークの水を大切にして、小便を仕込んだり、クリークで直接に洗面をしたりしないように、洗濯等も一応汲《く》み上げてするように、等と触れ廻ったのだ。そこで昨日から今朝にかけて、兵隊は、洗濯を始めたり、風呂《ふろ》の支度を始めたりして居った訳だ。

　もう正午と云えば一時間位しかない。折角楽しみにしていた風呂にも入れない。兵隊が洗濯してくれた襯衣《シャツ》はまだ乾いていないので棄てて行くことにする。我々は又前進だ。何処まで行くのやら判らない。しかし我々はも早堂々と進軍が出来るだろう。昨日此処に着いた時に靴を脱いでみたら、私は跣足《はだし》で軍靴を履いていた。靴下は泥水に浸って濡《ぬ》れたままのを、靴など脱ぐ間が無かったため、その儘歩いている中《うち》に、千切れ、溶けて無くなってしまったのだ。私の足は豆を踏み潰《つぶ》し、板のようになった。爪は黒くなって剝《は》げてしまった。我々はも早、この進軍を続け得るものは、我々の肉体ではないということを知ったのだ。弟よ、兄さんは、どんなに苦しくも、自分の精神力を信じ、勇ましく前進して行くつもりだ。我々の前途には如何《いか》なる苦難があり、いかなる凄絶《せいぜつ》なる戦場が待っているか、想像もつかないが、何があってもよい、我々はただ進んで行けばよいのである。

空模様が悪く、雨が落ちて来た。我々の進軍は又もや泥濘の進軍に相違ない。

皆、どうしているであろうか。我々は内地からの通信を、乗船以来全く手にしない。無論新聞も見ない。又、兄さんが書きつけているこの君への通信も、何時何処から出せるようになるか。相変らず背嚢《はいのう》の中に入れて歩く始末である。この手紙も無論同じ運命にある。しかし何時か必ず君の手許《てもと》に届き、家内中で開いて見られる日の来ることを信じ、楽しい気持で、この手紙を認《したた》める。今度は何時何処で手紙が書けるか、何も判らない。ただ、又、今度の手紙を書く時にも、今までと同じように、まだ死ななかった、又、便りが書ける、という書き出しで始めたいものだ。

あとがき　「麦と兵隊」「土と兵隊」を書いた頃

私にとって「糞尿譚《ふんにょうたん》」が忘れがたい作品である以上に、「麦と兵隊」「土と兵隊」「花と兵隊」の兵隊三部作は、私にとっての記念的作品である。文字どおり生命を賭《か》けて書いた作品であり、生涯に二度あろうとも考えられぬ運命的な体験でもあったので、その当時の思い出は胸の奥底に染みついている。

「糞尿譚」は昭和十二年下半期の芥川賞《あくたがわしょう》を受けた。私はそのとき杭州に駐留していた。小林秀雄氏が賞品である時計をたずさえてきて、陣中授与式が行われた。小林氏が杭州を去ると、私を中支派遣軍報道部へ転属させるという話が持ちあがった。偶然みたいにして芥川賞をもらったけれども、自分の才能などに自信もうぬぼれも持たなかったので、報道部へいったものかどうか迷っているところへ、上海から報道班長の馬淵中佐がやってきた。私は馬淵中佐のそのときの言葉に心を動かされた。それは次のような意味のものであった。

「君が生死をともにした兵隊と別れたくない気持はよくわかる。また、部隊が大切な第一線の分隊長を放したがらない気持もよくわかる。しかし、分隊長として戦闘する兵隊は他にもたくさんいるけれども、文章を書いて芥川賞をとるような兵隊は他にはいない。君は銃剣をもって働くよりもペンをもって御奉公した方が、十倍も百倍も意義があるのだ。君自身にしても、鉄砲を射つよりも、文章を書いている方がふさわしいし、好ましいにきまっている。報道部は個人の才能を活《い》かすところだ。私が君を急に欲しいと思うのは、近く、徐州会戦がはじまるからだ。これは世界大戦のタンネルベルヒ大会戦に匹敵する最後的決戦であって、これによって、一挙に、この支那事変は勝敗が決するかも知れない。しかし、君を報道部員として従軍させるのは、行ってすぐ書けという意味ではない。世界の戦争文学でも『西部戦線異状なし』などの傑作は、すべて戦後十年も経ってから出ている。戦争中に戦争を書くことには無理があるから、今すぐ書かなくともいいのだ。しかし、将来、君が戦争文学を書く場合、きっと、この徐州会戦は大きな参考になるだろう」

そんな経緯があって上海の報道部入りをし、私は徐州戦線へ出発した。五月四日であった。そして、五月二十七日、ふたたび上海へ帰りついた。その間、軍から支給された従軍手帳に、出来るだけこまかく日記をつけていたが、それを整理按配《あんばい》して「麦と兵隊」を書いたのである。なぜ整理按配しなければならなかったかというと、いうまでもなく、戦争中であったため、軍の検閲がきびしく、自由に書くことが許されなかったからだ。だから、手帳に書きとめていることでも省かねばならなかったし、多少はペンを歪《ゆが》めねばならなかった。発表された「麦と兵隊」は、五月四日からはじまって、五月二十二日で終っている。

従軍日記は、あわただしい行軍と戦闘の間に、寸暇を盗んでメモしたのであるから、不備だらけだ。それにほとんど夜は暗いローソクの光で書いたのだから、あとで読めない部分もある。しかし、ぶつかることを生のまま記録し、経験に対しては考えたとおりを書きつけているから、ひょっとしたら、正直さや真実の点では、メモの方が「麦と兵隊」より勝っているかも知れない。当時、ペンに加えられていた制限は大きなものであった。第一、日本軍が負けているところを書いてはならない。皇軍は忠勇義烈、勇敢無比であって、けっして負けたり退却したりはしないのである。次に、戦争の暗黒面を書いてはならない。戦争は殺人を基調におこなわれる人間最大の罪悪であり、悲劇であるから、これにはあらゆる犯罪がつきまとう。強盗、強姦《ごうかん》、掠奪《りゃくだつ》、放火、傷害、その他、いつのどんな戦争でも例外ではない。神聖な宗教戦争であった十字軍ですら、それを証明している。作家として戦争を描く場合には、これらの一切を含めて立体的に明暗を表現するのでなければ、文学としては完全とはいいがたいのである。トルストイ「戦争と平和」、レマルク「西部戦線異状なし」、カロッサ「ルーマニア日記」、ヘミングウェイ「武器よ、さらば」等の作品がわれわれの胸を打つのは、これらの戦争悪の全面が高いヒューマニズムの精神によって描きだされているためであって、それをことさら伏せるとすれば、もはや文学作品たるの重大な要素を失うことになるのである。第三に、戦っている敵は憎々しくいやらしく書かねばならなかった。味方はすべて立派で、敵はすべて鬼畜でなければならない。私は敵も味方も同じ人間で、殺しあいすることをおたがいの不幸と考えていたので、どうしてもそんなかたよった見方が出来なかった。モーパッサンの小説「脂肪の塊」がまごうことなき文学であるのは、フランスを占領したドイツ兵が、人間として対等に、いきいきと描かれているからである。占領地の民家に泊りこんで、赤ん坊を抱いたり、洗濯物を手伝ったりするドイツ兵は微笑ましい。「西部戦線異状なし」の中で、瀕死《ひんし》のフランス兵とドイツ兵とが手紙や写真を見せあって抱擁する場面は感動的だ。しかし、軍の検閲はそんな風に書くことを許さず、敵兵のみならず、敵国の民衆までもいやらしく書けというのだった。第四に、作戦の全貌《ぜんぼう》を書くことを許さない。兵隊のせまい身辺の動きは書けても、作戦全体は機密に属しているから、スケールというものは出て来ない。第五に、部隊の編成と部隊名を書かせない。第六に、軍人の人間としての表現を許さない。分隊長以下の兵隊はいくらか性格描写ができるが、小隊長以上は、全部、人格高潔、沈着勇敢に書かねばならないのである。将校でも変った性格の人間が多かったし、人格劣等、卑怯《ひきょう》未練の部隊長もいたのである。それをそのまま書けば、戦場描写にも厚味が出るのに、軍はそれを許さないのである。第七に、女のことを書かせない。

戦争と性慾《せいよく》との問題は文学作品としての大きなテーマであるのに、皇軍は戦地では女を見ても胸をドキドキさせてはいけないのである。まして、現地の女との交渉など以《もっ》ての外だ。これは終戦後になってバクロしてしまったが、しかし、それは汚ならしい関係だけでなく、正常で純粋な恋愛もあったのである。その他、なおさまざまの制約があって、戦地で文学作品を書くことは不可能に近い状態であったのである。にもかかわらず、私は「麦と兵隊」を書いた。書かずには居られなかったのである。

どんなに検閲がうるさく、制限がきびしかろうとも、そのギリギリの範囲内でぜひとも書いておきたいものがあったのである。その衝動を分析することはむずかしいが、徐州戦線で見て来た兵隊の惨苦と犠牲との姿を銃後の人たちに知ってもらいたいことと、私自身が孫圩《そんう》城で九死に一生を得た経験を、印象の生々しいうちに書きとどめておきたいと考えたこととが、大きな理由であったかも知れない。私も分隊長として杭州湾敵前上陸以後、兵隊の惨苦と犠牲との姿はいやというほど見て来ているけれども、徐州戦線の相貌《そうぼう》は一種独特のものであった。それは多分、果てしもなくひろがって、行けども行けども尽きることのないすさまじい麦畑のせいであっただろう。上海に帰りつかない前から、つまり、ペンを取らない前から、私の頭の中に「麦と兵隊」というテーマと題とが生まれていた。私は孫圩で戦死の覚悟をした。孫圩でのことは、五月十六日の項に書いてあるとおりだが、後になってわかってみると、私の行方不明は方々へ波紋をおこしていたらしい。朝日新聞の岡田記者が、私が孫圩で重囲におちいっているとき、そのニュースを送った模様である。朝日新聞の夕刊に大きく、「葦平伍長《ごちょう》行方不明」の見出しで、私の写真と記事とが出た。

適当な原稿用紙がなかったので、報道部の半ペラ罫紙《けいし》をもらった。赤線を引いたザラ紙で、十行十五字百五十字詰。いつどこへ移動して書かなくてはならないかも知れないので、この方がよい。私は部屋にこもって、従軍手帳を頼りに書きすすめた。そのうち、漢口作戦の第一期作戦として安慶《あんけい》攻略戦がおこなわれることとなり、私はまた新聞記者係として従軍を命ぜられた。六月八日、上海を発《た》ち、南京を経て、蕪湖《ぶこ》から輸送船に乗りこんだ。揚子江は巨大なすさまじい赤い流れで、雨が降ると岸が見えなくなり、海と異ならなかった。六月十二日、波多支隊は安慶占領、私もついて上陸し、「学高旅館」に一泊した。従軍日記を見ると、「南京虫無慮十万、遂に寝られず」「南京虫に食われ、安楽椅子を二つつなぎあわせて三時間くらい寝た」などと書いてある。私は新聞原稿の検閲や輸送をやりながら、寸暇を見つけては、「麦と兵隊」を書きついだ。孫圩城で危機におちいる件《くだり》に来ていて、私の筆も進んだ。もっとも、この日を全篇のヤマやクライマックスにしたわけではなく、はじめから終りまで同じ調子で書いていたのだが、やはり、死に直面して、刻々に、そのときの時間を記録しながら、砲弾の下で日記を書きついだ日の思い出は、回想して書きながらも、私の身体をしめつけた。上海に帰って、馬淵中佐に安慶従軍の報告をすませると、私は徹夜をつづけて、一気に「麦と兵隊」を書きあげた。報道部の百五十字詰罫紙で五百八十八枚、四百字詰にすれば、約二百二十枚ほどになる。私はほっとした。

「麦と兵隊」は「改造」八月号に発表された。活字になった「麦と兵隊」を、私は涙のにじむような思いで読み返した。読んで行くうちに、いたるところ改訂削除されているのに気づいた。しかも、削除された部分は（ここ何字削除）或《あるい》は（ここ何行削除）とやらず、黙って削除しておいて、前後をくっつけてしまってある。このため、意味が通じなくなっているところがある。ひどいのは最後で、三人の支那兵を斬首《ざんしゅ》するところが十数行削られていて、ポツンと、「私は眼を反した。私は悪魔になってはいなかった。私はそれを知り、深く安堵《あんど》した」という最終行がくっついているので、感銘がひどく弱まっている。しかし、その軍の検閲について、私はなにを抗議する力もなかった。私の計算したところでは、二十七か所が削除訂正されていた。

ロシア文学をやっていた中山省三郎《なかやましょうざぶろう》は早稲田大学時代からの友人で、芥川賞以来、戦地にいる私のために、すべての世話を焼いてくれていた。「麦と兵隊」も、最初は軍命令で、当時日本でいちばん発行部数があった「キング」という大衆雑誌に発表せよとあったが、「改造」に変更できたのも中山の甚力であった。その中山が上海まで訪ねてきてくれ、早稲田以来の古く長い友情をぶちまけあって、すこぶる楽しい時間をすごしたのである。「土と兵隊」は書くはしから、原稿を中山に見せた。弟への手紙の形式にしたのだが、中山はそれを適切なスタイルだといい、私の兵隊の名前をズラリとならべて、上官と部下とのつながりについて深い感銘を洩《もら》すところを、「すこし理窟《りくつ》ぽいかな」というと、「いや、そんなことはない。これは人間としての誠実な告白だ」といった。

「土と兵隊」を書いているときは、久米正雄《くめまさお》、片岡鉄平《かたおかてっぺい》、丹羽文雄《にわふみお》、菊池寛《きくちかん》、佐藤春《さとうはる》夫《お》、林芙美子《はやしふみこ》氏らの従軍ペン部隊が上海へきているときで、勢い原稿を書く時間も、その閑々《ひまひま》だった。「土と兵隊」は「麦と兵隊」以上に骨が折れた。「麦と兵隊」の方は、はじめからなにか書くための準備という心がまえがあったので、日記も割合にきちんとつけていたが、「土と兵隊」の杭州敵前上陸以後は、まったく泥んこの中で戦闘しながらだったので、日記もほんのメモ程度、その手帳は汗と泥とでよごれ、糸も切れかかってボロボロになっていた。鉛筆の字はすっかり消えている。それを整理按配《あんばい》することは容易ではなかった。結局、自分の記憶だけがたよりで、「麦と兵隊」のようにはスムースにペンが進まなかった。「麦と兵隊」も「土と兵隊」も、すべて事実にもとづいたルポルタージュで、一行一句もフィクションがないと思っている人もあるようだが、そうではない。私は作家として、これを創作と考え、適当な文学的処理をした。「土と兵隊」を書いている最中に、私は原隊復帰の命令を受けた。漢口作戦と平行して、広東攻略戦がおこなわれることになり、私の原隊の第十八師団がこの任務を受けたので、私はこれに従わなければならなかった。それは九月二十七日で、ちょうど、その日、改造社から「麦と兵隊」の単行本が届いた。私は残っていた「土と兵隊」を大急ぎで書きあげ、検閲や、「文藝春秋」への送附その他一切を馬淵中佐に一任した。これは四百字詰原稿用紙に書き、約二百枚であった。

「土と兵隊」は「文藝春秋」十一月号に発表された。内容は十数か所、削除訂正されていた。しかし、幸い「土と兵隊」も好評をもって迎えられ、「文藝春秋」は増刷したのに売り切れたとかで、帰還してから、佐佐木茂索《ささきもさく》氏から原稿料の追加として金一封をいただいた。「土と兵隊」もすぐ単行本として発行された。「麦と兵隊」は一円であったが、高すぎる、儲《もう》けすぎると軍から注意されたとかで、「土と兵隊」は六十銭になっていた。それでも、これらの本がベストセラーになったことによって、そのころ、左前でたおれかかっていた改造社が盛りかえしたということを、何人もの人から聞かされた。一体、「麦と兵隊」「土と兵隊」が何部出たのか、私は知らない。前者は、百万部まではおぼえているが、あとはわからないと、改造社の人がいっていた。後に、「花と兵隊」（昭和十四年八月）も改造社から出たのであるが、私は三部作含めて、二百万か二百二十万くらいかと考えている。むろん、私や作品のせいではなく、戦争の影響による現象であるが、もはや二度とは見舞われないであろう運命的な一瞬として、男子一生の欣快《きんかい》事となす気持はある。

昭和二十年八月十五日、太平洋戦争の敗北とともに、すべてのものが逆転してしまったとき、戦時中に書かれた無数の戦争文学もそのほとんどが消え去ってしまった。すぐれたものも少くなかったのに、今はまったく顧みられない。わずかに、「生きている兵隊」（石川達三《いしかわたつぞう》）「海戦」（丹羽文雄）「水間部隊長」（上田広《うえだひろし》）「呉淞《ウースン》クリーク」（日比野士朗《ひびのしろう》）くらいが残っているだけだ。私の「兵隊三部作」も、戦後もずっと読まれつづけているのをうれしいことに考えている。戦後、はじめて三部作を再刊するようになったとき、私は削除訂正を補って、完璧《かんぺき》なものにしたいと思った。そこで、なんとかして原稿を探しだそうと骨折ったけれども、徒労に終った。ことに二十七か所の削除訂正を受けた「麦と兵隊」だけは、なんとかして見つけだしたかった。私は改造社に幾度か連絡してみたが、もはや、人も変り、「麦と兵隊」の原稿のことなど知っている者はなかった。多分、戦災で焼けてしまったのだろうということだった。

昭和三十年五月三十一日から六月三日まで上海に滞在した。中共視察団の一人として招かれて行ったのだが、その間に、なつかしい報道部の建物を見に行った。自由な行動はとれなかったが、案内の工作員に、昔、自分が半年ほど住んだ「ロイヤル・ホテル」に行ってみたいというと、こころよく、いっしょに車で行ってくれた。報道部の建物はいくらか変っていた。しかし、二階から上の赤煉瓦《あかれんが》はそのままで、私はしばらく眺めて立っていた。なにも看板は出ていないが、軍のなにかの機関らしく、表玄関に二人、武装した歩哨《ほしょう》が立っていた。右二階の部屋の窓は昔のままで、チカチカと眼に染みた。そこで「麦と兵隊」「土と兵隊」の二作品を書いたのである。入ってみたかったけれども許されなかった。誰がいて、なにをしているのかもわからない。写真を撮らせないので、手帳に走り書きでスケッチしていると、通行人が大勢集まって来た。玄関の歩哨がこちらに来かかったので早々に退却した。

前書　麦と兵隊

（書かでものことですが）

この「麦と兵隊」は一兵隊である私が軍報道部員として、歴史的大殲滅《だいせんめつ》戦であったと謂《い》われる徐州《じょしゅう》会戦に従軍した時の日記であります。私は今度の支那《しな》事変に昨年〇月〇日光輝ある動員を受けて出征し、十一月五日、杭州《こうしゅう》湾北沙《ほくさ》から敵前上陸をしましたが、その時、我々の生命を狙う弾丸の中を初めて潜ってから、爾来《じらい》、相当の激戦の中に置かれ幾度となく生死の巷《ちまた》に曝《さら》されながら、不思議にも幸い一命を全《まっと》うして来て、今も尚《なお》、光輝ある戦場に身を置いているものであります。私は戦場の最中にあって言語に絶する修練に曝されつつ、此《こ》の壮大なる戦争の想念の中で、なんにもわからず、盲目のごとくになり、例えば私がこれを文学として取り上げる時期が来ましたとしましても、それは迥《はる》か先の時間のことで、何時か再び故国の土を踏むを得て、戦場を去った後に、初めて静かに一切を回顧し、整理してみるのでなければ、今、私は、この偉大なる現実について何事も語るべき適切な言葉を持たないのであります。私は、戦争について語るべき真実の言葉を見出《みいだ》すということは、私の一生の仕事とすべき価値のあることだと信じ、色々な意味で、今は戦争については何事も語りたくはないと思っていたのです。しかしながら、又、別の意味で、現在、戦場の中に置かれている一人の兵隊の直接の経験の記録を残して置くことも、亦《また》、何か役に立つことがあるのではないかとも考え、取りあえず、ありのままを書き止めて置くことに致しました。それは、又、兵隊として戦地にある私は何時戦死するやも測り難い身であるからでもあるのです。私は、そこで自分が一兵隊として戦闘に参加した杭州湾の敵前上陸から、嘉善《かぜん》、嘉興《かこう》、湖州《こしゅう》、広徳《こうとく》、蕪湖《ぶこ》を経て南京《ナンキン》に入り、南下して、十二月二十六日、杭州に入城するまでの戦闘記を第一章とし、杭州入城後、四月末日迄《まで》、美しき西湖《せいこ》の畔《ほとり》にあって警備の任に服した駐留記を第二章とし、命に依《よ》り、軍報道部に配属されるともに直《ただ》に従軍を命ぜられた徐州会戦の従軍記を第三章として、書き録《しる》して置きたいと思ったのです。それは私が各々別の角度から戦場に置かれたからです。そこで、この徐州会戦従軍日記は、一兵隊の戦場の記録である「我が戦記」とでも命名せらるべき三部より成る覚書の最後の章なのであります。これは或《あ》る事情から最後の部分が先に発表されることになったものであります。これは、徐州戦線に於《お》ける全般的な戦況とか作戦とかには何の関係もないもので、単に、私が従軍中毎日つけた日記を整理し清書したに過ぎないものであります。もとより小説ではありません。

　今次事変勃発《ぼっぱつ》以来、洪水のごとく、戦争に関する多くの文章が発表されました。又、優れた人達が沢山戦場にやって来て、勝《すぐ》れた文章を沢山書きました。又、感動的な言葉を以《もっ》て綴《つづ》られた、戦場に於ける、血湧き肉躍る壮烈な武勇伝や、忠勇鬼神を哭《な》かしむる美談や、面白い物語や、雄渾《ゆうこん》な構想を持った事変小説やが、次から次へと書かれ、今も尚、絶え間なく世に送り出されて居《お》ります。それらはことごとく有意義であり、立派なものばかりであります。それらの中にあって、この、私の、面白くもなく、凡庸の言葉を以て列《つら》ね、地味で平板で退屈な従軍日記などは、正に恐縮汗顔の次第であります。

徐州会戦従軍に際しましては、軍報道部木村《きむら》大佐殿、馬淵《まぶち》中佐殿、米花《よねはな》少佐殿、佐《さ》伯《えき》少佐殿、嘱託児島博《こじまひろし》氏、柳兵衛《やなぎひょうえ》氏、等の方々の示された御好意を忘れることが出来ません。又、従軍中は、常に指導を受けた高橋《たかはし》少佐殿、中山《なかやま》中佐殿の御理解を嬉しく思いました。又、終始行動を倶《とも》にし、この従軍記の無味乾燥を救ってくれる、この多くの立派な記録写真を撮影してくれた軍報道部写真班梅本左馬次《うめもとさまじ》君の友情に対し、感謝の念を禁じ得ません。上刻に当り記して謝辞と致します。

終りに、嘗《かつ》て十数日間、淮北《わいほく》の平原に渡り、果しなき広漠たる麦畑の中を、倶に埃《ほこり》を被《かぶ》り、或る時は倶に弾丸を浴びて、徐州進軍の行を共にしたる○○部隊将兵の武運長久を祈るや切であります。

六月十九日

昭和十三年九月に刊行された単行本版『麦と兵隊』（改造社）に収録された前書を、新字・新仮名づかいに改めました。（編集部）

前書　土と兵隊

(書かでものことですが)

私がこの「土と兵隊」を書いて居ります時に、私は故郷から、私の弟政雄《まさお》が応召出征した旨の電報に接しました。弟が何処の部隊に所属し、私達兄弟が果して戦地で邂《かい》逅《こう》出来るものかどうか、何も判りません。殊に、私は又、今日原隊に復帰すべきの命令を受けました。私は中支《ちゅうし》軍報道部配属を解かれ、以前と同じように一兵隊として、戦闘に参加することになった訳であります。それ故に私は戦地で弟と逢《あ》えるなどということは尚更出来ないと諦《あきら》めました。この「土と兵隊」は、私が昨年出征以来、弟に宛てて出した手紙の蒐録《しゅうろく》であります。これらの手紙は戦場での短い時間に、全く他人には読めないような走り書で書きなぐったものでありまして、今これを蒐録し清書するに当りまして、必要に応じ、多少の修正を加えましたが、それは決してあまり多くではありませんでした。前に発表致しました悪作「麦と兵隊」が小説でなかったように、この「土と兵隊」も、もとより小説ではありません。

私は「麦と兵隊」の前書に次の如く録しました。「私は戦場のさ中にあって言語に絶する修練に曝《さら》されつつ、此《こ》の壮大なる戦争の想念の中で、なんにもわからず、盲目のごとくになり、例えば私がこれを文学として取り上げる時期が来ましたとしましても、それは迴か先の時間のことで、何時か再び故国の土を踏むを得て、戦場を去った後に、初めて静かに一切を回顧し、整理してみるのでなければ、今、私はこの偉大なる現実について何事も語るべき適切な言葉を持たないのであります。私は、戦争について語るべき真実の言葉を見出すということは、私の一生の仕事とすべき価値のあることだと信じ、色々な意味で、今は戦争については何事も語りたくはないと思っていたのです。ただ、又、別の意味で、現在戦場にある一兵隊の直接の経験の記録を残しておくことも、亦《また》、何か役に立つことがあるのではないかと思い、取りあえず、ありのままを書き止めておくことに致しました。」そこで、この「土と兵隊」ももとよりそのような意味のものでしかないのであります。

私は生意気にも、私が一兵隊として戦場に出《い》で、別々の角度から戦場に置かれたことを奇貨として、この杭州湾敵前上陸記「土と兵隊」と、杭州警備駐留記「花と兵隊」と、徐州会戦従軍日記「麦と兵隊」とから成る三部作「我が戦記」と名づけるものなどを企てましたが、私はも早そのような計画がどうなるか判らないのです。私は数日の内に戦闘のために前線へ出発致します。私はそうして、既に私が取りとめのない通信を送って困らせた愛弟も戦場に出でたと聞き、我々はお互に戦場の通信を交換しようと思い、弟のかぎりなき武運長久を祈りつつ、「土と兵隊」の筆を擱《お》きました。

又、私は、この文章の中に出て来る私の愛する兵隊達の下へ帰り、再びそれらの兵隊とともに戦場を馳駆《ちく》することに対し、喜びに似たものがあるのであります。

（秋九月二十七日記）

昭和十三年十一月に刊行された単行本版『土と兵隊』（改造社）に収録された前書を、新字・新仮名づかいに改めました。（編集部）

注釈

麦と兵隊

六＊閘北《ざほく》　中国東部、上海市北部の地区。「ざほく」は当時の日本の呼称。一九三二年の上海事変、一九三七年の日中戦争勃発《ぼっぱつ》の際、激しい市街戦が行われた。

七＊寒山寺《かんざんじ》の石刷　中国、江蘇《こうそ》省蘇州《そしゅう》にある寺。唐代の詩人張継《ちょうけい》がよんだ七言絶句〈楓《ふう》橋夜泊《きょうやはく》〉の石碑が有名。清末の兪樾《ゆえつ》の書を刻した石碑の拓本は中国みやげの代表格。

＊姑娘《クーニャン》（中）未婚の若い女性。

八＊黄包車《ワンポウツ》（中）人力車。

十＊伝単　宣伝ビラ。

三＊トーチカ　tochka（露）コンクリート製の堅固な小型防御陣地。

三＊牧逸馬《まきいつま》　一九〇〇―一九三五　小説家。牧逸馬の名で翻訳探偵小説・現代小説を、林不忘《はやしふぼう》の名で時代小説を書く。

四＊熊襲《くまそ》　記紀などにみえる種族。九州南部に勢力を張り、勇猛で大和朝廷に反抗したが、日本武尊《やまとたけるのみこと》に討たれたとされる。

三＊麻生豊《あそうゆたか》　一八九八―一九六一　漫画家。報知新聞の漫画記者として、日本初の新聞連載四コマ漫画「ノンキナトウサン」を描いた。

＊汪精衛《おうせいえい》 汪兆銘《おうちょうめい》（一八八三―一九四四）。中国の政治家。

六八＊頭山満《とうやまみつる》 一八五五―一九四四 大正・昭和期を通じての右翼運動の中心人物。

五〇＊護良《もりなが》親王 後醍醐《ごだいご》天皇の皇子。「太平記」の、鎌倉での長期の土牢《ろう》幽閉の場面からか。

五三＊イケズキ・スルスミ 木曾《きそ》義仲と源義経が宇治川で相対したとき、義経方の佐々木《ささき》高綱《たかつな》・梶原景季《かじわらかげすえ》が、源頼朝から与えられた名馬生唼《いけずき》・磨墨《するすみ》で先陣を争った故事から。

一三五＊小林秀雄君が…… 『糞尿譚《ふんにょうたん》』で芥川賞《あくたがわしょう》を受賞した一九三八年、火野は日中戦争に応召中だったため、小林秀雄が杭州に派遣され陣中授賞式が行われた。時計はその正賞。

土と兵隊

一六七＊紺屋《こうや》高尾《たかお》 江戸吉原三浦屋の名妓《めいぎ》高尾伝説の一つ。講談、浪花節《なにわぶし》、落語、小芝居の演目となり、とくに篠田実《しのだみのる》（一八九八―一九八五）による浪花節は一世《いっせい》を風靡《ふうび》した。

一七九＊考現学《モデルノロジー》 modernology 現代の社会現象や風俗世相を調査、記録、考察しようとする学問。「考古学」に対する概念としてつくられたもの。今和次郎《こんわじろう》・吉田謙吉による『考現学《モデルノロジー》』（一九三〇）が古典的代表著述で、当時一種のブームとなった。

一八二＊八貫六百匁 約三十二キロ。

一九一＊岩見《いわみ》重太郎《じゅうたろう》 桃山時代の伝説的豪傑。丹後天橋立《あまのはしだて》での仇討《かたきう》ち、信濃での狒々《ひひ》退治など、読み本や講談で知られる。

解説

五《ご》味《み》渕《ぶち》典《のり》嗣《つぐ》

『麦と兵隊』は、はじめ雑誌『改造』一九三八年八月号に発表され、同年九月に改造社から単行本として刊行された。火野《ひの》葦平《あしへい》＝玉井《たまい》勝則《かつのり》伍長《ごちょう》が日本陸軍中支那《しな》派遣軍の報道部員という立場で、一九三八年五月の徐州《じょしゅう》作戦に従軍した際の記録をもとにした作である。『土と兵隊』は、一九三八年一一月号の『文藝春秋《ぶんげいしゅんじゅう》』に発表、その翌月には同じ改造社から単行本化されている。こちらは、一九三七年九月に召集された火野が、陸軍第一八師団歩兵第一一四聯隊《れんたい》第二大隊第七中隊第一小隊第二分隊長として、中国・上海《シャンハイ》北方の杭州《こうしゅう》湾での上陸作戦に参加した際の体験にもとづいている。本書の巻末に収録した『麦と兵隊』『土と兵隊』単行本の「前書」でも紹介されているように、この二作は、火野が一九三七年一二月から翌年にかけて駐屯した杭州を舞台とする小説『花と兵隊』と合わせ、「我が戦記」三部作として構想されたものである（執筆順は『麦』『土』『花』だが、作中の時間で言えば『土』『花』『麦』の順番になる）。この三作は「兵隊三部作」とも称され、日中戦争期を代表するベストセラーとして、大きなセンセーションを巻き起こした。作家の浅見淵《あさみふかし》は、当時の改造社の編集者から、三作合計で三〇〇万部以上発行されたという話を聞いている。

いま改めて『麦と兵隊』『土と兵隊』を考える際に重要なのは、この二作が、まさに現在進行形の戦争を描いた戦争文学だった、という事実である。日本の近代文学にとっても戦争は大事なモチーフとしてあったが、ほとんどの場合それは、対象となる戦争が終わった後で書かれた、いわば「戦後」の文学だった。その意味で、日本軍が中国大陸で戦闘を続ける最中に書かれ、読まれた戦争文学という特質は、この二作がたどった道のりに決定的な影を落とすことになった。

そのことは第一に、作者・火野葦平のペンを縛る制約となってあらわれた。本書の「あとがき」で火野自身が詳しく説明しているように、日中戦争当時の日本国家は、戦争や戦場にかかる表現に関して、かなり厳格な検閲のシステムを作り上げていた。だから、『麦と兵隊』『土と兵隊』に描かれたのは、基本的に当時の軍や政府が「ここまでは書いてもよい」と認めた内容を出ていない。開高健《かいこうたけし》は、長篇評論『紙の中の戦争』の中で、「戦争は政治の延長だが、だから日常の延長なのでもある」るので、戦場の恐ろしさとは、そこで人間の「かくされた本質」が露わになるというよりは、ふつうの人間がそのまま「殺人鬼」となってしまうことにある、と述べている。その点で言えば、『麦と兵隊』『土と兵隊』には、南京作戦に参加した兵士に取材し、発売禁止処分を受けた石《いし》川達三《かわたつぞう》『生きている兵隊』（一九三八年）が活写してしまった、戦場で「鬼」と化した兵士たちの姿は見られない。彼らはみな快活で、よく笑い、祖国を思いつつも行軍に疲れ切って弱音を吐き、暇を見つけては眠りを貪《むさぼ》り、中国の大地に脱糞《だっぷん》する、等身大の英雄として描かれている。

それだけではない。やはり「あとがき」で火野が述べているように、『麦と兵隊』『土と兵隊』は、彼のあずかり知らぬところで表現が調整された形跡がある。『麦と兵隊』について火野は二七箇所の削除訂正がなされたとしているが、徐州作戦当時の従軍手帖《てちょう》や原稿の類は見つかっていないので、彼の発言の真偽は確定できない。しかし、火野からすれば「兵隊三部作」は、自分の作でありながら、その言葉に責任を持ちきれない作品ではなかったか。例えば、坂口博《さかぐちひろし》や越前谷宏《えちぜんやひろし》の研究は、『麦と兵隊』の初版本に書き込まれていた中国人捕虜・雷国東《らいこくとう》の殺害をうかがわせる記述が、検閲体制の強化を意識してか、第七刷以降で削除されたことを明らかにした（坂口『校書掃塵《こうしょそうじん》』、越前谷「火野葦平『麦と兵隊』論」）。本文「五月十一日」条の終わりの部分（57ページ）が、不自然に打ち切られたように見えるのはそのためだ。一方で、検閲を憚《はばか》って書かれなかった内容が、戦後になって書き足されたところもある。『麦と兵隊』の最終シーン、「町外れの広い麦畑」で三人の中国人捕虜が斬首される凄惨《せいさん》な描写は、戦後に補筆された部分である（１６０ページ）。『土と兵隊』一一月一三日の記述、火野の分隊が中国軍のトーチカを攻略したあとで、三六人もの捕虜が殺され、火野自身も一人の捕虜の生命を奪ったと書かれた場面（２６９－２７０ページ）も同様だ。このような本文をめぐるドラマからは、火野がこの二作について抱え込んだ複雑な葛藤《かっとう》が伝わってくる。

しかし、その一方で軍は、「兵隊作家」火野葦平のプロデューサーであり、後ろ盾でもあった。『麦と兵隊』以前の火野は、『糞尿譚《ふんにょうたん》』で芥川賞《あくたがわしょう》を受賞したばかりの、ほとんど無名の新進作家でしかなかった。火野の受賞自体、戦争をビジネスチャンスと捉《とら》えた文藝春秋社の戦略が透けて見えるが、「戦場の文学者」という作られたイメージに目を付けた陸軍は、火野を報道部に抜擢《ばってき》、第九師団（師団長＝吉住良輔《よしずみりょうすけ》中将）の作戦行動に随従させた。『麦と兵隊』のクライマックスである孫圩《そんう》での激戦は、当時の新聞が「芥川賞の火野伍長　奮戦・消息絶ゆ」（『東京朝日新聞』一九三八年五月一九日）と報じた戦闘にもとづくものだ。つまり、同時代の読者にとって、火野がその場所で死線をくぐり抜けていたことは周知の事実だったのである。皮肉な言い方をすれば、「兵隊作家」火野葦平とは、軍とメディアと読者とが見守る中で誕生したスターでもあった。

それでも火野は、自らに向けられた期待に精一杯の力で応えてみせた。巻末に掲げた『麦と兵隊』『土と兵隊』刊行時の「前書」で火野は、この二作は「小説」ではなく、「現在、戦場の中に置かれている一人の兵隊の直接の経験の記録」と述べているが、これは明らかにメディアと読者を意識したポーズである。例えば、徐州作戦時に火野に同行したカメラマンは、自分が撮影した写真が『麦と兵隊』のエピソードに転用された、と証言している。本書の「あとがき」で火野は「文学的処理」を施したと書いたが、彼は「戦場のリアル」「兵士たちのリアル」を表現するためなら、大胆な脚色や演出も厭《いと》わなかった。

だが、このことはむしろ、火野葦平の作家としての力を物語る逸話として評価すべきなのだろう。事実、火野が書きつけた言葉は、同時代の多くの人々の心を動かした。『麦と兵隊』は、作中で高橋《たかはし》少佐が述べた「戦線に於けるこういう地味な部隊の苦労を是非書いて欲しいな」という言葉をなぞるように、直接戦闘には参加しない工兵隊や通信隊などの献身と、新聞やニュース映画では知り得ない兵士たちの日常を、家族や知人の消息を待ちわびていた銃後の読者に届ける作となった。『土と兵隊』には、苛酷《かこく》な戦場を戦い抜くことで、父であり子であったふつうの男たちが、いかに強く、逞《たくま》しく、立派な兵隊に成長していくかが書き込まれた。この二作の爆発的な人気を当て込んだ歌謡曲や浪曲、演劇やラジオドラマ、映画やモダンダンスなどが次々と作られ、「○○と兵隊」という言いまわしは日中戦争期の流行語となった。日本の軍や政府が、火野のブームを存分に利用したことは言うまでもない。戦場で困苦に耐える兵士たちの表象は、銃後の国民の日常を統制し、戦争に動員する決まり文句の中で大々的に用いられた。火野の作品は、日本側から見た日中戦争を描いたものとして、英語・中国語・朝鮮語・ロシア語・ドイツ語・イタリア語などへの翻訳も進められた。火野の文学的な成功は、日中戦争・アジア太平洋戦争時に行われた文学者の戦地派遣のモデルともなった。

　だが、『麦と兵隊』『土と兵隊』を、単なるプロパガンダ作品として片付けるべきではない。国家は戦争のために文学を利用したが、文学は国家が使いこなせるほど従順ではない。この文庫本を手に取った読者は、ぜひ、言葉に対する感度を高めて、二つの作品の細部に目を凝らして欲しい。そこに刻まれた文字の連なりが、不意に思わぬ表情を見せ始める瞬間に出会えるはずである。

例えば、『麦と兵隊』には、ところどころに、そこが戦場であることを忘れさせるような描写が差しはさまれている。「五月十三日」の夜、まるで海のようだ、と形容された麦畑を抜けてたどり着いた川のほとりで、同行者と狭い自動車の中で野営する火野は、「美しい東洋の満月のさしこむ硝子《ガラス》張りの水族館のような箱の中」で、いつの間にか眠りに落ちていく。だが、そんな幻想的な光景をつくり出す中国の大地は、一方で、いかにもお粗末な日本の戦争を相対化し、戦うことの意味を問い質しているようにも見える。日本軍が向かう先々で、集落に取り残された驢馬《ろば》たちの「聞いていると、笑い出さないではいられない」、「豚と馬と牛と鶏と一緒にしたような声で、恰度錆《さ》びついて滑りの悪くなった釣瓶を汲《く》み上げるような」、何とも形容しがたい奇妙な鳴き声が、あたかも通奏低音のように響き続ける。孫圩の戦場では、激しい銃撃戦のさなか、「黄金色の牝《めん》鶏《どり》」が、いったいこいつらは何をやっているのかという風情で火野たちの眼前を横切っていく姿が印象に残る。

相対化の契機は他にもある。以前から議論の焦点となってきた『麦と兵隊』の最後の一文が重要なのは、捕虜殺害の現場を目にして「私は悪魔になってはいなかった」と胸をなでおろす火野の人間性がうかがえるからではない。戦場を生きてしまった身体はもはや尋常の人間ではないかも知れないという心の震えが、ひそかに刻まれてしまったことが重要なのだ。火野のその感覚は、「死の戦場から戦場への僅《わず》かな休養の時間」に、「平穏な日に故国の職場で昼食後取交す談笑」のごとくに楽しげに会話する兵士たちの姿に、「逞しい不敵さ」だけでなく、「一種の不気味さ」を感じ取ってしまうありようとも通じている。『麦と兵隊』に比べ、物語としての構成が明確な『土と兵隊』には、こうした細部は多くない。それでも、銃火が降りそそぐ壕《ごう》の中や、泥にまみれた行軍の途中など、兵士たちが声を立てて笑いあう瞬間が、自分たちはなぜこんなことをさせられているのかと心と身体を軋《きし》ませているまさにその一瞬だったことを見逃してはならない。流行と消費、翻訳、戦後の否定と再評価――。『麦と兵隊』『土と兵隊』は、近代日本の戦争文学の歴史を考える上で不可欠な証言者だと言ってよい。この二作をつぶさに読み直すことは、二〇世紀の総力戦の時代に、文学に何が期待されたか、文学は何をしてしまったのかを考えることを意味している。そして、この二作の言葉と向き合う中で、制約の中でも書き込まれてしまったことがらを読み抜く目と、書かれたことから書かれなかったことを想像する感性を鍛えることは、次なる戦争に抗うための、ささやかな、けれども大切な一歩につながっている。

時代の贄《にえ》　火野葦平の従軍手帖に寄せて

浅田次郎

過日、火野葦平の従軍手帖をめぐるテレビ番組に出演した。スタジオの闇に据えられた机に手帖を並べ、私がそれらを読みながら感想を述べるのだが、豆粒のような文字は判読が難しく、なおかつその内容の迫真性に圧倒されて、言葉はなかなか出なかった。ために収録は数時間もかかった。私がこの役目を依頼された理由は、自衛隊に勤務した経験があったからであろう。旧陸軍と陸上自衛隊は、法制上はまったく別物だが、戦後二十五年ばかりしか経っていなかった当時は、まだ多くの慣習を共有していた。旧陸軍から居流れた上官も多くあった。

口頭命令は必ずメモを取った。ボールペンは破損したりインクが切れたりするので、鉛筆を使っていた。今はどうか知らぬが、当時はそうした慣習があり、やかましい「躾《しつけ》事項」でもあった。

小説家を志していた私には、読み書きについての飢餓感があったので、口頭命令を書き取る手帖や電信文を筆写する通信帖に、よしなしごとをあれこれと書いた。除隊に際しては、それら一切を返納せよと命じられ、あわてて小説の構想やら下書きやらを破り棄てた記憶がある。

そのような経験を持つ私が、火野葦平の従軍手帖を読むにふさわしかったか、不適当であったかはわからない。だが、収録にあれほど長い時間を要したのは、私の経験のせいであったのはたしかだった。

火野は人間を書こうとする。記録ではなく、小説家の目である。しかし表現は適切に制御されている。検閲に際して、あわてて破り棄てるような愚は犯さなかったであろう。

おそらく彼ひとりにかかわらず、当時の文筆家はみな、「制限下での表現」という高等技術を持っていたと思われる。むろん表現の制約などは原則的にあってはならないのだが、私が火野の従軍手帖の記述において最も感心し、感動したのは、その技術のたしかさであった。

平和な時代は表現の自由を保障する。しかし平和な時代ゆえの、倫理的な制約は強く課される。火野や同時代の作家の文章から学ぶべきところは、今日でも多いのである。

従軍手帖を読めば誰もがわかる通り、火野葦平は実直な人であった。いくらかでも不実な気性の人であるならいざ知らず、彼が大陸の陣中で芥川賞を受賞したのは悲劇である。

その実直さゆえに、火野葦平は時代の贄となってしまった。

集英社ムック『戦争と文学スペシャル』（二〇一五年）所収
「特別寄稿　時代の贄」より転載

年譜

明治四十年（一九〇七）
一月二十五日、福岡県若松市《わかまつ》で、玉井《たまい》金五《きんご》郎《ろう》の長男として生まれた。本名勝則《かつのり》。この生年月日は戸籍面のことで、実際は明治三十九年十二月三日である。なぜそうなったかは、後年、『花と龍』に詳しく書いた。父・金五郎は愛媛県の生まれ、母・マンは広島県の生まれ。父は若松港石炭仲仕の親分として、玉井組の看板を掲げていた。後に、弟二人、妹七人が生まれた。

大正二年（一九一三）　六歳
四月、若松市田町、若松尋常小学校入学。

大正八年（一九一九）　十二歳
四月、小《こ》倉《くら》市日明《ひあがり》の福岡県立小倉中学校に入学。二年頃から画家志望であったが、漱《そう》石《せき》の「坊っちゃん」「吾輩は猫である」等を読み文学を志した。小説は芥川龍之介《あくたがわりゅうのすけ》、佐《さ》藤春夫《とうはるお》、詩は北原白秋《きたはらはくしゅう》、日《ひ》夏耿之《なつこうの》介《すけ》等に傾倒し、三年生の時には早稲田大学文科に入ることを決意した。四年生の時、小倉三萩野詩社から発行されていた同人誌「揺籃」に短編「女賊の怨霊」を掲載し、「中学生の分際で恋愛小説を書くとはなにごとか」と教師から説諭された。初めて活字になった小説である。

大正十二年（一九二三）　十六歳
中学四年修了後、早稲田第一高等学院入学。
夏休みは母の郷里の広島県比《ひ》婆《ば》郡峯田村字峯に行き、祖父母の家に滞在、五百枚の小説「月光《がっこう》礼讃」を書く。九月一日、関東大震災。学校は罹災《りさい》を免れたが、一ヵ月休校となったので若松に帰り、「ぬらくらもの」（のち「思春期」と改題した自叙伝）五百枚を書く。十一月、二百枚の「山の英雄」（のち「山」と改題）を脱稿。後年、戯れて十七歳三部作と称した。

大正十四年（一九二五）　十八歳

七月、童話集『首を売る店』を内藤圭運堂から自費出版した。

大正十五年（一九二六）　十九歳

昭和元年

早稲田大学英文学部入学。卒業論文はエドガー・アラン・ポーと定めて耽読《たんどく》し、「シエアラザードの一千二夜目の物語」その他数編を翻訳した。また、イギリス世紀末詩人アーネスト・ダウスンを愛読し、これも翻訳した。四月、同級生たちと同人雑誌「街」を創刊、同人は中山省三郎《なかやましょうざぶろう》、寺崎浩《てらざきひろし》、田畑修一郎《たばたしゅういちろう》、三好季雄《みよしすえお》、渡辺修三《わたなべしゅうぞう》、坪田勝《つぼたまさる》、宇野逸夫、菊地侃、等。その頃の筆名は玉井雅夫《まさお》。創刊号から続けて「狂人」という同題で内容は違う小説を三篇発表した。「街」十一月号から丹羽《にわ》文雄《ふみお》が参加、彼の最初の小説「秋」が載ったが、雑誌は六冊目のその号でつぶれた。

昭和二年（一九二七）　二十歳

詩の同人雑誌「聖杯」を中山省三郎らと創刊。玉井雅夫、緒方春二、鈴木美智子の三つの名を使って、詩、短歌、ダウスンの翻訳等を発表した。

昭和三年（一九二八）　二十一歳

二月、福岡歩兵第二十四連隊に幹部候補生として入隊。玉井組を継がせようとする父・金五郎が早稲田大学に退学届を出す。労働運動に関心を抱き、マルクス、エンゲルス、ブハーリンを読み始めた。レーニンの訳本の所持を発見される。一階級下げられ伍長《ごちょう》で十二月に除隊。

昭和四年（一九二九）　二十二歳

玉井組を継ぎ、正月の出初式に初めて印半《しるしばん》纏《てん》を着て港の作業現場に出た。ダウスン訳稿、文学ノートの類を中山省三郎に贈り、友人知己に「文学廃業」を宣言した。

昭和五年（一九三〇）　二十三歳

八月十三日、日野徳七の養女・良子と結婚。

九月二十四日、長男闘志《たけし》が生まれた。

昭和六年（一九三一）　二十四歳

三月、若松港沖仲仕労働組合を結成、その書記長に就任する。三菱炭積機建設反対運動から仲仕転業資金要求に転じ、父・金五郎が組合長だった若松港汽船積小頭組合と協力して、八月、ゼネストを決行した。北九州プロレタリア芸術連盟を結成、雑誌「同志」を刊行したが、毎号発禁となった。小説「石炭仲仕」を書き、「改造」の懸賞小説に応募したが落選した。

昭和七年（一九三二）　二十五歳

一月、上海事変。苦力《クーリー》ストライキのため、玉井組は高見山丸に石炭二五六四トンと仲仕五十人を乗せて上海に派遣された。初めての大陸行きである。二月末の雪の日、長崎を経て若松に帰ったが、駅前で特高に逮捕されて留置された。転向を決意、文学に戻る心が強まる。長女美絵子誕生。

昭和九年（一九三四）　二十七歳

十月、小倉で発行されていた詩誌「とらん

しっと」に加盟、同人は劉寒吉《りゅうかんきち》、岩下俊作《いわしたしゅんさく》、星野順一《ほしのじゅんいち》、青柳喜兵衛《あおやぎきひょうえ》、中村暢、金城陽介、上田忠男等。第十七号に「山上軍艦」を火《ひ》野葦助《のよしすけ》の名で発表。次号から筆名を火野葦《あし》平《へい》に改め、「濁流」「太平洋の世紀」「逃げる糸平」等の散文詩を発表した。次男英気《ひでき》誕生。

昭和十年（一九三五）　二十八歳

福岡市から発行されていた総合文化誌「九州文化」に参加。詩誌「九州藝術」同人となって、詩を発表。

昭和十一年（一九三六）　二十九歳

小説「帝釈峡記」「修験道」を「九州文化」に発表。

昭和十二年（一九三七）　三十歳

五月、久留米《くるめ》の同人雑誌「文学会議」に参加。同人は矢野朗《やのあきら》、池田岬《いけだみさき》、丸山豊《まるやまゆたか》、田中稲城、松本信一郎、竹林淡等。第二号から「山芋」「河豚」「糞尿譚」を発表。七月、日中戦争勃発《ぼっぱつ》、九月、応召。出征直前、詩集『山上軍艦』出版記念会が行われた。十一月五日、杭州《こうしゅう》湾北沙《ほくさ》に敵前上陸、南京入城後、年末に杭州に入城して駐留した。三男史太《ふみた》郎《ろう》誕生。

昭和十三年（一九三八）　三十一歳

三月、「糞尿譚」で第六回芥川賞を受賞。杭州に文藝春秋社から小林秀雄《こばやしひでお》が特派され陣中授与式が行われた。同月、小山書店より単行本『糞尿譚』刊行。受賞を機に馬淵《まぶち》中佐の斡旋《あっせん》で中支派遣軍報道部勤務を命ぜられ、五月、徐州《じょしゅう》会戦に従軍した。「麦と兵隊」を書き「改造」八月号に発表。九月、改造社より単行本『麦と兵隊』を刊行。十月、原隊に復帰して広東作戦に従軍、広東に駐留。十一月、「土と兵隊」を「文藝春秋」に発表。同月、改造社より単行本『土と兵隊』を刊行。年末より「朝日新聞」夕刊に「花と兵隊」を、「東京日日新聞」朝刊に「海と兵隊」（後に「広東進軍抄」と改題）を連載し始めた。

昭和十四年（一九三九）　三十二歳

一月、「文藝春秋」に「煙草と兵隊」、二月、「改造」に「東莞行」、「新潮」に「河童追憶記」を発表。軍事思想普及会より『戦友に訴ふ』を刊行。海南島《かいなんとう》作戦に従軍。三月、新潮社より『広東進軍抄』刊行。四月、「文藝春秋」に「海南島記」を発表、五月、改造社より単行本を刊行。六月、汕頭《スワトウ》作戦従軍。八月、改造社より『花と兵隊』刊行。十月、「大陸新報」に「或る手紙」、「南支新報」に「怪談宋公館」を発表。十一月、現地除隊。改造社より「新日本文学全集」第二十六巻『火野葦平集』が第一回配本として刊行された。九州の作家が大同団結した「九州文学」に参加。

昭和十五年（一九四〇）　三十三歳

一月、「兵隊三部作」で朝日文化賞、四月、同作品で福岡日日新聞文学賞を受ける。五月、中山省三郎、劉寒吉、河原重巳等と琉《りゅう》球《きゅう》旅行をした。「文藝」に「山芋日記」、「中央公論」に「雨後」、「改造」に「幻燈部屋」を発表。「朝日新聞」朝刊に「美しき地図」を連載。単行本は改造社より『河童昇天』『兵隊について』、小山書店より『山芋日記』、新潮社より昭和名作選集『河豚』等を刊行した。

昭和十六年（一九四一）　三十四歳

一月「新潮」に「山峡にて」、四月、「文藝春秋」に「春日」、七月、「改造」に「神話」（幻燈部屋第二部）を、十二月、「改造」に「新市街」（同第三部）を発表。単行本は改造社より『美しき地図』、甲鳥書林より『春日』、新声閣より『百日紅』等を刊行した。十二月八日、太平洋戦争が勃発した。四男伸太郎誕生。

昭和十七年（一九四二）　三十五歳

二月、徴用されて報道班員となり、三月、フィリピンに送られてバターン作戦従軍。七月、「文藝」に「河童通信」（中山省三郎との往復書簡）、十月、「文藝」に「雁の便り」（同書簡）、十二月、「改造」に「コレヒドル島」を発表。十二月帰国。単行本は改造社より『幻燈部屋』『兵隊の地図』、東峰書房より『珊瑚礁』等を刊行した。この年、国家総動員法に基づく企業整備のため玉井組は強制解散させられた。

昭和十八年（一九四三）　三十六歳

一月、「新潮」に「歩哨線」を発表。「改造」に「軍艦島（続コレヒドル島）」、二月、同誌に「敵将軍」を発表。単行本は六興商会出版部より詩集『青狐』、第一書房より『敵将軍』、生活社より『歴史』等を刊行。日本文学報国会の九州支部結成、その幹事長として働く。「朝日新聞」朝刊に「陸軍」を連載。次女勝江誕生。

昭和十九年（一九四四）　三十七歳

一月、「中央公論」に「雨季」を発表。西日本新聞に「中津隊」を連載。四月、報道班員としてインパール作戦従軍、ビルマ戦線を雲南《うんなん》・フーコンと巡って九月初め帰国。同行は向井潤吉《むかいじゅんきち》、古関裕而《こせきゆうじ》等。単行本は小山書店より『南方要塞』を刊行。十一月、南京で行われた第二回大東亜文学者大会に出席した。同行は豊島与志雄《とよしまよしお》、長与《ながよ》善郎《よしろう》、草野《くさの》心平《しんぺい》、高見順《たかみじゅん》等。五男良晴誕生。

昭和二十年（一九四五）　三十八歳

六月、福岡の空襲で「九州文学」続刊不能となる。八月十五日、日本敗戦、太平洋戦争終結。九月、「朝日新聞」に「悲しき兵隊」を発表してペンを折る決心をする。十月、九州書房設立、「九州文学」同人の詩人作家と出版をはじめる。朝日新聞社より単行本『陸軍』を刊行するも、発行が終戦の日であったため市販されなかった。

昭和二十一年（一九四六）　三十九歳

一月、復刊された「九州文学」に「山の宿」を、つづけて「百日紅」「李花」「名探偵」「月かげ」「羅生門」等の河童ものを書く。帰郷して「青春と泥濘」を起稿。九月、「新小説」に「夜汽車」、十月、「改造」に「怒濤」、十二月、「文藝」に「花扇」（幻燈部屋第四部）等を発表した。

昭和二十二年（一九四七）　四十歳

一月、「文藝春秋」に「刺青」、「新文学」に「黄金部落」前篇を発表、「風雪」に「青春と泥濘」を連載し始めたが、インパール作戦を素材としたものであったため占領軍の干渉で五月に中断した。二月、「新潮」に「夜景」、三月、「群像」に「孤客」を発表。五月、親友・中山省三郎が死去。十一月、「文學界」に「湖心」、十二月、「新潮」に「英雄」等を発表。単行本は東京出版より『石と釘』、文藝春秋新社より『怒濤』、世間書房より『夜景』等を刊行した。

昭和二十三年（一九四八）　四十一歳

「文學界」に「歌姫」、「風雪」に「海抜四百尺」等を書いたが、五月十六日、文筆家の追放指定を尾崎《おざき》士郎《しろう》、林房雄《はやしふさお》、上田広《うえだひろし》、北村小松《きたむらこまつ》等と受けた。単行本は講談社より『歌姫』、全国書房より『黄金部落』等を刊行した。

昭和二十四年（一九四九）　四十二歳

三月、東京大田《おおた》区池上徳持町に「鈍魚庵《どんこあん》」を設けた。「文藝春秋」に「狂言師」、「新小説」に「地獄の門」（「青春と泥濘」続篇）、「叡智」に「太陽と岩石」（「青春と泥濘」続篇）、「中央公論文藝特集」に「昭和鹿鳴館」、九月、「思索」に「異民族」を、十二月、「文學会議」に「厭世加留多」、「風雪」に「青春と泥濘」最後の章を発表、断続しながら三年越しで完結した。単行本は早川書房より『河童』を清水昆挿絵で刊行した。

昭和二十五年（一九五〇）　四十三歳

一月、「文藝」に「夜鏡」（幻燈部屋第六部）、二月、「改造」に「悲しき兵隊」等を発表。五月、父・金五郎が死去。六月、朝鮮戦争勃発。十月、追放を解除された。十一月、「中央公論」に「牢獄」、十二月、「改造」に「追放者」、「文藝春秋」に「イルマ殺し」等を発表。単行本は六興出版社より『青春と泥濘』、中央公論社より『天皇組合』、改造社より『悲しき兵隊』等を刊行した。

昭和二十六年（一九五一）　四十四歳

三月より「毎日新聞」朝刊に「赤道祭」を連載、四月、「群像」に「動物」を発表。単行本は創元社より『追放者』、新潮社より『赤道祭』、北辰堂より『動物』等を刊行した。

昭和二十七年（一九五二）　四十五歳

一月、「改造」に敗戦をテーマとした「盲目の暦」を連載し始めたが、六月に中断した。「群像」に「鯉」、「中央公論文藝特集」に「皿」、「別冊文藝春秋」に「叛逆者」、「文藝春秋」に「中都会」等を発表。六月より「読売新聞」朝刊に「花と龍」を連載し始めた。単行本は学風書院より『かっぱの皿』、小説朝日社より『バタアン死の行進』、創元社より『鈍魚の舌』等を刊行した。

昭和二十八年（一九五三）　四十六歳

二月、「文藝春秋」に「炭坑」、「新潮」に「放浪者」等を発表。三月、阿佐ヶ谷に鈍魚庵を移した。五月、劇団文化座のために戯曲「陽気な地獄」（三幕十場）を書き下ろし、飛行館ホールで上演された。五月末、羽田飛行場からヨーロッパに出発、六月二日、エリザベス女王戴冠式《たいかんしき》を見て、アイルランドのダブリンで六月八日から開催された世界ペン大会に出席した。同行の日本代表は平松幹夫《ひらまつみきお》、真《ま》杉《すぎ》静枝《しずえ》、米川正夫《よねかわまさお》等。その後、フランス、モナコ、スペイン、モロッコ、イタリア等を巡って八月帰国。十月、「文學界」に「血と黄金」、「文藝春秋」別冊に「ナポリ」「戴冠式」「廃墟の街」等のヨーロッパ小説を発表、十一月、「文藝」に「戦争犯罪人」を発表。単行本は新潮社より『花と龍』上下二巻、文藝春秋新社より『叛逆者』、新潮社より文庫本として「兵隊三部作」刊行。

昭和二十九年（一九五四）　四十七歳

一月、「新潮」に「国境」、「文學界」に「女馭者」を発表。二月、琉球へ招待され一週間の旅行をする。七月、「文學界」に「対馬守の憂鬱」、「新潮」に「異国の妻」

を発表。八月、『思春期』を現代社、『活火山』を新潮社、『琉球舞姫』を山田書店から刊行。十月、北辰堂より『小説欧羅巴』を刊行、角川書店『昭和文学全集』に丹羽文雄と一巻を組み、十一月「新潮」に「丙午会」、「中央公論」に「神の島」を発表。十二月、「文藝春秋」に沖縄戦線で戦死した末弟を哀悼する小品「桃太郎」を発表。

昭和三十年（一九五五）　四十八歳

一月、「新潮」に「淋しきヨーロッパの女王」、四月、「群像」に「詩経」（後に「ある詩人の生涯」と改題）を発表、同六日から十日までのアジア諸国会議に出席。六月、「赤い国の旅人」を「文藝」に、十一月、「ただいま零匹」を「朝日新聞」に連載。十二月『河童ものがたり』を新潮社より、『赤い国の旅人』を朝日新聞社より刊行。

昭和三十一年（一九五六）　四十九歳

七月、「オール讀物」に「ちぎられた縄」、八月、「新潮」に「交通整理」、「群像」に「花の下の井戸」、十月三日から「東京新聞」に「コマよまわれ」を書き、十二月、「中央公論」に「耳塚」、「世界」に「危機からの突破口に」を発表。『ある詩人の生涯』を三笠書房より刊行。

昭和三十二年（一九五七）　五十歳

一月、「新潮」に「流氷」、「文學界」に「黒い舌」、三月、「新潮」に「馬と人参」を発表。五月、豪華本『河童曼陀羅』を四季社より刊行。九月、「群像」に「魔の河」、十月、「新潮」に「金銭を歌う」を発表。

昭和三十三年（一九五八）　五十一歳

一月、「新潮」に「ジャングの音」、「世界」に「青春の岐路」を連載、二月から創元社より八巻本の選集を刊行。全巻にわたって、詳細な解説を自ら書いた。三月、「群像」に「誘惑状」を発表、『百年の鯉』を筑摩書房、『河童会議』を文藝春秋新社、十月、『青春の岐路』を光文社から刊行。

昭和三十四年（一九五九）　五十二歳

一月、丹羽文雄、石川達三《いしかわたつぞう》とともに、復刊した「早稲田文学」の責任編集を行う。「早稲田文学」の三月から八月まで「アメリカ探険記」を発表。四月、「群像」に「詩神」を発表、筑摩版『新選現代日本文学全集』第十九巻『火野葦平集』刊行。五月から十二月まで、「中央公論」に「革命前後」を発表。

昭和三十五年（一九六〇）　五十三歳

一月、「群像」に「眼と風」を発表、中央公論社から『革命前後』を刊行。一月二十四日、睡眠薬自殺。

（角川書店『昭和文学全集46　丹羽文雄　火野葦平集』等を参考に編集部が作成）

本書は、角川文庫旧版（一九六〇年八月二十日初版）を底本としました。

本文中には、支那、チャンコロ、眼くされ、跛等、今日では不適切と思われる差別的な語句や表現がありますが、作品のテーマや時代性に鑑み、また、著者が故人であることを考え合わせ、原文のままとしました。（編集部）

麦《むぎ》と兵隊《へいたい》・土《つち》と兵隊《へいたい》

火野葦平《ひのあしへい》

昭和35年 8月20日　初版発行
令和3年 2月25日　改版初版発行
令和6年 11月25日　改版5版発行

発行者●山下直久

発行●株式会社KADOKAWA
〒102-8177　東京都千代田区富士見2-13-3
電話　0570-002-301(ナビダイヤル)

角川文庫 22551

印刷所●株式会社KADOKAWA
製本所●株式会社KADOKAWA

表紙画●和田三造

Printed in Japan
ISBN 978-4-04-111161-1　C0193

JASRAC 出 2010814-405

◆◇◇